KB054305

독 자 저 격

독자 저격

제1판 제1쇄 2024년 7월 16일

지은이 조효원
펴낸이 이광호
주간 이근혜
편집 최대연 김현주 홍근철
마케팅 이가은 최지애 허황 남미리 맹정현
제작 강병석
펴낸곳 ㈜문학과지성사
등록번호 제1993-000098호
주소 04034 서울 마포구 잔다리로7길 18(서교동 377-20)
전화 02) 338-7224
팩스 02) 323-4180(편집) 02) 338-7221(영업)
대표메일 moonji@moonji.com
저작권 문의 copyright@moonji.com
홈페이지 www.moonji.com

ISBN 978-89-320-4295-4 93800

독 자 저 격

조효원 지음

문학과지성사

지안

내 온전한 함께에게

바친다

Jiahn

meinem eigentlichen Mit

gewidmet

차례

겸멸

기대보다는 배반이, 겸손보다는 경멸이 흔해진 세상이다. '경멸'이라는 말은 흔히 부정적으로 사용되는데, 이는 주체가 자신을 대상보다 높거나 앞선 자리에 놓는 까닭이다. 경멸의 주체는 경멸의 대상보다 언제나 우월하다. 이 전제를 삭제한 것이 바로 '겸멸謙蔑'이다. 겸손謙遜하게 경멸輕蔑하라. 이는 철저하게 실용적인 지침으로, 세상살이의 탁월한 방법이 될 수 있다.

우리는 겸손해야 한다. 왜냐하면 우리에게는 도무지 존경받을 이유가 없기 때문이다. 반대로 우리는 또한 세상의 모든 사물과 인물을 경멸하는 법도 배워야 한다. 거대하고 화려하고 압도적인 대상일수록 더더욱 경멸할 줄 알아야 한다. 세상의 모든 빛나는 업적과 성과는 알고 보면 정신을 고주망태로 취하게 하는 싸구려 알코올에 지나지 않는다. 알코올처럼, 세상의 유혹 역시도, 결국에는 극심한 숙취와 끔찍한 회한으로 귀착될 따름이다.

자신의 존재와 삶 자체를 경멸해내는 태도에서 시작하는 '겸멸'은 부질없는 기대를 품지 않고 살아가게 해주는 (거의 유일한) 방법이다. 이 방법을 처음 고안한 이는 사도 바울이었는데, 역사의 흐름 속에서 그의 아이디어는 많은 오해와 변주를 겪어내며 마침내 발터 벤야민에게로 이어졌다. 이 비평가는 「파괴적 성격」이라는 글에 결정적인 한 문장을 새겨놓았다. "파괴적 성격은 인생이 살 가치가 있다는 생각에서가 아니라, 자살이 굳이 수고를 들일 만한 일이 아니라는 생각으로 살아가는 것이다." 이것이 '겸멸'의 핵심이다. 정말로 '겸멸'하는 자는 자살이라는 최후의 탈출구조차 믿지 않는다.

Prologue

죽음의 죽음

모두가 읽을 줄 알게 되면, 결국 글쓰기는 물론 생각도 부패할 것이다.

—프리드리히 니체

죽음은 죽었다. 이 여섯 글자는 필경 상투어처럼 읽힐 것이다. 아마도 이렇게들 생각하리라. '죽음이 죽든 말든, 내가 알 게 뭐람.' 하지만 역설적으로 이처럼 자동화된 인식이야말로 저 여섯 글자의 진실성을 또렷이 방증한다고 보아야 한다. 생성되는 모든 것이 새롭지만, 낯선 모든 것이 즉각 낡아버리는 세계. 이것이 우리의 세계이며 또한 모두의 미래다. 여기서는 아직 도래하지 않은 것만이 새롭고, 미지의 새로운 것만이 가치를 획득한다. 다시 말해 이제 일반적 현실 세계에서 고유한 가치는 성립할 수 없다. 이토록 철저한 미래 시제의 세계에서, 본질상 모든 것을 과거지사로 돌릴 수밖에 없는 죽음이 무슨 수로 권리를 주장할 수 있겠는가? 예전에는 죽음 앞에 모두가 평등했지만, 다시 말해 죽음 자체만은 평등의 예외였지만, 이제는 죽음마저 절대적인 평균의 차원으로 추락해버렸다. 죽음의 죽음에 대한 냉혹한 무관심, 아니 무감각이 바로 그 증거다. 절대적으로 무차별적인 이 평등의 세계로부터 소외된 자들은 그러니 얼마나 축복받은 자들인가! 그 소외를 통해 그들은 (본)질적으로 다른 존재가 된 것이다. 모두로부터 배제된 존재, 나머지 우리의 그것과는 전혀 차원이 다른 시간을 맞이하고 또 보낼 수 있는 존재. 모든 가치를 상실했기에 미래를 염려하지 않아도 되는 자들, 죽은 죽음을 모른 채 죽은 자들, 죽음을 온전히 누렸고 그리하여 삶의 역사-이야기Geschichte에 마침표를 제대로 찍은 자들은 얼마나 행복했던가. 그러나, 이제, 죽음은 죽었다. 여일하게 오해받고 있는 독일 광인의 선언("신은 죽었다")도, 턱없이 부풀려진 일본 논객의 진단("근대문학은 죽었다")도, 이 문장에서는 메아리를 찾을 수 없다. 죽음은 완전히 죽었다. 그렇다는 것은, 이제 누구도 제대로 죽을 수 없고 죽어도 죽은 게 아닌 운명에 처했다는 뜻이다. 이것은 새로운 명제가 아니다.

이런 의문을 품을 수 있다. '혹시 이것이 시대정신Zeitgeist일까? 정말로 우리는 모두 시대정신의 노예인 걸까? 죽음마저 죽음으로 내몰 수 있는 것이 정녕 시대정신의 위력일까?' 그럴지도 모른다. 우리의 인식과 실천과 희망 일체가 오롯이 시대정신의 일정표에 따라 움직이고 있는지도 모른다. 주지하다시피, 그 표는 가히 살인적이며 능히 성서적이다. 웬만해서는 일탈할 수 없고, 여간한 용기가 아니고는 변경할 수 없다. 달력을 찢거나 시계를 부수는 행위를 통해, 즉 상징의 차원에서나마, 저항을 도모했던 때가 있었다. 그러나 이제는 그러한 도주의 제스처마저 불가능하다. 시대정신이 말 그대로 모든 것을 무차별적 기호로 변화시키고 있기 때문이다. 하지만 당장 반론이 쇄도할 것이다. '시대정신은 결국 허깨비가 아닌가? 그것은 아무런 실체도 없는 것, 그러니까 말장난에 지나지 않는 게 아닌가? 만약 이 시대의 모든 이가 허깨비의 노예라면, 결국 그것은 우리가 집단 망상에 시달리고 있다는 뜻 아닐까? 그게 가당하기나 한 말인가?' 하지만, 유감스럽게도, 가당하지 않다고 말할 수 없다. 무한히 넓은 원의 (지극히 작은) 일부가 우리의 동그란 눈에는 올곧은 직선으로 보이듯이, 역사의 종말과 대결하는 가공할 시대정신은 우리의 (조각난) 인식 체계에는 그 일면만 하더라도 거대한 실체처럼 지각될 수밖에 없다. 자명한 말이지만, 시대정신의 실력은 결코 평가될 수 없다. 누가, 어떻게 감히 그런 평가를 하겠는가? 우리는 다만 그것에 희생되거나, 기껏해야 그로부터 미미한 이익을 도모할 수 있을 따름이다. 시대정신은 형이상학을 포괄한다. 그 반대가 아니다. 시대정신이 정치경제학을 선도한다. 결코 그 반대가 아니다.

물론, 그럴 의지가 있다면, 시대정신의 존재와 그 정당성을 모두 거부하는 것은 얼마든지 가능하다. 어떤 면에서 그것은 바람직하기까지 하다. 그러나 이제는 그런 부정의 정신이 갈 수 있는 곳은, 냉정하게 말해서, 어디에도 없다. 단 한 곳, 자신의 내면을 제외하고. 표현의 가능성을 스스로 포기한 내면은, 존재 위상학의 관점에서 보자면, 죽은 죽음과 동일한 층위에 머무른다. 침묵이 적극적인 저항 잠재력을 담보하던 시대는 이미 오래전에 저물었다. 현재의 시대정신은 어떤 표현도 억압하지 않는다. 대신 모든 '부적절한' 표현을 재빨리 산패시킬 뿐이다. 그 결과, 오늘날 담론의 풍경은 부패한 언어들로 난분분하다. 어쩌면 혹자는 바로 이 문장, 더 나아가 이 책 전체를 그 풍경의 전경前景처럼 느낄지도 모른다. 그렇게 느끼는 것은 그의 자유다. 썩을 운명으로부터 자유로운 언어는 없다. 그러므로 오직 부패만이 번성한다. 아마도 그 부패의 총합이 우리의 시대정신일 것이다. 그렇다면 시대정신은 무한 팽창하는 중이라고 보는 편이 맞을지도 모르겠다. 부패가 부단히 계속되기 때문이다. 하지만 혹자는 이것을 매체 네트워크—한때 우리는 이것을 '언론'이라는 근사한 명칭으로 불렀다—의 근본 메커니즘으로 규정할 수도 있으리라. 어쨌든 확실한 사실은, 그 적절성의 기준이 무엇인지 우리로서는 도무지 알 길이 없다는 점이다. 아마도 기준 자체가 존재하지 않는다고 말하는 편이 옳을지도 모르지만, 그마저도 확신할 수는 없다. 기준을 안다고 주장하는 뭇 관점들이 난립(=극한 대립)하고 있기 때문이다. 그런데 그러한 상황은 차라리 긍정적이다. 정말로 비극적인 것은, 기준을 조율하고 확립하려는 모든 노력이 '알 게 뭐람'의 정신 앞에서 일거에 수포로 돌아간다는 사실이다. 이 책은 그 비극에 대한 인식의 기록이다.

1. 언어 외과의사의 편지

1.

언젠가 프란츠 카프카를 덮쳤던 사고. 그에 대한 그의 간결한 회상.

> 언젠가 내 다리가 부서진 적이 있었다. 그것은 내 인생에서 가장 아름다운 체험이었다.[1]

2.

폴 발레리가 내내 집착했던 사고 예방법. 그에 대한 그의 상세한 호소.

1 Franz Kafka, *Nachgelassene Schriften und Fragmente I*, Frankfurt a. M.: S. Fischer, 1993, p. 548.

우리에게 하나의 사유 공간을 그렇듯 빨리 뛰어넘게 해주고 고유의 표현을 만드는 관념의 충동을 뒤쫓게 해주는 각각의 단어가, 즉 단어 하나하나가 내게는 도랑이나 산골짜기에 놓여 있는 널빤지, 오직 날쌘 사람만이 무사히 지나갈 수 있는 얇은 널빤지처럼 보입니다. 그러나 우리도 힘주어 누르지 않는다면 그 다리를 건널 수 있을 겁니다. 멈춰서도 안 되지요—하물며 널빤지의 버티는 힘을 시험한답시고 그 위에서 춤을 추어서는 결코 안 됩니다! [……] 그러면 그 부서지기 쉬운 다리는 당장 휘어지거나 부서져서 모조리 심연으로 사라지고 말 테니까요. 여러분의 경험을 한번 생각해보십시오. 그러면 여러분은 **단어들을 지나가는 속도**에 힘입지 않고서는, 결코 남들도 또 우리 자신도 이해할 수 없다는 사실을 발견하게 될 것입니다. 결코 단어에 무게를 가해서는 안 됩니다. 만일 그렇게 하면 가장 분명한 말조차 산산이 부서져 수수께끼로 변하는, 즉 정도의 차이는 있을지언정 죄다 교묘한 환각처럼 변해버리는 장면을 보게 될 것입니다.[2]

3.

다시, 카프카의 사고. 사건 경위에 대한 그의 정확한 세부 묘사.

2 폴 발레리, 「시와 추상적인 생각」, 『발레리 선집』, 박은수 옮김, 을유문화사, 2015, p. 166. 강조는 원저자. 프랑스어 원문과 영어본을 참조하여 번역을 일부 수정했다.

나는 뻣뻣하고 차가웠다. 나는 하나의 다리였고, 심연 위에 놓여 있었다. 이쪽으로는 발끝을 걸쳐놓고 저쪽으로는 부서지는 흙더미를 손으로 헤집으며 나는 앙버티고 있었다. 바람에 외투 자락이 내 쪽으로 나부꼈다. 깊은 아래에서 얼음 같은 송어 떼 시냇물이 시끄럽게 흐르고 있었다. 어떤 관광객도 길다운 길 하나 없는 이 높은 곳까지 와서 헤맬 리 없었고, 하물며 다리는 아직 지도상에 표기되지도 않았다. 그렇게 나는 놓여 있었고, 기다렸다. 기다려야 했다. 다리란, 일단 세워진 후에는 무너지지 않는 바에야 다리이기를 그만둘 수 없는 법이다. 어느 저녁 무렵—그게 첫날이었는지 아니면 천번째 날이었는지는 모르겠으나—내 생각은 완전히 뒤엉켜버렸고, 끝없이 공회전하고 있었다. 시냇물이 한층 어둡게 흐르던 어느 여름 저녁, 나는 한 남자의 발소리를 들었다. 이리로, 이리로. 다리야, 쭉 뻗어라. 똑바로 버텨라. 난간 없는 들보야, 네게 맡겨진 그 사람을 잘 붙들어라. 불안한 그의 걸음도 티 안 나게 바로잡아주고. 그래도 그가 흔들린다면 그때는 네가 누구인지 알려주고, 산신처럼 그를 바닥으로 내팽개쳐라. 그가 왔고, 지팡이 끝에 달린 쇠로 나를 툭툭 건드렸다. 그런 다음 지팡이 끝으로 내 외투 자락을 들어 올려 내 위에 가지런히 정돈해주었다. 내 무성한 머리털 속에 지팡이를 꽂아놓고는, 아마도 주위를 크게 둘러보느라 그랬는지, 한참을 그대로 두었다. 하지만 그런 다음—바로 그때 나는 그를 좇아 산과 골짜기에 대한 꿈을 꾸고 있었는데—그는 두 발로 펄쩍 뛰어내 몸 한가운데에 섰다. 영문도 모른 채 나는 난폭한 고통에 부르르 떨었다. 그는 누구였을까? 아이? 꿈? 체조 선수? 무뢰배? 자살자? 유혹자? 파괴자? 그래서 나는 그를 보려고 몸을 돌렸다. 다리가 몸을 돌리다니! 미처 돌리기도 전에 나는 이미 떨어지고 있었다. 떨어지고 있었는데, 나는 이미 끊겨 있었다. 그리고 맹렬한 물속에서 항상 너무도 평화롭게 나를 바라보던 뾰족한 돌에 찔렸다.[3]

4.

카프카와 발레리와 다리. 다리와 나와 언어. 다리라는 말과 '나'라는 말. 말과 말 사이의 다리라는 말—접속(조)사. 다리와 다리를 이어주는 말(이라는 다리). 다리를 건너는 나와 나를 떠받치는 다리를 이어주는 말(이라는 다리). (지도-텍스트에 표시될 수 있는 모든 '나'를) 카프카, 발레리와 맺어주고, (세계 밖에 혹시 있을지 모를 '나'를) 발레리, 카프카에게서 끊어버리는 다리, 언어. 다리로 끊(기)는 삶을 꿈꾼 카프카와 그의 언어, 다리를 끊지 않(을 수 있)는 춤을 꿈꾼 발레리와 그의 언어. 카프카와 발레리의 언어, 카프카와 발레리라는 언어, 다리로 부서지고 다리를 부수는 언어, 어쩌면 세상의 모든 연결을 끊는 파괴자-언어. 다리로서든 인간으로서든 '나'라는 말을 중심으로 무한히 복잡하게 짜인 연결망을

3 Franz Kafka, *Nachgelassene Schriften und Fragmente I*, pp. 304~305.

끝내 해체할 수 없었던 카프카와 발레리, 그래서 다만 무기력하고 슬픈 그들의 다리-은유. 카프카-발레리. 그-들의 다리-언어. 날쌔게 다리를 건너는 자들이 통상 이음표라고 부르는 무엇. 이음표, 언어-다리 혹은 다리-언어. 다리어(교어橋語) 혹은 어다리(언교言橋). 발화될 수 없고 다만 반쪽짜리 빈칸에 가까스로 끼일 수만 있는 언어. 소리로 실현될 수 없지만 가장 하찮고 중요한 간극을 표시하는 언어. 이음표. 카프카-발레리의 이음표. 카프카와 발레리의 사이. 그들의 사이와 이음표. 그들 사이의 이음표. 사이라는 이음표, 사이로만 존재할 수 있는, 이음표.

다리가 되고 싶었지만, 다리로 남고 싶었지만, 그럴 수 없었던 카프카의 뻣뻣한 말, 카프카라는 뻣뻣한 말. 카프카와 말과 다리. 카프카-말-다리. 카프카의 말과 다리. 카프카의 말-다리. 카프카의 다리와 말. 카프카의 다리-말. 카프카-다리의 말. 부서진 다리 카프카. 카프카의 부서진 말. 부서지는 가교어架橋語로서만 존재했던, 언제나 이미 소멸하고 있던 카프카.

얇은 널빤지에 지나지 않는 말, 다리로서의 말, 널빤지-말의 약함을 두려워한 나머지, 말춤, 말 위에서(만) 추(어야 하)는 춤, 그러니까 말로(써만) 추(게 되)는 춤—언무言舞 혹은 무언舞言—을 출 엄두를 내지 못한 발레리. 혹시 그가 본 환각은 저 부서져 내린 카프카-다리의 사고 장면이 아니었을까? 아니, 발레리가 바로 카프카-다리를 끊어버린 저 아이-꿈-체조 선수-무뢰배-자살자-유혹자-파괴자는 아니었을까? 만약 그렇다면 그는 어떻게 됐을까? 어디로 갔을까? 카프카-다리와 함께 떨어졌을까? 혹시 그는 심연 속으로 사라진 카프카-다리를 대신해 지도에도 나오지 않는 저 높은 곳에 홀로 가로놓여 있는 것은 아닐까?

날쌔지 못한 (모든) '나'는 이렇게 묻는다. '과연 나는 춤출 수 있을까? 내가 그를 부술 수 있을까? 나는 그를 대신해서 다리가 될 수 있을까?' 뻣뻣하지도 차갑지도 않은 모든 '나'는 이렇게 묻는다. '나는 나를 부술 수 있을까? 나는 나를 끊을 수 있을까? 나는 나를 (대신해서) 건너는 다리가 될 수 있을까? 나는 나를 (위해서) 끊(기)는 다리가 될 수 있을까? (혹시 이 생각은 환각일까?)'

5.

다리-카프카와 널빤지-발레리를 꽉 움켜쥐고 그악스럽게 부순 후에도, 여전히 만족할 줄 모르는 '나'의 언어. 하지만, 제아무리 견고하게 '나'의 요새를 쌓는다고 해도, 아니 바로 그렇게 무한한 '나'들이 저마다 성을 건축하기 때문에, 언어는 (무한히) 부서진다. 결국 '나'는 (나의) 언어의 '나'이기 때문이다. 나는 부서지는 다리인가, 아니면 다리 위에 서서 다리를 부수는 '나'인가? 나는 부서지는 다리라는 '말'인가, 아니면 '다리'라는 말 위에 서서 부서지고 무너지는 '나'라는 말인가? (그렇지만 대관절 말이 어떻게 부서지고 무너질 수 있단 말인가?!) 나는 언어인가 사물인가? 혹시 나는 '사물'이라는 언어를 사물로 착각하고 있는 것은 아닐까? 이미 부서진 언어-다리인데도 불구하고, 여전히, 억지로 간극을 버티는, 심연 위에서 두 개의 땅을 붙들고 있는 널빤지라고, 멋대로 착각하고 있는 것은 아닐까?

6.

다시, 발레리의 사고 대응법. 그에 대처하는 자세에 관한 그의 정확한 통찰.

> 모든 문제에 있어서, 또 근본적인 검토에 앞서, 나는 언어에 세심한 주의를 기울입니다. 나는 제일 먼저 손을 깨끗이 씻고 수술 부위를 준비하는 외과의사처럼 일을 해나가는 버릇이 있습니다. 내가 **언어 상황의 청소**라 부르는 것이 바로 이것입니다. 단어와 담론의 형식을 집도의의 손과 도구에 빗대는 이러한 표현을 용서하시기 바랍니다.
>
> 내가 강조하고 싶은 것은 정신과의 최초의 접촉에 주의해야 한다는 점입니다. 우리의 정신 안에서 질문을 제기하는 최초의 언어에 주의해야 합니다. 우리 안의 새로운 질문은 아직 유아기에 머물러 있습니다. 그것은 옹알거립니다. 그것은 우발적인 의미와 연상으로 가득한 낯선 용어들 외에는 찾지 못합니다. 그리고 그 용어들을 빌려 쓰지 않을 수 없습니다. 그러나 그렇게 하는 와중에 그 질문은 우리가 정말로 알고자 했던 것을 시나브로 변질시킵니다.[4]

7.

발레리의 지침을 허투루 보아 넘기지 않았던 발터 벤야민, 마침-내 언어 외과의사가 되기로 결심하다.

외래 진료부

저자는 카페의 대리석 테이블에 생각을 올려놓는다. [그리고] 오래 관찰한다. 즉 시간을 활용하는 것이다. 제 앞에 유리잔—환자를 살피기 위한 수술용 현미경—이 놓일 때까지의 시간 말이다. 이윽고 그는 천천히 수술 도구를 펼친다. 만년필, 연필, 그리고 담배 파이프. 마치 원형극장처럼 주위를 둘러싼 여러 손님은 그의 임상 강의의 청중이 된다. 신중히 따르고 또 그렇게 음미하는 커피는 생각에 마취제를 주입한다. 이제 그의 생각은 사태 자체와 더는 관련이 없다. 이는 마취 상태의 환자가 꾸는 꿈이 외과 수술 집도와 아무 관련이 없는 것과 마찬가지다. 맥락에 따라 세심히 원고를 절개한 다음, 그 안으로 강조점을 옮겨 놓고, 말의 종기를 태워 없애고 그 자리에 은제 늑골처럼 외래어 하나를 삽입한다. 마지막으로 적확한 곳에 마침표를 찍어 전체를 깔끔하게 봉합한다. 그리고 저자는 웨이터, 즉 그의 조수에

4 폴 발레리, 「시와 추상적인 생각」, pp. 163~64. 강조는 원저자. 프랑스어 원문과 영어본을 대조하여 번역을 일부 수정했다.

게 보수를 지급한다.[5]

8.

기민한 카페 손님은 이미 눈치챘겠지만, 이 의사-저자가 언어 일반의 체내에 은제 늑골로서 삽입한 외래어는 다름 아닌 하이픈이다. 하지만 만약 우리가 그에게 '왜 하이픈인가?'라고 물어본다면, 그가 선뜻 답을 내놓지는 못할 것 같다. 그렇지만 우리는 따로 고민을 이어갈 수 있다. **왜 하이픈인가?** 입장과 관점에 따라 다양한 대답이 나올 것이다. 그러나 가능한 모든 대답의 각축을 우회하는 한 가지 가설을 소개한다. 그 까닭은 하이픈(을 포함한 표기법과 구두점)이 언어 일반에 속하는 동시에 속하지 않는 외래어이기 때문이다. (하지만 이 외래어의 존재태를 슬쩍 기회를 엿보며 양편에 애매하게 한 발씩 걸치는 기회주의와 혼동해서는 안 된다). 바꿔 말하자면, 하이픈은 언어-다리이기 때문이다. 여전히 논란이 가시지 않은 문제지만, 만약 우리가 언어 일반의 영역을 이해 가능성의 지평과 동일한 것으로 상정해도 된다면, 하이픈은 이해 가능한 영역에도 이해 불가능한 영역에도 속하지 않는, 속할 수 없는 未-언어라고 할 수 있다. 누구도 하이픈을 이해해야 할, 혹은 이해할 수 있는 존재로 여기지 않는다. 거개의 우리는 매양 날렵하게, 다시 말해 부주의하게, 하이픈을 사뿐 건널 따름이다. 그리고 그

5 Walter Benjamin, *Gesammelte Schriften IV-1*, Frankfurt a. M.: Suhrkamp, 1991, p. 131.

렇게 건너는 것은 불가피하다. 왜냐하면 전승된 이해 지평을 어떻게든 지켜야 하기 때문이다. 하이픈은 이해할 수도 이해할 필요도 없는 존재로 영원히 심연 위에 떠 있을 것이다. 이해 불가하고 이해 불요한 이 존재는 끝없이 불가해한 땅과 말없이 소통되는 땅 사이에 간당간당 가로놓여 있다.

하이픈은 얇은 널빤지, 부서지기 쉬운 다리다. 설령 그것이 '나'라는 극한적 대명사의 갑옷을 두르더라도, 사정은 달라지지 않는다. 이해의 영토에 거주하는 (거의) 모든 사람이 언어를 쓸 때 적당히 서두르는 것은 이런 까닭에서다. 이것은 사람들이 대개 위트와 유머를 최상급의 예술적 직관과는 거리가 먼 어떤 것, 한낱 비속하고 비루한 잔재주쯤으로 여기는 사정과 무관하지 않다. 왜냐하면 위트와 유머를 문법에 접속시켜주는 몇 안 되는 경로 중 하나가 바로 하이픈이기 때문이다.

—

위트는 창조적이다—위트는 유사성을 만든다.

—노발리스

최상의 위트는 보편적 형세 언어lingua charakteristica universalis인 동시에 조합술ars combinatoria일 것이다.

—프리드리히 슐레겔

유머는 판단 없는, 즉 말 없는 판결이다. 위트가 본질적으로 말에 기초해 있다면—슐레겔이 위트와 신비주의의 근친성을 강조했던 것은 이 때문이다—유머는 집행에 기초를 두고 있다. 유머스러운 행위는 판단[판결] 없는 집행의 행위다. 언어에는 집행되기 위해 말로서의 성격을 상실하는 말이 있다. 예컨대 텍스트 안에 찍혀 있는 말이 그렇다.

—발터 벤야민

9.

벤야민의 관점에서 노발리스와 슐레겔의 위트는, 제아무리 창조적인 신비주의의 의장을 걸치고 등장하더라도, 결국 이해 가능성의 지평 안에 갇혀 있을 수밖에 없다. (이해의 생존에 필수적인 적당한 속도를 요구하는) 말에 기초해 있기 때문이다. 반면 두 사람이 주목하지 못한 유머, 벤야민의 유머는 불가해성으로 전락하지 않고 이해의 지평을 뚫을 수 있는 행위다. 아니, 유머는 언어로써 언어를 무력화-무효화-무기無機화하는 방법—비록 유일한 것은 아닐지라도—이라고 해야 정확할 것이다. 유머 안에서 언어는 스스로를 소거하고 소진한다. (언어가 자기를 지우고 없앨 수 있는 또 다른 표현 영역으로는 탄식이 있는데, 여기서는 아마도 유머와 정반대 방향으로 사태가 전개될 것이다. 그러나 이 문제에 관한 제대로 된 논의는 차후를 기약하도록 하자.) 그렇다면 우리는 발레리의 사고 예방법 및 대처법을 유머에 대한 재미없는 설명으로, 카프카의 사고 회상록 및 사건 경위서를 유머의 실천 혹은 집행(이 아니라면 적어도 연습)으로 재독할 수 있다. 그렇다고 해도 두 사람을 하이픈으로 이어 붙이는 것이 부당하다고 말할 수는 없을 것이다.

10.

이해와 불가해 모두에게 어깃장 놓는 하이픈을, 꽤 근사하지만 여간해서는 눈에 띄지 않는 은제 유머로 바꿔 언어의 신체에 삽입한 외과의사가 있다. 그의 이름은 요한 페터 헤벨Johann Peter Hebel이다. 그가 쓴 짧은 이야기 「칸니트페르스탄Kannitverstan」에는 (부서지는) 다리로 변하는 사람이 아니라, 반대로 (속도를 모르는) 사람으로 변해 끝까지 버티는 다리가 등장한다.

—

> 사람은 마음먹기에 따라서—물론 이는 잘 구워진 채로 머리 위를 날아다니는 비둘기의 수가 그리 많지 않아도 그럭저럭 제 팔자에 만족할 줄 아는 사람에게[만] 해당되는 이야기일 수도 있습니다—그곳이 에멘딩엔이든 군델핑엔이든 아니면 암스테르담이든 관계없이 어디서든 온갖 세상사의 덧없음을 여실히 깨닫게 하는 기회를 날마다 가질 수 있습니다. 하지만 암스테르담에 도착한 독일의 한 젊은 견습공은 더없이 기이한 우회로를 거치며 [누차] 오해를 하고 난 뒤에야 비로소 이 진리를 깨달았습니다. 화려한 집들과 부둣가에 둥실둥실 떠 있는 배들 그리고 분주하게 오가

는 사람들로 가득 찬 이 크고 부유한 상업도시에 도착한 그의 눈에 가장 먼저 들어온 것은 두틀링엔에서 암스테르담으로 오는 동안에는 결코 볼 수 없었던 크고 화려한 저택이었습니다. 지붕 위로 굴뚝이 여섯 개나 솟아 있고, 화려한 외벽에 제 고향 집의 문짝보다 큰 유리창들이 높이 달린 이 호화로운 건물을 그는 오랫동안 경탄하며 바라보았습니다. 결국 그는 지나가는 사람을 붙잡고 이렇게 물어볼 수밖에 없었습니다. "실례합니다만, 저기 저 창가에 튤립이며 과꽃이며 또 스톡으로 잔뜩 장식된 저 멋진 집의 주인이 누군지 좀 가르쳐주시겠습니까?" 하지만 이 남자에게는 아마도 뭔가 더 중요한 일이 있는 모양이었어요. 게다가 불행하게도 이 네덜란드 사람은 질문을 던진 청년이 네덜란드어를 알아듣는 딱 그만큼만 독일어를 알아듣는 사람이었습니다. 다시 말해 그는 독일어를 전혀 몰랐던 겁니다. 그래서 이 사람은 짧고 퉁명스럽게 대답하고는 휙 지나가버렸어요. "칸니트페르스탄." 이 말은 네덜란드어로는 한 단어, 아니 정확하게는 세 단어로 구성된 말인데, 독일어로 풀이하자면 '나는 당신의 말을 이해하지 못하겠습니다'라는 뜻입니다. 하지만 이 순진한 외국인은 이 말을 자신이 물어본 바로 그 사람의 이름이라고 생각했어요. '칸니트페르스탄 씨라고, 정말 대단한 부자구나'라고 생각하며 그는 발걸음을 옮겼습니다. 한 골목 두 골목 지나던 그는 이윽고 항구에 다다랐습니다. 이곳의 이름은 '헷 아이 Het Ey'였는데, 독일어로는 'Y'를 뜻합니다. 항구에는 배와 배, 돛대와 돛대가 빼곡히 늘어선 채 굉장한 장관을 이루고 있었기에, 청년은 제 두 눈으로 이 진기한 광경을 제대로 살펴보고 음미할 수 있을지 걱정이 들 정도였답니다. 그러던 중 문득 한 척의 커다란 배가 그의 눈길을 끌었습니다. 그 배는 얼마 전에 동인도로부터 도착해 이제 막 하역 작업을 하는 중이었어요. 하역장에는 벌써 상당한 양의 상자와 짐꾸러미가 나란히, 층층이 쌓여 있었습니다. 설탕과 커피, 쌀과 후추 등이 들어 있는 통들은 바닥에 쥐똥을 묻힌 채로 계속해서 내려지고 있었고요. 한참 동안 이 광경을 바라보던 청년은 마침 옆에서 어깨에 짊어졌던 상자를 내려놓는 일꾼을 발견하고는, 바다 건너 이 많은 물건을 가져오는 행복한 남자의 이름이 뭔지 물었습니다. "칸니트페르스탄." 이것이 대답이었습니다. 그러자 청년은 생각했습니다. '하하, 역시 그렇단 말이지? 하긴, 육지에 그렇게 좋은 집을, 금칠한 화분에 튤립으로 잔뜩 치장한 창문을 가진 그런 집을 짓는 사람이니, 저 정도 물건을 바다 건너 싣고 오는 건 새삼 놀랄 일도 아니지.' 발걸음을 돌리면서 그는 서글픈 상념에 잠겼습니다. 세상에는 이렇게 부자가 많은데, 나는 왜 이렇게 가난한 신세인가. '칸니트페르스탄 씨처럼 나도 한번 부자로 살아봤으면!' 이렇게 생각하며 모퉁이를 돌던 그는 거대한 장례 행렬을 맞닥뜨렸습니다. 검정 마구를 쓴 네 마리 말이 마찬가지로 검정 천으로 덮인 장례 마차를 천천히 슬프게 끌고 있었습니다. 마치 말들도 죽은 사람을 영면에 들도록 모시고 있다는 것을 잘 아는 듯했습니다. 그 뒤로는 검은 장례복을 입은 고인의 친구와 지인들이 두 줄로 나란히 긴 행렬을 이뤄 말없이 뒤따르고 있었습니다. 멀리서 구슬픈 조종이 울렸습니다. 그 순간 우리의 외국 청년도 비통한 감정에 사로잡혔습니다. 선한 사람이라면 그런 감정을 외면할 수 없는 법이니까요. 청년은 모자를 벗어 들고 행렬이 모두 지나갈 때까지 경건하게 서 있었습니다. 그렇지만 행렬이 끝에 다다랐을 즈음 청년은 한 사람을 붙잡았습니다. 그때 그 사람은 자신이 파는 솜 가격을 100파운드당 10굴덴씩 올려 받으면 얼마를 더 벌게 되는지를 속으로 조용히 셈하고 있었습니다. 청년은 이 사람의 외투 자락을 가만히 붙잡으며 진심으로 조의를 표했습니다. "가까운 친구분이셨나 봅니다. 그러니 이렇게 조종이 울리는 중에 슬픈 표정으로 추억에 잠겨 따라가시는 게지요." "칸니트페르스탄." 이것이 대답이었습니다. 그 순간 우리의 순박한 두틀링엔 청년의 두 눈에서 큰 눈물방울이 툭 떨어졌습니다. 그리고 그의 마음은 일순간 무거워졌다가 이내 다시 가벼워졌습니다. "가엾은 칸니트페르스탄 씨!" 청년은 탄식했습니다. '당신이 가졌던 그 모든 부에서 이제 뭐가 남았습니까? 언젠가 가난한 나도 똑같이 갖게 될 것, 수의와 아마포 밖에 더 있습니까? 당신이 가꾸던 그 많은 꽃 가운데 기껏해야 로즈메리 아니면 헨루다 한 송이 정도가 당신의 싸늘한 가슴 위에 놓이겠지요.' 이런 생각을 하며 청년은 마치 장례식에 참석한 사람인 양 장지까지 따라가 이른바 칸니트페르스탄 씨가 안치되는 것을 보았습니다. 추도문을 들은 청년은 너무 익숙해서 별 감흥이 없는 독일어보다 한마디도 알아듣지 못하는 네덜란드 말에 더 큰 감동을 받았습니다. 마침내 마음이 가벼워져서 다른 사람들과 함께 돌아온 그는 독일어가 통하는 여관에서 림뷔르흐산 치즈 한 조각을 왕성한 식욕으로 먹어치웠습니다. 그리고 이따금 '세상에 그렇게 많은 부자가 있는데 나는 왜 이렇게 가난한가'라는 생각 때문에 힘이 들 때면 청년은 암스테르담의 칸니트페르스탄 씨를, 그의 거대한 저택과 풍요로운 배 그리고 그의 좁은 무덤을 떠올리곤 했습니다.[6]

11.

시골 청년이 암스테르담의 네덜란드 사람들에게서 연거푸 세 번 들은 말 "칸니트페르스탄"은 1) 표면 층위에서는 이해를 부정하는 말이고, 2) 존재론의 측면에서는 비존재를 존재로 뒤집어 긍정하는 이름이며, 3) 마지막으로 구체적인 현실의 차원에서는 이해를 부정하지 않으면서 (무심코) 그것을 기각하는 생에만 주어지는 독특한 행복의 상징이다. 하지만 더 자세히 톺아보면, 이렇게 말할 수도 있다. 칸니트페르스탄은 1) 언어 질서 안에서는 이해를 부정하는 사람들의 말을 이름 언어로서 거두고 품는 선사膳賜/善事

6 Johann Peter Hebel, *Die Kalendergeschichten*, München: Deutscher Taschenbuch Verlag, 2011, pp. 162~64.

행위이고, 2) 존재 질서의 차원에서는 이름을 통해 실체 없는 존재에게 인격-기능을 부여하는 창조 행위이며, 3) 이해의 지평을 떠나면서도 몰이해의 심연으로 추락하지 않는 삶 역시 결국에는 오직 언어에 의해서만 지탱될 수 있음을 보여주는 증좌다. 그러나 이 이야기에서 가장 결정적인 사항은, '이해할 수 없다'는 뜻으로 쉽게 이해(≒처리)되는 평범한 한마디가 잊을 수 없는 하나의 이름으로 각인되어 한 사람을 절망의 구렁텅이로 몰아넣기도 하고 반대로 생의 환희를 넘치도록 맛보게도 하는, 가히 신적인 권능을 부여받는다는 점이다. 요컨대 칸니트페르스탄은 일상 언어의 한 복판에서 언어 일반의 가능한 모든 연결을 끊(을 수 있)는 언어다. 따라서 우리가 계속해서 그것을 '언어'로 범주화하는 것은 어쩌면 부당한 일일 수 있다. 왜냐하면 칸니트페르스탄은 언어의 절정인 동시에 언어의 중지이며, 무엇보다 가능한 모든 이해를 넘어서는 이름이기 때문이다. 칸니트페르스탄은 결코 존재한 적이 없는데도 엄청난 부를 누리고 허망한 죽음을 맞은 사람의 이름이다. 사실 이것은 이름의 근본 원리를 극명히 보여주는 범례다. 이름은 없는 데서 나오는 동시에 없는 것을 있게 만드는 언어다. 또한 이름은 스스로 있게 만든 그것이 마침내 자립적인—표면상 그렇게 보일 뿐이지만—실체가 되어 전면에 등장하는 순간 슬그머니 물러나는 언어다. 그렇게 이름은 생활세계의 환한 태양이 만드는 극소의 어둠 속에 모습을 감추지만, 결코 사라지지는 않는다. 왜냐하면 이름은 죽음이라는 궁극의 확실성에 의해 영구히 지탱되기 때문이다. 그러므로 '이해할 수 없다'는 뜻을 가진 이름, 존재한 적 없는 사람의 이름, 즉 칸니트페르스탄은 이름의 이름이라고 할 수 있다. 우리는 극단적으로 희한한 이 사태를 결코 이해할 수 없을 테지만, 그럼에도 이것은 우리를 당혹하게 만드는 불가해는 아니다. 오히려 우리는 이렇게 말해야 한다. '유례를 찾을 수 없는 이 독특한 유머 덕분에 우리는 언어 일반에 삽입된 은제 늑골은 곧 이름(의 이름)이라는 통찰에 이르렀다.'

12.

따라서 우리는 언어 외과의사에게 주어지는 소명을 이렇게 규정할 수 있다. 그는 이름으로 언어를 수술해야 한다. 다시 말해 마구잡이로 뒤엉키고 있는 언어 일반의 연결을 끊은 다음, 제대로 짝을 맞춰 이름으로 다시 이어 붙여야 한다. 그런데 언어 전체가 남김없이 이름으로 연결된다는 것은 모든 말이 접속사로 변환되거나, 거꾸로 문법 전체가 접속사를 전혀 필요로 하지 않는 형태로 재구성된다는 뜻이다. 다시 말해 모든 말이 다리가 되거나, 아니면 언어의 영토 전체가 이름으로 충만하여 간극과 심연을 일체 허용하지 않게 되는 것이다.

말할 수 없는 것은 이름을 제외한 모든 사물-언어와 논리-언어다. 오직 이름만이 근본적이고 궁극적인 의미에서 말할 수 있는 것, 말해야 하는 것이다. 오직 이름만이 제대로 집행될 수 있는 언어다. 오직 이름만이 본래적인 의미에서 유머(와 탄식)의 가능성을 보증한다. 그리고 이 세 가지 명제를 종합하여 완벽하게 집행한 것이 바로 연거푸 세 번 발화=각인된 이름, 칸니트페르스탄이다.

—

새로운 아침이 밝아오기 전 칸니트페르스탄을 세 번 들은 시골 청년은 이튿날 잠에서 깨어 이렇게 말할지도 모른다.

> 아침이 밝아오니
> 살아야 할 또 하루가 시큰거린다
> "나는 살아 있다"라는 농담
> 수억 년 해묵은 농담
>
> —최승자, 「아침이 밝아오니」 전문[7]

13.

유머를 실현하는 것이 이름이라면, 농담을 숙성시키는 것은 세월이다. 그리고 모든 세월은 이름의 세월이다. 온갖 글쓰기 형식 가운데 이름의 세월을 버틸 수 있는 유일한 형식은 편지다. 더 정확히 말하면, 이름으로 새겨지고 세월로 감기는, 아니 세월 속에 잠기는 모든 글은 편지로 읽힐 수 있다. 편지는 지도 바깥의 이름 모

7 최승자, 『빈 배처럼 텅 비어』, 문학과지성사, 2016, p. 89.

를 '나'와 기록 뒤편의 이름 없는 '나'를 이어주는 하이픈이다. 하이픈이 곧 '나'다. 그러므로 우리의 모든 '나'는 언젠가는

부서질 수 있다—반드시 부서져야 한다.
모든 버티는 존재의 하이픈, 모든 추락하는 말의 다리가 되는 편지를 꿈꾼다.

언제든

이해받지 못할 수 있다—기필코 이해를 거슬러야 한다.
연결될 수 있는 모든 세계의 무수한, 무소霧消하는 칸니트페르스탄들이 이 책의 독자가 될 것이다.

2. 이어 쓰기와 베껴 쓰기

— 위조문헌학을 위하여

모든 인용은 또한 하나의 해석이다.

—게오르크 루카치

모든 제스처는 그 자체로 하나의 사건이다.

—발터 벤야민

1.

이 글은 도래할 위조문헌학의 이념을 암시하려는 하나의 시도다. 이를 위해 선결되어야 할 문제가 한 가지 있는데, 그것은 주해註解, exegesis와 자해恣解, eisegesis의 차이에 관한 물음이다. 주해는 성스러운 텍스트의 존재를 전제한다(이때 성스러운 텍스트는 넓은 의미에서 이른바 '고전적인 것the classical'의 범주를 포괄할 수 있다. 물론 이런 식의 범주화는 그 자체로 논쟁적이지만, 여기서 이 쟁점에 본격적으로 개입할 수는 없다). 성스러운 텍스트는 대개 계시와 비유 혹은 수수께끼의 형식을 통해 제 힘을 드러내며, 이 힘은 (원칙적으로 모든) 독자에게 해당 텍스트의 의미를 해명하거나 (그것이 불가능할 경우 억지로라도 궁리해서) 발명하도록 강제한다. 주해에서 가장 결정적인 사항은 해석자의 경험, 견해, 성품, 상황 따위가 결코 개입할 수 없으며, 또 해서도 안 된다는 점이다. 중요한 것은 오직 '텍스트가 무엇을 말하는가'다. 이에 반해 자해에서는 텍스트가 담고 있(다고 믿어지)는 의미가 아니라, 오히려 해석자의 상태, 성격, 관점, 목표 등이 우선시된다. 물론 자해 역시 성스러운 텍스트를 대상으로 행해질 수 있으며, 실제로 행해진다. 그러나 자해에 의해 도출되는 텍스트의 의미는 해석자가 텍스트 속으로 투사한 여러 요건에 의해 조작(이 아니라면 적어도 조합)되고 구성된 것이다. 요컨대 자해는 뒤집힌 주해인 셈이다. 고쳐 말하자면, 주해와 자해는 근본적으로 동일한 해석 행위인데, 다만 그 방향이 정반대다. 그러나 주해와 자해를 가르는 경계가 지극히 모호하고 유동적이라는 사실은 두말할 필요도 없을 것이다. 이것은 가령 정통과 이단의 경계가 근본적으로 불분명하고 많은 경우 자의적이라는 사실과 나란하며, 더 나아가 다소 거친 비유를 용인한다면, 법전과 판례·판결 간의 지극히 애매한 관계와도 사뭇 비슷하다고 말할 수 있다.

주해의 이념은 성서문헌학 및 고전문헌학의 근간을 이룬다. 주해(의 도움) 없이 성서와 고전은 전승될 수도 독해될 수도 없다. 그렇다면 자해는 어떤가? 자해는 마치 그림자처럼 주해에 들러붙는다. 빛이 있는 곳에 그림자가 있듯이, 주해가 이루어지는 곳에는 반드시 자해도 행해진다. 그림자를 만들지 않을 수 있는 빛이 있다면, 그것은 오직 신의 빛일 것이다. 마찬가지로 자해로 넘어가지 않을 수 있는 주해가 있다면, 그것은 오직 신 스스로의 주해일 것이다(그러나 신이 직접 행하는 주해란 그야말로 난센스의 극치다). 그렇지만 그림자로 오롯이 흡수되는 빛이 있을 수 없듯이, 자해로 완전히 넘어가는 주해도 없다. 왜냐하면 거룩한 텍스트는 결코 완전히 폐기될 수 없는 것이기 때문이다.

그런데 주해와 자해의 공생적 대립 혹은 대립적 공생이 전혀 무의미해지는 순간이 도래한다. 이 순간은 사회와 신문, 신문과 사회가 서로를 잉태한 시대에 도래했다. 다시 말해 성스러운 텍스트의 절대적 구심력이 신문-사회의 폭발적 원심력에 의해 (거의) 완벽하게 제압당한 시점부터 주해와 자해의 적대적 동침은 모든 위력을 상실하고 말았다. 이제 사람들은 신문을 읽듯이 성서를 읽고, 성서를 읽듯이 신문을 읽을 수 있게 되었다. 신문과 성서의 중간 형태인 소설이 근대 글쓰기의 전형이 된 까닭이 여기에 있다. 즉 소설은 (영원히 읽히는) 성스러운 고전이 될 수도 있고, 신문처럼 (그날그날 바로) 읽히고 (바로) 버려질 수도 있다. 소설은 말하자면 낡은 신문이자 새로운 성서다. 따라서 우리는 소설을 성서처럼 주해할 수 있고, 소설처럼 고전을 자해할 수 있다. 이렇게 보면 19세기 말에서 20세기 초에 소설을 골자로 하는 이른바 민족 문학 및 동시대/근대 문학을 전문적으로 연구하는 제도가 대학 내에 설립된 것은 자연스럽다. 아마도 '세속문헌학'이라 불릴 만한 이 제도 안에서 주해(와 더불어 자해)를 배격하면서 전면에 등장한 것이 바로 '비평'이다. 아니, 차라리 비평은 마치 블랙홀처럼 주해와 자해를 모조리 빨아들였다고 말하는 편이 더 정확할 것이다. 그리하여 이제 성서문헌학 및 고전문헌학은 고상하고 희귀한 취향의 영역으로 멀찍이 물러나, 케케묵은 먼지를 터는 수고를 마다하지 않는 극소수의 방문자만을 맞이하고 있다. 일찍이 발터 벤야민이 위조문헌학을 기획(이 아니라면 적어도 구상)하여 맞서려 했던 것은, 바로 이처럼 혼란스러운 세계-텍스트-상황이었다. 벤야민의 위조문헌학은 세속문헌학의 비평 세계로 깊숙이 침투하여, 바로 그 근저에서 성서문헌학 및 고전문헌학의 이념을 '마무리 Vollendung'하는 것을 목표로 삼는다. 따라서 이 위조문헌학자의 전략은 텍스트의 선택에서부터 이미 치밀하게 작동한다.

2.

1927년 벤야민은 이런 단편Fragment을 남긴다.

> 역사를 하나의 재판으로 표상한다는 것. 이 재판에서 인간은 말없는 자연의 변호인으로서, [곧] 올 것을 약속했지만 [계속 혹은 끝내] 오지 않는 메시아와 창조[주]에게 동시에 소송을 건다. 그런데 이 재판 법정은 **미래의 일에 대한 증언**을 듣기로 결정한다. 미래의 일을 느끼는 시인, 미래의 일을 보는 조각가, 미래의 일을 듣는 음악가, 그리고 미래의 일을 아는 철학자가 등장한다. 그런고로 이들의 증언은 상충한다. 비록 그들 모두 하

> 나같이 그 일이 일어날 거라고 증언함에도 불구하고. 법정은 스스로 판결 내리지 못한다는 사실을 감히 인정하지 못한다. 이 때문에 새로운 소송이 끝없이 이어지고, 새로운 증인이 끝없이 등장한다. 고문과 순교가 일어난다. 배심원석은 살아 있는 자들로 채워지고, 이들은 인간-기소인과 증인들의 말을 똑같이 불신하며 듣는다. 세대를 거듭하며 배심원들은 제 아들에게 자리를 물려준다. 마침내 자리에서 쫓겨날지도 모른다는 불안이 그들 안에 싹튼다. 결국 배심원들은 모두 도망가버리고, 오직 고소인과 증인들만 남게 된다.[1]

이 글의 제목은 「신비의 이념Idee eines Mysteriums」이다. 어째서 "신비의 이념"일까? 언뜻 보아도 이 글에서 묘사되고 있는 사건은 참으로 기묘하고 낯설다. 하지만 이러한 표면적인 느낌만으로 이 글을 "신비의 이념"이라 부르는 것은 뭔가 석연치 않다. 왜 그런가? 무엇보다 역사를 재판으로 표상하는 것은 전혀 새롭지 않기 때문이다. 아닌 게 아니라, 기독교 역사신학의 핵심 표상 중 하나가 바로 심판으로서의 역사다. "세계사는 세계 심판이다Die Weltgeschichte ist das Weltgericht." 이것은 프리드리히 실러의 언명이지만, 기독교에 의해 혁명적으로 개시되고 세속 철학에 의해 전복적으로 전개된 역

1 Walter Benjamin, *Gesammelte Schriften II-3*, Frankfurt a. M.: Suhrkamp, 1991, pp. 1153~54. 강조는 인용자.

사철학의 핵심을 응축한 표현으로 보아도 무방할 것이다. 재판으로서의 역사, 이것은 역사철학의 핵심 공리 중 하나다. 그렇다면 벤야민은 왜 이 글에 "신비의 이념"이라는 제목을 붙였을까? 그것은 이 글이 단순히 이 세계의 역사 일반을 문제시하는 것이 아니라, 메시아의 '미도래未到來'를 중심 사건으로 하는 미래 역사에 대한 재판을 표상하기 때문일 것이다. 메시아가 오기 전까지, 창조[주]는 유죄일 수밖에 없다. 반대로 창조 일반이 유죄인 한, 메시아는 이 세계에 도래할 수 없다. 벤야민은 바로 이 궁극의 딜레마를 적시하기 위해 아직 일어나지 않은 일에 대한 재판을 상상했던 것 같다. 다시 말해 벤야민은 역사 세계와 메시아 왕국 사이의 근본적인 괴리disjunction를 철저하게 사유하기 위해 "신비의 이념"이라는 사유-이미지Denkbild를 떠올린 것이다. 그렇다면 우리는 이 글을 '심연의 이념'으로 바꿔 불러도 좋을 것이다. 그도 그럴 것이, 아직 일어나지 않은 일에 대한 재판보다 더 적확하게 현실 세계의 심연을 가리키는 표상이 있겠는가? 과연, 역사의 심연보다 더 신비로운 것이 있겠는가? (인간적 감성의 차원에서 본다면, 이 신비는 실로 가공할 만하다.) 이 특수한 법정에서 행해지는 모든 증언은 예외 없이 미래에 대한 예언이다. 이 특이한 법정에서 끝없이 미뤄지는 판결로 인해 이 세계에는 고문과 순교가 끊이지 않는다. 이 때문에 미래에 대한 재판은 무한히 연장된다. 무한히 연장되는 재판은 무기한 취소되는 재판과 다르지 않다. 고소인과 증인의 말을 불신하며 듣는 배심원으로만 가득 찬 법정과, 텅 빈 배심원석 앞에 고소인과 증인들만 덩그러니 남은 법정은 둘이 아닌 하나다.

3.

「신비의 이념」은 어떤 무대를 가리고 있는 커튼인가? 그것은 칼로스만이 취업한 오클라호마 자연극장의 무대 커튼이다.

> 오늘 클레이턴에 있는 경마장에서 아침 여섯 시부터 자정까지 오클라호마의 극장 직원을 채용합니다! 오클라호마의 대형 극장이 그대들을 부릅니다! 단지 오늘뿐입니다! 단지 한 번의 기회뿐입니다! 지금 이 기회를 놓치면 영원히 놓치게 됩니다! 자신의 미래를 생각하는 사람은 우리와 함께 일합시다! 누구나 환영받습니다! 예술가가 되고 싶은 사람은 지원하십시오! 자기 자리를 지키는 모든 이를 필요로 하는 극장입니다! 우리를 위해 일하겠다고 결심한 사람에게는 바로 이 자리에서 축하를 보냅니다! 그렇지만 자정까지 입장할 수 있게끔 서두르세요! 모든 문이 열두 시에 잠기고 더 이상 열리지 않습니다! 우리를 믿지 않는 사람은 저주받을 겁니다! 클레이턴으로 출발![2]

이것은 오클라호마 극장의 채용 공고문이다. 벤야민은 여기서

2 프란츠 카프카, 『카프카 전집 4: 실종자』, 한석종 옮김, 솔, 2003, p. 303.

"자연극장Naturtheater"의 이념, 즉 **모두가 자기 자신을 연기하는 무대**의 이념을 발견한다. 이 견해는 한편으로 "자기 자리를 지키는 모든 이를 필요로 하는 극장"이라는 구절에 의해 뒷받침될 수 있지만, 다른 한편으로 배우가 아닌 "극장 직원을 채용"하며 그것도 극장이 아닌 경마장에서 채용이 이뤄진다는 사실에 의해 부분적으로 반박될 수 있다. 그렇다면 『실종자』(『아메리카』)의 주인공 칼 로스만은 어떠한가? 그는 배우 겸 "기능직 노동자"로 채용된다. 왜냐하면 그는 본디 엔지니어가 되고 싶었기 때문이다. 그렇다면 그는 자신의 꿈대로 엔지니어 역할을 맡게 될 것인가? 그럴 수도 있고, 그렇지 않을 수도 있다. 이것은 로스만 자신의 애매한 발언을 통해서도 확인된다. "저는 배우로 채용되었습니다. [……] 그렇지만 제가 연극에 적합한지 모르겠습니다. 하지만 노력하여 모든 임무를 수행하도록 하겠습니다."[3] 로스만은 배우로 채용되었지만 딱히 연극에 적합하지는 않다. 그렇지만 그는 노력하여 "모든" 임무를 수행할 의지를 보인다. 로스만이 말한 "모든" 임무에는 당연히 연기 역시 포함되겠지만, 실제로 그가 배우로서 활동하게 될지는 알 수 없다. 왜냐하면 우선 텍스트 자체가 이 사실을 명시하지 않고 있거니와, 더 근본적으로 "모든" 임무에는 실로 무한한 종류의 일이 포함될 수 있기 때문이다. 하지만 만약 우리가 반론을 포기하고 벤야민의 견해를 적극적으로 받아들인다면, 이

3 같은 책, p. 319.

야기는 전혀 달라진다. "자기 자리를 지키는 모든 이"를 필요로 하는 오클라호마의 무대는 모든 사람이 자신의 일을 함으로써 자기 자신을 연기할 수 있는 곳이 된다. 따라서 우리는 로스만 역시 "기능직 노동자"로서 자기를 연기했을 거라고 추측할 수 있다.

벤야민은 자신의 "자연극장" 가설을 뒷받침하기 위해 두 가지 해석을 추가로 제출한다. 1) "카프카의 세계는 세계극장이다."[4] 2) 칼 로스만은 카프카의 작품 중에서 유일하게 제대로 된 고유명을 가진 주인공이다. 첫번째 주장에 대한 텍스트상의 증거는 로스만이 경마장에서 재회한 옛 여자 친구 파니와 나눈 대화에서 찾을 수 있다.

> "나도 일자리 하나를 얻을 수 있을 거라고 생각하니?" 칼이 물었다. "물론이지. 이 극장은 세상에서 제일 큰 극장이야. 우리가 다시 같이 있게 된다면 얼마나 좋겠니? 물론 네가 어떤 일자리를 얻느냐에 달려 있지만. 말하자면 우리 둘이 여기 고용되어 있을지라도 서로 보지 못할 수도 있어." 파니가 말했다. "극장이 진짜 그렇게 커?" 칼이 물었다. "이 극장은 세상에서 제일 큰 극장이야." 파니가 재차 말했다. "물론 나도 아직 극장을 직접 보지는 못했어. 하지만 나의 많은 동료가 벌써 오클라호마에 갔었

4 Walter Benjamin, *Gesammelte Schriften II-2*, Frankfurt a. M.: Suhrkamp, 1991, p. 422.

는데, 극장이 어마어마하게 크다고 말했어." [……] "극장이 아직 문을 열지 않았니?" 칼이 물었다. "응, 그래. 오래된 극장인데, 계속 확장하고 있어." 파니가 말했다.[5]

오클라호마 극장에 대한 파니의 진술은 우리가 통상 '세계'에 대해 갖는 표상에 얼추 들어맞는다. 만약 세상에서 제일 큰 극장이 세계 자체에 필적할 정도로 크다면, 그것을 세계극장이라고 불러도 문제는 없다. 버나드 쇼의 잘 알려진 격언을 떠올리지 않더라도, 우리 모두 세상이라는 거대한 무대 위에 살고 있다는 통찰은 기실 범상하고 심지어 진부하기까지 하다. 모두가 세상을 살아가지만, 누구도 세계 자체를 볼 수는 없다. 또한 세계는 무엇보다 오래되었(다고들 하)지만, 동시에 (시간과 상상을 매개로) 지금도 계속 팽창하고 있(다고 믿어진)다. 마지막으로 우리는 오직 모종의 '소문'을 통해서만 세계의 크기를 짐작할 수 있다. 하지만 이보다 더 중요한, 실로 결정적인 증거가 『실종자』 안에 존재하는데, 사실 우리는 앞에서 이미 그 증거를 보았다. 그것은 오클라호마 극장의 채용 공고문에 들어 있는 다음의 두 문장이다. "모든 문이 열두 시에 잠기고 더 이상 열리지 않습니다! 우리를 믿지 않는 사람은 저주받을 겁니다!" 카프카의 세계가 세계극장이라면, 그 세계

5 프란츠 카프카, 『카프카 전집 4: 실종자』, pp. 308~309. 원문과 대조하여 번역을 일부 수정했다.

는 머지않아 막을 내릴 것이다. 왜냐하면 시간이 되면 무대는 막을 내려야 하기 때문이다. 하지만 정말로 문제적인 것은 두번째 문장이다. "우리를 믿지 않는 사람은 저주받을 겁니다!" 이것은 채용 공고문에서 흔히 볼 수 있는 문장이 결코 아니다(지나가며 덧붙이자면, 이 채용 공고문의 모든 문장이 느낌표로 종결되고 있다는 점 역시 주목해야 할 부분이다). 이 기묘한 문장과 더불어, 우리는 벤야민의 「신비의 이념」과 카프카의 『실종자』 양자를 배태한 모종의 문제 영역으로 들어선다. 그곳에서 우리는 벤야민의 두번째 주장, 즉 칼 로스만의 이름에 대한 해석을 들을 수 있다.

믿지 않는 자에게 저주를 퍼붓는 것은 우선 광신도의 언어 행위라고 할 수 있다. 하지만 그것은 근본적으로 기독교 성서의 언어에 뿌리를 내리고 있다. 그러나 누구나 알듯이 성서가 말하는 저주는 무엇보다 내세, 즉 천국과 (연옥과) 지옥에 관한 것이다. 그렇다면 오클라호마의 자연극장에서 말하는 저주는 어떤 것일까? 그것은 바로 현세의 삶 자체다. 다시 말해 자연극장으로부터 저주받은 이들은 자기 자신을 연기할 기회를 박탈당하는 것이다. 자연극장의 교리('너 자신을 연기하라')를 믿는 자는 자연극장의 무대 위에서 살아갈 수 있다. 그러나 그것을 믿지 않는 자는 자연극장의 무대 위에 설 수 없으며, 당연히 자신의 삶을 연기할 수도 없다. 바로 여기서 벤야민의 이름 테제가 등장한다. 카프카의 다른 주인공들, 가령 요제프 K와 측량사 K, 그리고 「법 앞에서Vor dem Gesetz」의 "시골 남자" 등은 절망에 빠진 유대인 혹은 유럽인으로서 "아메리카"의 자연극장을 믿지 못한, 아니 정확히 말하자면 애초에 그것을 믿을 기회조차 얻지 못한 사람들이다. 이 특징의 결정적이고 최종적인 의미를 제대로 음미하지 못할 경우, 가령 K에게서 고대 로마법이 규정한 "무고자Kalumniator"의 형상을 발견하거나(다비데 스티밀리Davide Stimilli와 조르조 아감벤), 아니면 히브리어 어원에 기대어 "시골 남자der Mann vom Lande"를 "암 하아레츠Am Ha'aretz(땅의 남자)"로 규정하는(비비안 리스카)[6] 식의 해석은 제대로 빛을 발하기 어렵다. 이 K들의 익명성은 자연극장의 교리와 대척점을 이룬다. 이에 반해 자연극장의 원칙에 충실한 칼 로스만은 온전한 이름을 갖고 있다(그런데 오클라호마 극장 채용 면접에서 로스만은 제 이름이 "니그로Negro"라고 거짓 진술한다. 이것은 우선 벤야민 테제의 완결성에 흠집을 낼 수 있는 사안이지만, 이와 별개로 그 자체로 추가적인 해석 노동을 요청하는 수수께끼이기도 하다). 마지막으로 칼 로스만의 이름을 분석해보면, 흥미로운 연결이 발생한다는 점을 덧붙여야겠다. 기본적으로 칼 로스만 역시 K 무리의 일원으로 분류될 수 있지만, 다른 K들과 달리 칼 로스만의 K는 성姓이 아닌 이름(Karl)의 이니셜이다. 그리고 칼 로스만의 성(Roßmann)은 '말[馬]' 또는 '멍청이'를 뜻하는 'Roß'와 ''남자'를 뜻하는 'Mann'의 합성어다. 따라서 우리는 칼 로스만의 채용 면접

6 Vivian Liska, "'Eine gewichtige Pranke': Walter Benjamin und Giorgio Agamben zu Erzählung und Gesetz bei Kafka," in Daniel Weidner and Sigrid Weigel eds., *Benjamin-Studien 3*, München: Wilhelm Fink, 2014, pp. 217~32.

장소가 경마장이라는 사실을 우연으로 치부할 수 없다. 그러니까 마남馬男 K가 멍청하게도 취직을 위해 경마장으로 간 것은 자기 자리를 제대로 지키(려)는 행위였던 셈이다.

4.

벤야민의 「신비의 이념」은 카프카의 소설에 대한 주해나 자해가 아니며, (관습적이고 전형적인 의미의) 비평 또한 아니다. 그것은 차라리 카프카의 (미완성) 소설을 이어 쓴 글이라 해야 옳다. 물론 「신비의 이념」은 그 자체로 완결된 하나의 단편이다. 여기서 우리는 세속문헌학에 맞서 벤야민의 위조문헌학이 취하는 전략의 한 단면을 엿볼 수 있다. 이 짐작을 구체적인 가설로 발전시키기 위해서는 벤야민의 「카프카 비평」(1934)을 들여다보아야 한다. 그 글은 이런 일화로 시작한다.

> 이런 이야기가 전해진다. 포톰킨은 거의 정기적으로 재발하여 때로는 길게, 때로는 짧게 계속되는 우울증을 앓았다. 그럴 때는 누구도 그에게 접근해서는 안 되었고, 그의 방을 출입하는 일도 엄격하게 금지되었다. 궁정에서는 아무도 포톰킨의 우울증에 대해 이야기하지 않았으며, 특히 사람들은 그것에 대해 넌지시 이야기만 해도 예카테리나 여왕의 노여움을 사게 된다는 것을 알고 있었다. 그런데 한번은 포톰킨 재상의 우울증이 이례적으로 오래 지속된 적이 있었다. 그 결과 심각한 폐단들이 생

겨났다. 서류함에는 서류가 쌓였다. 그런데 여왕이 처리하라고 요구한 그 서류들은 포톰킨의 서명이 없으면 처리될 수 없었다. 고관들은 도무지 어찌해야 좋을지를 몰랐다. 그때 우연히 슈발킨이라는 하급 서기관이 재상의 관방官房으로 통하는 대기실에 들어오게 되었는데, 그곳에서는 추밀고문관들이 여느 때처럼 탄식과 불평을 늘어놓으며 회의를 하고 있었다. "무슨 일 있으십니까? 혹시 제가 도와드릴 일이라도 있습니까?" 충직한 슈발킨이 물었다. 그들은 그에게 사정을 설명하고, 유감스럽게도 그가 도와줄 수 없는 일이라고 말했다. 그러자 슈발킨은 청했다. "그런 일이라면, 저에게 그 서류들을 한번 맡겨봐 주십시오." 손해 볼 일은 없다고 생각한 추밀고문관들은 결국 그에게 동의했고, 그리하여 슈발킨은 서류뭉치를 팔에 끼고 회랑과 복도를 지나 포톰킨의 침실로 걸어갔다. 그는 노크도 하지 않고, 조금의 머뭇거림도 없이, 곧장 방문 손잡이를 돌렸다. 문은 잠겨 있지 않았다. 포톰킨은 어두컴컴한 침대 위에서 닳아 해진 잠옷을 입고 손톱을 물어뜯으며 앉아 있었다. 슈발킨은 책상 쪽으로 성큼 다가가서 펜에 잉크를 찍은 뒤, 한마디 말도 없이 그 펜을 포톰킨의 손에 쥐여주었다. 그리고 첫번째 서류를 그의 무릎 위에 들이밀었다. 뜻밖의 침입자를 잠시 넋 나간 시선으로 쳐다보던 포톰킨은 마치 꿈결인 양 서류에 서명하기 시작했다. 두번째 서류에도 서명했고, 계속해서 나머지 서류에도 전부 서명했다. 마지막 서류까지 서명이 끝나자, 슈발킨은 들어올 때처럼 아무 거리낌 없이 서류뭉치를 팔에 끼고 방을 나왔다. 그는 의기양양하게 서류를 흔들어 보이며 관방의 대기실로 들어왔다. 그를 본 추밀고문관들은 곧장 달려들어 그의 손에서 서류를 빼앗았다. 그들은 숨죽이며 서류를 내려다보았다. 아무도 말이 없었다. 그들은 얼어붙었다. 슈발킨은 그들에게 다가가 당황해하는 이유를 물었다. 순간 그의 시선도 서명란에 멈추었다. 모든 서류에 한결같이 서명되어 있었다. 슈발킨, 슈발킨, 슈발킨……[7]

벤야민은 이렇게 덧붙인다. "이 이야기는 200년 앞서 카프카의 작품을 예고한 전령과도 같다. 이 이야기의 수수께끼는 카프카의 수수께끼다." 게르숌 숄렘Gershom Scholem이 한 편지에서 이 이야기의 출처를 물었을 때, 벤야민은 "그건 나만의 비밀로 남겨두겠다"며 알려주지 않았다(참고로 그 출처는 러시아 작가 푸시킨의 작품이다). 하지만 정말로 중요한 비밀은 따로 있는 것 같다. 그것은 이 이야기의 출처가 아니라, 그 역할 혹은 기능이다. 아마도 우리는 이렇게 덧붙일 수 있을 것이다. '이 이야기는 벤야민의 위조문헌학을 200년 앞서 고지한 예표figura와도 같다. 이 이야기에 나오는 서류는 위조문헌학에 의해 작성된 것이다.' 그렇다면 「신비의 이념」은 충직한 벤야민이 우울증에 빠진 카프카의 방에 들어가 그의 손에 직접 펜을 쥐여준 덕분에 탄생한 작품이라고 할 수 있지

7 Walter Benjamin, *Gesammelte Schriften II-2*, pp. 409~10.

않을까.

5.

하지만 숄렘은 벤야민의 기획에 대해 누구보다 잘 알고 있었다. 아니, 어쩌면 그는 벤야민보다 앞서 위조문헌학을 기획한 장본인일지도 모른다. 다음 글이 그 증거다.

> 시간적·공간적 질서에 의해 제한된 것으로서 모든 물건에게는 그 덧없음의 표현으로서 소유라는 특징이 주어진다. 그러나 그와 동일한 유한성 안에 갇혀 있다는 점에서 소유는 항상 불의不義하다. 그러므로 제아무리 말끔히 정돈된다 해도, 소유의 질서는 결코 정의正義로 이어질 수 없다.
>
> 오히려 정의는 소유될 수 없는 물건의 조건이라고 해야 한다. 오직 이러한 물건만이 물건들을 소유될 수 없게 한다.
>
> 사회라는 개념을 통해 우리는 물건에게 소유자를 붙여주는데, 이 사람은 물건에 부여된 소유라는 특징을 폐기[지양]한다.
>
> 모든 사회주의적 혹은 공산주의적 이론에는 목적이 결여되어 있는데, 왜냐하면 개인의 요구는 어떤 물건으로든 향할 수 있기 때문이다. A라는 개인에게 x라는 물건을 통해 충족될 수 있는 z라는 욕구가 있다고 하자. 그러면 사람들은 똑같은 욕구[z]를 가진 B라는 개인을 만족시키기 위해서는 그에게 x와 다를 바 없는 y를 줄 수 있고 주어야 한다고 생각하겠지만, 그것은 잘

못이다. 왜냐하면 온갖 물건을 원하는 주체의 추상적인 요구가 존재하기 때문이다. 이 요구는 결코 욕구가 아닌 정의로 소급되[어야 하]며, 아마도 종국에는 인격[법인]의 소유권이 아니라 물건이 가진 물건으로서의 권리로 나아가[야 하]는 것이다.

정의는 세계를 최고의 물건으로 만들고자 하는 노력이다.

방금 제시한 사유는 다음과 같은 추측을 낳는다. 즉 정의는 여타의 덕들(겸손, 이웃 사랑, 충성, 용기)과 다를 바 없는 하나의 덕이 아니라, 새로운 윤리적 범주, 아마도 우리가 덕의 범주라고 부를 수 없고 덕[일반]과 어깨를 견주는 또 하나의 범주라고 불러야 할 것이다. 정의는 주체의 선한 의지와 관계하는 것이 아니라, 세계의 상태를 구성하는 것이다. 정의는 존재하는 것들의 윤리적 범주를, 덕은 요청된 것들의 윤리적 범주를 가리킨다. 덕은 요청될 수만 있지만, 정의는 [따지고 보면] 결국 오롯이 존재하는 것이다. 세계의 상태 혹은 신의 상태로서. 신 안에서 모든 덕은 정의의 형태를 띤다. '전애하신' '전지하신' 등과 같은 표현에서 '전全'이라는 형용사가 이 점을 가리킨다. 요청된 것들은 실현되어야만 덕스러울 수 있고, (아마도 요청을 통해서는 결코 규정될 수 없겠지만 그럼에도 결코 자의적이진 않은) 존재하는 것들은 보장되어야만 정의로울 수 있다.

정의는 투쟁의 윤리적인 측면이다. 정의는 덕의 권능이며 권능의 덕이다. 세계에 대해서 우리가 가진 책임은 정의라는 심급 앞에서 방지[보호]된다.

주님의 기도: 우리를 시험에 들게 하지 마옵시고, 악에서 우리를 구원하소서[여러 단어 독해 불가능—편집자]. 이것은 정의를 구하는, 세계가 정의로운 상태가 되기를 갈구하는 기도다. 도덕 법칙이 실생활에서의 개별 행위들과 맺는 관계는, 어떻게 보면 형식적 도식이 ([도무지] 추론 불가능한) 실현과 맺는 관계와 같다. 반대로 법이 정의와 맺는 관계는, 도식이 [그것의] 실현과 맺는 관계에 견줄 수 있다. 본질상 법과 정의를 갈라놓는 엄청난 간극은 다른 언어들에서[도] 표현되고 있다.

ius	Θέμις[themis]	משפט[mischpat]	법Recht
fas	δίκη[dikē]	צדק[zedek]	정의Gerechtigkeit

역사적 시간의 문제는 역사적 시간[연대] 측정이라는 기이한 형태로 이미 제기되었다. [각각의] 해는 셈해질 수 있지만, 셈해질 수 있는 다른 대부분의 것과는 대조적으로, 번호를 매길 수는 없다.[8]

8 Gershom Scholem, *Tagebücher I: 1913~1917*, Frankfurt a. M.: Jüdischer Verlag, 1995, pp. 401~402. 이 노트는 나의 번역으로 『말과활』 8호에 전문 게재된 바 있다(발터 벤야민, 「정의의 범주에 관한 작업을 위한 노트」, 조효원 옮김, 『말과활』 8호, 2015년 5·6월호, pp. 281~82. 번역은 일부 수정했다). 참고로 우리는 이 노트를 칼 슈미트가 1923년 12월에 남긴 기록과 나란히 놓고 음미해볼 수 있다.
"이렇게 말할 수 있을 것이다. '법의 이름으로.' 그러나 당연한 얘기지만, 명내 견해로 이 글은 역사철학적 함의와 사유를 촉발하는 잠재성의 측면에서 「신학적-정치적 단편」과 「역사의 개념에 대하여」에 결코 뒤지지 않으며, 어떤 점에서는 상회하는 것처럼 보이기까지 한다. 벤야민이 1916년에 「정의의 범주에 관한 작업을 위한 노트」라는 제목으로 작성한 이 글은 그의 저작 전집에 포함되어 있지 않다. 망실되었기 때문이다. 우리가 이 노트를 볼 수 있는 것은 숄렘이 이 글을 직접 필사해 자신의 일기 속에 보관한 덕분이다. 그러나 숄렘은 1960년대에 아도르노와 더불어 벤야민의 전집을 편집할 때 이 노트를 포함시키지 않았고, 더 나아가 『한 우정의 역사』에서도 노트의 존재조차 언급하지 않았다. 숄렘이 왜 그랬는지 여기서 답을 내리는 것은 불가능하고 또 불필요하다. 우리의 맥락에서 중요한 것은 벤야민이 카프카에게 슈발킨이 되어준 것처럼, 숄렘 역시 벤야민을 그의 포툼킨으로 여겼다는 사실이다. 숄렘은 심지어 벤야민의 작품을 이어 쓴 것도 아니다. 대신 그는 벤야민의

령을 내리는 자의 이름을 내걸 수밖에 없는 어떤 '명령의 이름으로'는 아니다. 법은 그 자체로 (정의의 이념을) 대표한다.
법의 이름으로: 대표
[오른쪽에 기록됨] ('정치인의 이름으로'는 이미 비정치적인 생각이다. 그것은 정치적 인간을 엘리트 혹은 아방가르드로 만들 따름이다.)
이름은 공법적인 것이지 사법적인 것이 아니다.
성부와 성자와 성령의 이름으로. 아멘."
Carl Schmitt, *Der Schatten Gottes: Introspektionen, Tagebücher und Briefe 1921 bis 1924*, Berlin: Duncker & Humblot, 2014, p. 505.

글을 베껴 쓰고 몰래 숨겨두었을 따름이다. 혹시 그는 미래의 역사에 대한 재판을 신청한 고소인이었을까?

6.

"아니야, 우리의 세계는 그저 신께서 기분 나쁜 날, 기분이 더러운 날인 거야."[9] 이것은 벤야민이 인용한 카프카의 말이다. 기분 나쁜 신을 향해 감히 이유를 물어볼 수 있는 인간은 없다. 신의 더러운 기분을 풀어줄 수 있는 인간은 더더욱 없다. 우리는 다만 그 기분의 자장에 붙들려 있을 수밖에 없다. 바로 이런 상황을 카프카는 '신비'라 불렀다. "그러니까 우리가 마주한 이 신비는 우리로서는 이해할 수 없다. 그리고 이것이 수수께끼라는 바로 그 사실 때문에, 우리는 이 신비를 설파해야 한다. 중요한 것은 자유나 사랑이 아니라 수수께끼와 비밀과 신비라는 사실을 사람들에게 가르쳐줘야 한다. 즉 우리는 이 수수께끼와 비밀과 신비에 대해서 성찰해서는 안 되며, 양심에 반하는 한이 있더라도 그것들에게 굴복해야 한다는 사실을 사람들에게 가르쳐줘야 하는 것이다."[10] 카프카의 이 말에 대해 벤야민은 도스토옙스키의 대심문관이 할 법한 말이라고 적는다. 미셸 푸코는 "현세의 목자들이 해촉되는 이유는 예수 그리스도가 되돌아오기 때문"이라고 말했다.[11] 그러나 도스

9 Walter Benjamin, *Gesammelte Schriften II-2*, p. 414.

10 같은 책, p. 422.

11 미셸 푸코, 『안전, 영토, 인구』, 오트르망 옮김, 난장, 2011, p. 309.

토엡스키의 대심문관—아마 벤야민의 포톰킨도 마찬가지였을 것이다—은 재림한 예수를 단호히 배격함으로써 신비의 심연으로 과감히 뛰어든 인물이다. 그렇다면 우리는 '주님의 기도,' 즉 예수 그리스도의 기도를 통해 정의正義의 범주를 정의定義한 친우의 노트를 죽을 때까지 남몰래 간직했던 유대인의 행위를 어떻게 이해해야 할까? 나는 다만 잠정적으로, 조심스레 답하려 한다. '그것은 제스처로 비상한 궁극의 인용으로서, 위조문헌학의 이념을 표시한다.'

3. 독자 저격

인간들을 더 나쁘게 만들 수 있다고 믿는 낙관주의자가 있다면,
그가 바로 악마일 것이다.
—칼 크라우스

0.
책은 독자를 쏠 수 있지만, 독자는 책을 쏠 수 없다. 독자란 책이 조준하는 과녁, 책에 저격당하기 위해 연명하는 존재를 가리키는 말이다. 하지만 책은 오직 준비된 독자만을 쏠 수 있다. 그래서 책은 좀체 쏘지 못한다. 물론 어떤 독자는 의도치 않게, 부지불식간에 쓰러질 준비를 할 수 있지만, 그러나 이는 극히 드문 경우다. 어쨌든, 어떤 계기로든 한 번이라도 책에 의해 처참히 거꾸러져 본 독자는 생의 길목에서 맞닥뜨리는 모든 책의 문맥과 행간을 독자적으로 주파할 힘을 얻는다. 더 나아가, 특별히 심부心府를 정확하게 저격당한 독자들 가운데 일부는 마침내 책을 쓸 수 있게 되기까지 한다. 물론 그렇게 하여 집필된 책이라 해도 쏠 만한 독자를 만날 개연성은 매우 희박하다.

1.

독자는 언제든 책을 내버릴 수 있지만, 책은 결코 독자를 버릴 수 없다. 책이란 독자가 소비하는 상품, 독자에게 간택되기 위해 존립하는 물건이다. 하지만 독자는 대체로 노골적으로 유혹하는 책(만)을 집어 든다. 따라서 독자는 여간해서는 심중에 책을 간직하지 못한다. 물론 어떤 책은 제 의지에 반反해 의외의 독자를 유인할 수(도) 있지만, 그런 일은 사실 기적에 가깝다. 아무튼, 어떤 이유로든 적어도 두 번 이상 철저히 독파된 책은 이후 해당 독자의 삶에서 어엿하게 한 자리를 차지할 권리를 얻는다. 그뿐 아니라, 제대로 채택되어 음미된 책 중 일부는 특정 독자를 기어이 저자로 탈바꿈시키기까지 한다. 하지만 그렇게 만들어진 저자라 해도 전혀 뜻밖의 독자를 강력하게 타격할 수 있는 책을 쓸 가능성은 지극히 낮다.

> 그러나 그는 생각하는 갈대다.
> 그를 박살내기 위해 온 우주가 무장할 필요는 없다.
> 한 번 뿜은 증기, 한 방울의 물이면 그를 죽이기에 충분하다.
> —블레즈 파스칼

0.

책이 독자를 쏠 수 있는 것은 애초에 독자가 책의 세계 속으로 오롯이 내던져진 존재이기 때문이다. 그런데, 엄밀하게 말하자면, 책으로 이루어지지 않은 세계는 세계라고 불릴 수 없다. 책 속에 비친 세계가 없(었)다면 세계 그 자체는 존속할 수 없(었)을 것이며, 책으로, 책과 함께 빚어진 사건들이 없었다면 세계의 시계는 이미 오래전에 멈췄을 것이기 때문이다. 시간에 천착한 독일 철학자가 "언어는 존재의 집"이라고 말했을 때, 아쉽게도 그는 '언어의 둥지는 책'이라는 궁극의 명제를 미처 떠올리지 못했던 것 같다. 아르헨티나의 눈먼 작가가 천국을 하나의 거대한 도서관으로 상상했을 때, 사실 그는 시방세계를 한 권의 책, 즉 토라Torah로 표상했던 유대 신비주의자들의 자취를 충실히 따른 것이었다. 언어는 곧 만방萬方이며, 세계는 곧 책이다. 세계가 책이 아니라면, 우리 역시 존재가 아닐 것이다. 따라서 독자를 '세계-내-존재In-der-Welt-Sein'와 동일한 것으로 인식하는 작업은 단지 한 가지 가능한 일에 불과한 것이 아니라, 다른 무엇보다 절실한 과제 중 하나다. (그러나 이 인식은 도달해야 할 목표가 아니라, 최종 목표를 향한 출발점에 지나지 않는다.) 아직 단 한 권의 책, 심지어 단 한 줄의 글조차 읽지 않은 존재라 해도 벌써 독자라 불릴 수 있다. 왜냐하면 존재자인 한 그는 언제나 이미 세계-내-존재이며, 또 그런 한 오로지 책의 대기권 안에서만 호흡할 수 있는 생명체이기 때문이다. 모든 세계-내-존재는 본격적으로 읽기에 들어가기 전에 이미 언어로, 더 정확히 말해 언어 '안에서' 숨 쉬는 훈련을 한다. 비유하자면, 책은 그 훈련의 교관이자 교보재이며 무엇보다 훈련장 그 자체다. 독자가 존재한다는 관점, 또 사실상 같은 말이지만 모든 존재자는 처음부터 오롯이 독자로서 존재한다는 관점은 뿌리 깊은 상식의 질서에 대항한다. 잠재성과 현실성의 구분을 따르지 않는 것이다. 바꿔 말해 이 관점에 따르면 동사 '읽다'는 계사繫辭 '있다/이다'의 이음동의어가 된다. 이때 특히 전자를 더 특정하여 피동형 '읽히다'로 표상할 경우, 두 단어 사이의 근친성은 더욱 도드라진다. 있다는 것은 읽는다는 뜻이며, 더 근본적으로는 읽힌다는 뜻이다. 독자는 (언제나 이미) 읽히기 때문에 (언제든 읽을 수) 있는 존재다. 다시 한번 바꿔 말하자면, 읽기 (훨씬) 전에 이미 읽히(고 있)는 존재가 바로 독자다. 여기서 어떤 독자는 이렇게 물을 수 있다. '그렇지만 대관절 누가 나를 읽는다는 말인가?' 이에 대한 대답은 자명하고 익숙한 것이다. '세계를 주재하거나 초월하는 신이 당신을 읽는다.' 그러므로 독자가 읽(히)지 못하는 일은 있을 수 없다. 설령 그가 철저한 무신론자라고 해도 사정은 전혀 달라지지 않는다.

1.
모든 책=세계-내-존재는 늙어가지만, 물건으로서 책의 나이는 만들어지는 순간 곧바로 영구히 고정된다. 다시 말해, 책은 늙어가지 못한다. 책의 시간은 찰나 아니면 영원 둘 중 하나다. 찰나의 책이 젊고 단순하며 바쁜 독자에게 결코 마르지 않는 획일적인 매력을 뽐낼 수 있다면, 영원의 책은 처음부터 뒤처진 독자, 복잡하게 비참한 독자, 바쁘지 않지만 끊임없이 조급한 독자를 엄중하게 심문하고 지루하게 문책할 수 있다. 모든 늙어가는 독자는 생의 어느 고비에서든 영원의 책의 소환을 받는다. 물론 그 소환에 그가 실제로 응할지, 아니면 거부하거나 회피할지 여부는 기본적으로 그의 자유의지에 달린 문제다. 그러나 이때, 여태껏 그가 읽어온 찰나의 책들이 그의 결정에 모종의 영향을 미칠 수 있을 터인데, 그것이 긍정적일지 부정적일지는 영원히 알 수 없는 문제로 남는다. 여기서 찰나의 책을 영원의 책으로 (터무니없이) 오해하거나, 반대로 영원의 책을 찰나의 책처럼 읽(어치우)는 일이 비일비재하게 발생한다. 따라서 양자를 구별하는 일보다 더 시급한 과제는 없어 보일 정도라는 언급을 덧붙일 필요가 있다. 그러나 이 과제는 사실 무망한데, 왜냐하면 모든 독자는 제가끔 제멋대로 읽을 자유, 심연보다 어지럽고 종말처럼 막막한 '독해의 자유'를 갖고 태어나기 때문이다. 가공할 이 자유 앞에서는 책이 곧 세계라는 절대적 진리 명제 역시 그저 무력할 수밖에 없다. 이토록 막강한 독자를 어떻게 저격할 수 있을까?

나는 책읽기가 단순한 활자 읽기가 아니라
그 책이 던져져 있는 상황 읽기라는 생각에 도달하게 되었다.
책읽기 역시 전술적이다.
—김현

0.

찰나의 책 중 시기를 잘 만난 일부는 일시적으로 거대한 흐름을 만들어내거나, 적어도 맹목적이고 호전적인 추종 세력을 규합할 수 있다. 그러나 찰나의 책의 일시적인 유행 자체는 항상적이며 심지어 보편적인 현상이다. 그리고 바로 이 현상 덕분에 어떤 찰나의 책은 독자의 삶을 넘어 역사의 굴곡 안에 자리를 차지하게 된다. 하지만 실제로 이 움직임을 막후에서 은밀히 조장하고 노골적으로 추동하는 것은 시장의 힘이다. 책의 탄환이 어김없이 그리고 가뭇없이 표적을 빗나가(는 듯 보이)는 까닭이 바로 여기에 있다. 끊임없이 요동치는 시장의 분위기는 저격수의 일을 방해하는, 아니 원천 차단하는 강풍 같은 것이기 때문이다. 이로부터 추론할 수 있는 한 가지 사실은, 찰나의 책이란 움직이는 과녁을 쏘기에 적합한 산탄총이 아니라 애당초 과녁이 필요 없는 장난감 총이라는 점이다. 위험을 감수하는 것이 아니라 오히려 위장하는 것이 찰나의 책의 본성이다. 하지만, 말할 것도 없이, 찰나의 책이 일삼는 위장은 영원의 책에 더없이 심각한 위협이 된다. 시장을 석권하는 것은 언제나 실물을 능가할 정도로 근사하게 디자인된 장난감 총이며, 이 매력적인 가짜 총을 모의 격발하는 행위는 진짜 총의 방아쇠를 당기는 것보다 훨씬 큰 파괴력을 행사한다. 이는 무엇보다 기회를 감지한 온갖 이질적인 권세들이 일거에 합세하여 가짜 격발을 진짜 폭발로 바꿔내기 위해 치열하게 모의하기 때문이다.

1.

영원의 책 중 때를 잘못 만난 일부는 예고 없이 심사위원회에 회부되거나, 더 나쁘게는 집요한 검열 세력으로부터 핍박받을 수 있다. 아닌 게 아니라, 영원의 책이 재판에 넘겨지고 나아가 화염 속으로 던져지는 장면은 비단 역사 속에 기록된 먼 과거의 일로만 그치지 않는다. 그것은 지금도 심심찮게 도처에서 벌어지는 현재 진행형의 사건이다. 이때 재판은 대체로 신권 재판 혹은 여론 재판의 형태를 띠며, 특히 후자가 극단으로 치달을 경우 화염은 마음의 한계를 훌쩍 넘어서 무섭고 끔찍한 불길로 치솟기 십상이다. 하지만 영원의 책에 내려지는 가장 잔혹한 형벌은 망각의 미세먼지다. 시장의 거센 바람을 타고 몰려오는 이 먼지에 일단 파묻히고 나면, 제 기능을 회복하기란 거의 불가능하다. 더 이상 쏠 수 없게 되는 것이다. 그러나 이 사실로 인해 영원의 책의 존재 가치가 송두리째 사라지지는 않는다. 더는 쏠 수 없게 된 상황에서도 언제든 마지막 한 방을 (다시) 쏠 수 있다는 자신감을 뿜어내는 것이야말로 영원의 책의 특장特長이기 때문이다. 이로부터 유추할 수 있는 한 가지 사실은, 영원의 책이란 무엇보다 쏘지 못하는 상황, 쏠 수 없는 시간을 견뎌내는 책이라는 점이다. 그렇지만 실제로 우리의 모든 시간을 지배하는 것은 수많은 찰나가 모여 만들어 내는 모종의 신비 공간이며, 이 공간 속에서 영원의 책은 피할 수 없는 고립 상태로 내몰리게 된다. 다시 말해 찰나의 책을 채우고 있는 수많은 활자가 바로 영원의 책을 망각으로 뒤덮는 미세먼지인 셈이다. 우리 시대가 먼지와 활자를 구별할 수 없게 된 시대라는 사실을 살벌한 현실로서 지각한 독자가 만에 하나라도 있다면, 필시 그는 숨통을 조여오는 고독에 휩싸여 있을 것이다. 하지만 무릇 모든 고독이 그렇듯이, 그의 폐소공포 역시 하나의 착각에 지나지 않을 수 있다.

작가들이 진실한 자서전을 쓰기를 바라서는 안 된다.
무릇 소설은 인간에게 자유롭게 자신을 표현할 기회를 주기 위해
발명되었기 때문이다.
—레프 셰스토프

0.

심사위원회는, 비유하자면, 독자 세계와 저자 세계 사이에 존재하는 연옥이다. (두 세계 중 어느 쪽이 천국이고 어느 쪽이 지옥인가 하는 물음은 불필요하고 무의미하며 심지어 몰가치하다.) 대관절 이곳에서는 어떤 일이 벌어지는가? 항시 진실에 대한 검문이 이루어진다. 작품은 진실해야 한다! 이것이 첫번째 계율이다. 이를테면 큰 상을 줄 수 있는 심사위원회는 거대한 진실을 정직하게 (혹은 우직하게) 묘파한 필치를 선호하고, 작은 상밖에 주지 못하는 위원회는 뜻밖의 사소한, 하지만 빛나는 진실을 발굴하거나 조명한 작품에 크게 주목하는 식이다. 그러나 두 위원회가 하는 일은

공히 진실에 대한 검문으로 수렴된다. 하지만 그러한 검문 과정 자체의 진실성이 의문에 부쳐지는 일은 결코 없다. 왜냐하면 심사위원회는 언제나 '최상급' 독자로 꾸려지기 때문이다. 그들에게 과연 1급 책에 의해 저격당한 경험이 있는지 여부는 끝까지 알 수 없을 것이다. 왜냐하면 그것은 전혀 중요하지 않은 문제이기 때문이다. (최고의) 독자는 언제나 진실하다. 이것이 그곳의 첫번째 공리다. 저자는 글을 쓰기 때문에 언제든 진실을 윤색하거나 편집할 수 있지만, 독자는 글을 읽기(만 하기) 때문에 결코 진실을 배격하거나 도외시하지 않는다는 것이다. 이토록 완강한 독자를 어떻게 저격할 수 있을까?

1.

우리 시대는 진실을 검문하는 연옥이 무한대로 팽창하고 있는 시대다. 모든 개인이 제가끔 심사위원회를 만들어 운영하기 때문이다. 작금에 심사위원회 명패를 달고 활동하는 모든 집단은 무한히 자유로운 '바깥'으로 뒤집힌 모든 개인의 무정형한 '내면'에 의해 구석으로 내몰린 상태다. 그들은 이제 달리 어쩔 줄 모르겠다는 듯 어색하고 엉거주춤한 자세로 영구 퇴진을 준비하고 있다. 편재하고 돌출하는 개인-심사위원회가 그만큼 강력하기 때문이다. 짐작하기 어렵지 않겠지만, 이들의 힘은 근본적으로 '독해의 자유'에서 나온다. 개인-심사위원회는 장구히 창대할 것이다. 그도 그럴 것이 제아무리 치밀하고 효과적이라 한들, 어떤 전략이 저 강대한 '독해의 자유'를 봉쇄할 수 있겠는가? 그에 반비례하여 집필의 자유는 갈수록 움츠러든다. 여전히 많은 저자가 성실하게 자신을 표현하고 있지만, 실상 그들은 전혀 자유롭지 않은 방식으로 그렇게 하고 있을 따름이다. 그들은 자발적으로 진실에 굴종하며 선제적으로 검열에 지원한다. 이렇게 본다면, 머지않은 미래에 모든 작가가 개인-심사위원회로 오롯이 흡수-병합되는 날이 올지도 모를 일이다. 그도 그럴 것이, 모든 자유를 헌납하고 오직 진실만을 말할 것을 굳게 맹세하는 작가가 무슨 수로 검문의 연옥을 벗어날 수 있겠는가? 그런 작가라면 아마도 (한 개인-심사위원회가 무심결에 내뿜는) 단 한 방울의 칭찬으로 충분히 죽일 수 있을 것이다. 하물며 크고 화려한 상은 더 말할 필요가 있을까. 제 영혼의 모든 힘을 그러모아 "이 세상 밖이라면 어디든 상관없다!"고 외쳤던 옛 프랑스 시인의 결기는 오늘날의 작가에게는 한갓 곰팡내 풍기는 구시대의 유물에 지나지 않는다. 진실 자체는 이제 조금도 중요하지 않다. 중요한 것은 진실을 향한 본능적인 집착을 정확하게 타격하고 분쇄하는 일이다. 심사의 연옥을 철저하게 거부할 수 있어야 한다는 말이다. 그렇지 않으면, 거대한 개인-심사자들의 리바이어던Leviathan이 종내 세계의 책마저 완전히 불살라버릴 것이다.

나는 그가 나의 가치를 그의 가치로 '인정해'주기를 바란다.

> 나는 그가 나를 독자적인 가치를 지닌 존재로 '인정해'주기를 바란다.
>
> [……]
>
> 그러므로 자기의식의 '기원'에 관해 이야기하는 것은 필연적으로
> '인정'받기 위해 목숨을 걸고 하는 싸움에 관해
> 이야기하는 것을 뜻한다.
>
> —알렉상드르 코제브

0.

저자는 처음부터 끝까지 독자를 '절대적으로' 인정할 수밖에 없는 반면, 독자는 상황과 기분에 따라 언제든, 어떤 방식으로든 저자의 가치를 일축할 수 있다. 그러니까 저자와 독자의 싸움은 처음부터 승패가 결정되어 있는 셈이다. 패배하는 쪽, 즉 결국 죽음을 맞이하는 쪽은 저자다. 독자는 언제나 승리한다. 왜냐하면 무엇보다 그에게는 읽지 않을 자유, 더 정확하게는 '권위auctoritas'가 있기 때문이다. 게다가 너그러운 태도로 그 권위를 내려놓고 책을 읽(어주)기로 마음먹은 경우에도, 독자는 저자에 대한 고려 따위는 조금도 없이 말 그대로 '마음대로' 읽을 수 있다. 읽어'버릴' 수 있다. 이토록 빈틈없는 독자를 어떻게 저격할 수 있을까? 만약 저자가 목숨을 아까워하지 않고 싸움을 계속한다면, 다시 말해 슬그머니 독자 쪽으로 넘어가는 방식으로 싸움을 뭉개지 않는다면, 그의 죽음은 어쩌면 영원의 책의 도래를 예고하는 커다란 사건이 될 수 있을 것이다. 그러나 이미 언급했듯이, 영원의 책이라고 해서 독

자를 백발백중 저격할 수는 없다. 현실은 오히려 정반대에 가깝다. 다시 말해 저자의 죽음과 함께 탄생한 영원의 책이라고 해도, 저자의 죽음을 기리는 기념비 이상의 역할을 해내기는 매우 어렵다. 그런데 여기서 주의할 점은 저자와 독자의 싸움이 개인 대 개인의 싸움이 아니라는 사실이다. 분명 이 진술은 식상한 명제처럼 들릴 수 있다. 그러나 실상은 그렇지 않다. 왜냐하면 저자는 제 안에 똬리를 틀고 있는 **독자-리바이어던**Readaviathan과도 싸우고, 아직 단 한 줄도 읽지 않은 독자와도 싸우며, 무엇보다 (제대로 읽기도 전에) 제풀에 지친 독자와도 싸우기 때문이다. 이토록 어렵고 복잡한 싸움에서 저자가 독자의 항복 선언을 받아내기란 거의 불가능하다. 하지만 독자 쪽에서 보아도 사정은 크게 다르지 않다. 그는 우선 제 안의 저자 혹은 미래의 저자, 즉 과거에 존재했거나 존재했을 수 있지만 그러지 못했던 저자 혹은 언젠가는 제 이름을 달고 등장할 미지의 저자와 싸워야 한다. 그리고 이 싸움은 다시 자신이 써야 했거나 쓸 수(도) 있(었)을 이상형의 글을 파편적으로 혹은 부분적으로 성취한 (과거와 현재의) 저자들에 대한 지난한 해석 투쟁을 유발한다. 말할 것도 없이, 대개 이 투쟁은 개인-심사위원회의 등장으로 귀착되고 만다. 그리고 이 경우 독자는 세계의 책을 위협할 정도로 지독한 심사-리바이어던에게 편안하게 해석을 의탁할 것인가, 그렇지 않으면 가뭇없이 사라질 단 한 번의 입김으로 남을 것인가 여부를 두고 자기 자신과 싸워야 한다. 이렇듯 힘들게 싸우는 독자를 어째서 저격해야 하는가?

1.

잊지 말아야 할 점은 실제로 독자를 저격하는 것은 저자가 아니라 책이라는 사실이다. 다시 말해 책은 저절로 발사되는 총 혹은 스스로 쏘는 총이다. 그러니까 책은 저격수를 필요로 하지 않는다. 책이라는 결정적인 제3항terminus ad quem을 고려에 넣는 순간, 저자와 독자의 싸움은 전혀 다른 양상을 띠게 된다. 저자도 독자도 책과 싸울 수는 없다. 왜냐하면 두 유형의 인격과 달리, 책은 처음부터 (끝까지) 시간을 비껴 있기 때문이다. 모든 싸움은 시간을 둘러싼 싸움이며, 저자와 독자의 싸움 역시 예외는 아니다. 그러므로 그들의 싸움은 오로지 책을 제쳐두고 생각할 때만 역사적인 실체 혹은 구체적인 현실로 표상될 수 있다. 반면 책의 싸움은 시간 자체에 저항하는 것이다. 다시 말해, 책은 시간과 싸운다. 오직 책만이 시간과 싸울 수 있다. 찰나의 책과 영원의 책 모두 시간과 싸운다고 말할 수 있다. 하지만 전자가 오직 공간을 획득하기 위한 목적으로 시간과 싸운다면, 후자는 모든 독자를 끝내기 위해서 시간과 싸운다. 저자의 죽음으로 탄생하는 책이 목표로 삼는 것은 결국 독자 일반의 최후인 셈이다. 어쩌면 오직 저자를 죽이고 나온 책만이 독자를 저격할 자격이 있는지도 모른다. 영원의 책의 독자가 책을 읽을 때, 죽어 있던 저자는 부분적이고 반복적인 부활을 경험하게 된다. 반대로 영원의 책의 저자가 글을 쓸 때, 살아 있는 독자는 마치 발작하듯 간헐적으로 죽음에 들어갔다 나오기를 되풀이한다. 요컨대 책은 궁극적인 동시에 부조리한 의미에서 죽음을 상징한다. 그러므로 저자의 기원과 독자의 기원은 공히 책이라고 말할 수 있다. 자의식의 궁극적 기원으로서의 책은 자기 자신 외에 다른 어떤 것도 인정할 수 없으며, 바로 이것이 저자도 독자도 책과 싸울 수 없는 까닭이다.

살아남아라, 타락하라.
그 정당한 절차를 따르는 것 외에
진실로 인간을 구원할 만한 편리한 첩경이 어디 있겠는가.
—사카구치 안고

0.
독자를 저격하는 것은 독자를 구원하는 일과는 아무 상관 없다. 독자를 구원하는 일은 어쩌면 찰나의 책만이 감당할 수 있을지도 모른다. 영원의 책은 오직 죽이는 일에만 관심을 두기 때문이다. 살리는 것은 영원의 책이 할 수 있는 일이 아니다. 어쩌면 찰나의 책을 읽는 독자는 스스로를 살릴 수 있을지도 모르겠다. 아니, 더 정확히 말해서, 찰나의 책의 독자는 영문도 출처도 모르지만 어쨌든 느닷없이 (혹은 시나브로) 갖게 된 강렬한 인상, 즉 살아 있다는 느낌, 다시 말해 제 삶의 단계를 하나하나 정당하게 밟아간다는 느낌을 당연한 듯 믿을 수 있고, 심지어 그 느낌을 더 크게 키워갈 수도 있다. 그리고 그 느낌이 어떤 경로를 통해서든 모종의 임계점에 다다를 때, 그는 마침내 어떤 놀라운 구원의 경험을 했다고 믿을 수도 있다. 하지만 영원의 책에 붙들린 독자는 (주어진) 생의 감각에 충실할 수 없다. 왜냐하면 자꾸만 시간이 뒤틀리는 경험을 하게 되기 때문이다. 그에게는 모든 시간이 어긋나 보일 수밖에 없다. 영원의 책이 모든 생의 근본적인 리듬인 연속성을 무너뜨리기 때문이다. 영원의 책의 독자는 결코 벗어날 수 없는 찰나의 공간 속에 스스로를 유폐시킨 다음, 끊임없이 고립감을 느끼는 부류의 인간이다. 그는 제 삶을 제 것으로 느끼지 못하며, 더 나쁘게는 다른 (이의) 삶 역시 정말로 '다른' 것으로 인식하지 못한다. 그의 삶은 말하자면 치명적인 총상을 입어 완치의 가망이 보이지 않는데도 불구하고 어떻게든 회복되기 위해 부질없는 안간힘을 쓰는 동시에 옆 사람의 총상에 거듭 경악하는 인생, 지독한 고통의 터널을 통과하는 그런 인생이다. 뻔히 예상되는 결과가 이럴진대, 과연 독자를 저격하는 일은 정당화될 수 있는 것인가? 그러니까, 영원의 책은 정녕 필요한 것인가?

1.

그러므로 모든 영원의 책은 차라리 찰나의 책으로 전락하는 편이 나을지도 모른다. 영원의 책으로 등극하거나 지속하는 일은 모든 존재를 끝없는 고통의 나락으로 밀어 넣는 일과 다르지 않기 때문이다. 그러나 그렇게 타락하기에 앞서 반드시 처리해야 할 하나의 과제가 존재하는데, 그것은 바로 모든 심사위원회를 초토화하는 일이다. 사실 심사위원회가 존립하는 것은 영원의 책의 이념이 존재하기 때문이다. 찰나의 책을 심사하기 위해 위원회를 꾸린다는 것은 정말이지 어불성설이다. 문제가 되는 것은 언제나 영원의 책이다. 찰나의 책은 아무런 문제도, 아무런 마찰도 일으키지 않는다. 찰나의 책의 세계는 실로 평화롭다. 그렇지 않을 수 있겠는가? 바로 그 '순간'만 지나면 (혹은 넘기면) 그만인데, 평화롭지 않을 까닭이 있겠는가 말이다. 19세기 러시아 작가가 상상한 16세기 스페인 종교재판관이 무엇보다 간절히 원했던 것이 바로 이 평화였다. 영원의 책이 지상에 내리꽂는 고통의 불길로부터 해방되는 것, 즉 오직 찰나의 책으로 질서 있게 만들고 가꿔갈 수 있는 평화, 요컨대 총격의 공포로부터 자유로운 삶. 이러한 평화를 원하는 존재에게 영원의 책의 도래는 극단의 공포 그 자체일 것이다. 그들은 영원의 책이 몰고 올 결과를 미리 알고 있기 때문이다.

> 예표는 극단의 우연, 그러니까 결코 확증될 수 없는
> 우연에 불과할지도 모를 결정에 정당성을 부여한다.
> —한스 블루멘베르크

0.

저자와 독자 모두 책과 싸울 수 없다. 그러나 그들은 각자의 방식대로 책과 씨름한다. 그것도 오로지, 오롯이, 시간 '속에서' 그렇

게 한다. 사실 그들은 그렇게 할 수밖에 없다. 왜냐하면 누구도 (책을) 읽지 않을 수는 없고, 시간 밖으로 나갈 수도 없기 때문이다. 하지만 바로 이것이 저자와 독자 모두를 비극으로 몰아넣는 이유다. 하지만 이 비극이 전적으로 불가피하진 않다. 그리고 이 비극에 대처하는 가장 편리한 방법이 찰나의 책(만)을 쓰고 읽는 것이다. 다시 말해 쓰지 않고 쓰는 시늉만으로 최대한의 쾌락을 얻는 것이다. 예를 들어 찰나의 책의 독서를 극한까지 연마한 독자가 있다면, 그는 어쩌면 세계를 주재하고 우리 모두를 (꿰뚫어) 읽는 신의 존재마저 커다란 가위표(혹은 물음표)로 삭제할 능력을 얻게 될지도 모른다. 신이 지워진 세계, 신을 소거한 세계는 그야말로 평화로울 것이다. 혹은, 바꿔 말해서, 해독해야 할 글이 없는 세계는 참으로 아늑할 것이다. 원래는 한없이 자유롭고 원 없이 경쾌했을 이 세계를 딱딱한 글자의 무한 조합으로 옥죄는 신과 그가 강요하는 모든 영원의 책을 말끔히 걷어치운다면, 세계는 얼마나 보기 좋게 허허로울 것인가?

1.
사실의 차원에서 영원의 책은 존재하지 않는다. 그러나 이념의 차원에서는 오직 영원의 책만이 존재한다. 하지만 궁극의 이념은 극단의 우연과 구분될 수 없다. 결코 검증될 수 없기 때문이며, 설령 될 수 있더라도 정작 검증되는 순간에는 이미 소용없어질 것이기 때문이다. 이념인 고로, 영원의 책은 현실의 독자를 쓰지 못한다.

원하든 원하지 않든, 일단 비현실irrealis에 접속한 독자는 오직 영원의 책에 의해 완전히 저격당하는 순간만을 기다리게 된다. 초현실인 고로, 영원의 책은 찰나의 먼지 더미에 파묻힐 수밖에 없다. 반대로 찰나의 책은 일상인 탓에 이념의 독자를 배격할 수밖에 없다. 원하든 원하지 않든, 일단 극極현실에 감금된 독자는 찰나의 책과 함께 영원히 놀 수 있기를 희구하게 된다. 그런 독자를 저격하는 일은 거의 불가능하다. 그렇다면 우리가 상상할 수 있는 최대치의 현실은 결국 처음부터 두 동강 난 세계, 부러진 세계라고 할 수 있을 것이다. 영원의 책은, 말하자면, 그렇게 부러진 세계의 틈 깊숙한 곳에 가까스로 숨어 있는 작은 빛의 편린sephiroth이다. 어느 틈에 그 빛이 날아와 어느 한가한 독자의 심부에 박혀 들지는 누구도 모를 일이다.

4. 이론과 무한의식

열여덟번째는 호락호락 빠져나가지 못할 거야.
떠돌이 장돌뱅이를 막으라는 법령이 최근에 생겼으니.
—하인리히 폰 클라이스트

1. 파산

'이론의 본령은 어디에 있는가?' 수없이 되풀이되었고 앞으로도 계속 제기되겠지만, 슬쩍 법을 만들어 이제부터 저 질문을 던지는 자에게 이론의 파산의 모든 책임을 묻는다면 어떨까. 물론 누구도 이론의 파산을 확정적으로 말할 수는 없다. 하지만 그런 상황을 상상조차 할 수 없는 자에게는 아마도 이론의 존재 따위 아무래도 좋은 것일 터이다. 반면 억겁 중의 찰나라도 이론의 발생과 소멸에 대해, 즉 이론의 정당성과 실효성에 대해 고민해본 사람이라면, 일단은 저 법이 상식 차원에서 터무니없다고 느끼겠지만, 곧바로 다시 그 상식 자체가 상충하거나 상이한 여러 이론을 억지로 조립한 것이기에 저 괴이한 법의 틈입을 결코 만만하게 볼 수는 없다는 생각에 다다를 것이다. 여기서 우리는 어떻게 보면 진부하지만 그래도 가볍게 외면할 수 없는 한 가지 역설과 마주하게 된다. 즉 이론의 운명 따위 전혀 알 바 아니라는 식으로 살아가는 사람들이 바로 그 이론이 정복해야 할 지표면의 압도적인 지분을 차지하고 있다는 점에서, 이론의 본령은 애초부터 파산에 있다는 역설. 이론을 파산시키는 것은 사실상 그들이지만, 그들에게는 책임이 없다. 왜냐하면 그들의 눈에 이론은 처음부터 끝까지 비존재와 다름없는 미물이기 때문이다. 그럼에도 그들의 손은 거리낌 없이 파산한 이론(의 결실 혹은 주검)을 챙겨간다. 그럴 수 있는 까닭은, 아무리 보잘것없더라도 이론은 제출되는 순간 곧바로 공공재로 전환되기 때문이다. 이론은 파산하려고 태어난다. 이론의 운명은 파산이다. 표면상 지속하는 듯 보이는 순간에도 실제로 이론은 파산선고의 지배에 예속되어 있다. 이론의 본령에 대해 궁리하는 자에게 파산의 책임을 돌리는 일은 분명 부당하지만, 이는 사실 어쩔 수 없는 일이며 또한 어쨌든 이론의 운명이 제정한 법에 따른 일이라고 할 수 있다. 파산한 이론—엄밀히 말하자면, 이것은 군더더기 표현이다—의 세계에서는 오직 제때 제 몫을 챙기지 못한 자만이 책임을 진다.

그런데, 아이러니하게도, 대개 그 책임을 가장 무겁게 느끼는 이들이 하는 일은 (다시) 이론을 만들어내는 것이다.

2. 투쟁

파산의 운명에 처한 이론이 하는 모든 일은 사실상 투쟁으로 수렴된다. 그럴 수밖에 없다. 왜냐하면 우리는 오직 하나의 이론만 존재하는 세계를 결코 상상할 수 없기 때문이다. 이론은 언제나 복수로 존재한다. 그래서 이론은 같은 계열의 다른 이론과 정면으로 맞서 싸우거나 다른 계열의 비슷한 이론과 비스듬히 싸우며, 더불어 자신을 마구잡이로 구기고 우겨 함부로 써먹으려는 온갖 시도에 대항해 물밑에서 싸우기도 한다. 많은 경우 이 싸움들은 중첩되며, 더 나아가 다른 여러 이론의 (부분적/전면적) 개입으로 인해 한층 산잡해진다. 이론은 자신의 정당성을 주장하기 위해 부득이 다른 이론의 부당한 면모를 폭로하며, 나아가 자신의 쓸모를 입증하기 위해 다른 이론의 폐물 같은 측면을 집요하게 물고 늘어진다. 이 불가피한(?) 싸움 과정에서 이론이 본래 목표로 삼았던 작업, 즉 설명의 과업은 부득불 뒤로 밀려나게 된다. 이론의 어려움은 대체로 여기서 비롯된다고 말할 수 있다. 즉 실마리를 찾기 힘들 정도로 이미 충분히 복잡해져 있는 싸움에 구태여 뛰어들 수밖에 없기에 그 자신 역시 설명할 수 없을 정도로 어려워지는 것이다. 이것은 마치 제3자를 자처하며 싸움의 중재를 시도하다가 어느새 그 싸움에 휘말려 든 사람이 본래 자신이 무엇을 하려고 했는지를 깡그리 망각하는 경우와 같다. 제대로 설명하기 위해서 싸움에 끼어들(었)지만, 바로 그 싸움으로 인해 원래 하려고 했던 설명은 불필요하거나 불가능해진다. 이기기 위해서(가 아니라면 적어도 잘 싸우기 위해서) 정비하고 철저히 무장하면 할수록 원래 목표에서 점점 더 멀어지는 것이다. 그리고 그렇게 궤도를 이탈한 이론일수록 발 빠른 이론 승냥이의 먹잇감이 되기 쉽다. 즉 낙오한 이론은 뜬금없는 맥락에서 아무렇게나 인용되거나, 심한 경우 정말 터무니없는 방식으로 유용되기까지 한다.

그런데 아이러니한 사실은 그렇게 되는대로 써먹히는 이론일수록 찬란히 빛나는 유행의 권좌에 오를 가능성이 높다는 것이다.

3. 패권

유행의 집중 조명을 받는 이론이 (해야) 하는 일은 최대한 그럴듯하게 첨단 이론의 의장을 유지하는 것이다. 그뿐 아니라 유행하는 이론은 자신을 사취하는 온갖 모조품 및 파생상품에게도 최대한 호의를 보이며 협조해야 한다. 그렇지 않으면 곧장 어둠 속으로 팽개쳐질 것이기 때문이다. 그리하여 유행의 패권을 쥔 이론은 본래 제 몫인 파산의 운명을 시나브로 망각하게 된다. 그럴 수밖에 없다. 쏟아지는 관심을 받는 와중에 스스로의 존재 가치를 염려하는 일은 거의 불가능에 가깝지 않은가. 오히려 실제로 일이 진행되는 방향은 그 반대에 가깝다. 유행을 탄 이론은 미상불 스스로를 거의 교리dogma의 지위까지 격상시키기 마련이다. 한마디로, 묻고 따지게 만드는 대신, 믿고 따르게 만드는 것이다. 아무리 객관적이고 과학적인 설명의 구조나 외양을 띠고 있다 해도, 일단 유행의 궤도에 오른 이론은 순종을 요구하는 신조doctrine와 어슷비슷한 무엇으로 행세하게 되는 숙명(?)을 피하기 어렵다. 아니, 객관주의와 과학주의를 표방하는 이론일수록 오히려 교리 및 신조에 버금가는 권위와 위세를 자랑하며, 이를 통해 판 전체를 좌지우지할 가능성이 높다. 물론 그 이론을 신봉하는 자들은 충분히 합리적일 수 있으며, 자신을 향한 여러 비판에도 얼마든지 개방적이고 탄력적인 태도를 보일 수 있다. 그러나 어디까지나 그 이론의 정당성을 굳게(=공격적으로) 믿는 한에서만 그렇다. 패권을 유지하는 비결은 단순히 열린 태도를 보이는 데 있지 않다. 그 비결은 경쟁자와 적으로 하여금 자신이 이론으로서 응당 지녀야 할 면모를 제대로 갖추고 있다고 믿게 만드는 데 있다. 간단히 말해 여유와 자신감을 과장되게 전시해야 하는 것이다. 실질이 아니라, 그 이론을 잘 감싸는/감추는 일이 중요하다. 이것은 싸움이지만, 경쟁은 아니다. 패권을 획득한 이론은 원하든 원치 않든 교리처럼 군림할 수밖에 없지만, 결코 드러내놓고 그래서는 안 된다. 정말로 교리로 넘어가려는 찰나, 그 이론은 곧장 기존의 거대한 교리들이 행사하는 무자비한 폭력 앞에 노출되며, 이 경우 싸움은 십중팔구 일방적 진압에 가깝게 전개된다.

그러므로 패권을 쥐었던 숱한 이론이 차례로 명멸하는 와중에도 그 모든 성쇠의 역사를 초월한 곳에 헌헌히 교리가 버티고 있음을 유념해야 한다.

4. 음모

이론이 이론으로(만) 머물면서 패권을 위해 각축하는 한, 파산의 결말은 피할 수 없다. 그러나 권력의 정점에 다다른 이론이 마침내 교리의 영광마저 찬탈하려 드는 순간, 교리는 가히 악마적이라 할 만큼 가공할 권세를 드러내며 도전자를 짓누르기 시작한다. 이교異教의 낙인을 찍는 것이다. 과거와 현재의 수다한 장면이 거듭 증명하는바, 반역자가 획책하는 음모의 짧은 다리는 주권자가 버텨온 장구한 역사 앞에서 한없이 무기력하다. 하지만 여기서 혹자는 이렇게 질문할 수 있다. '교리는 언제부터 교리였는가?' 이 질문의 적절성에는 의심의 여지가 없다. 그도 그럴 것이 역사 속에서 교리의 권위가 제아무리 절대적이었다 한들, 시작부터 그토록 완벽하게 창대했을 리는 없지 않은가. 다시 말해 교리의 출발 역시 이론의 시작과 별반 다르지 않았을 거라는 합리적인 추측이 가능하다. 그렇다면 교리의 권위를 축출하려는 이론의 음모는 단지 그것이 뒤늦게 성립했기에 실패하고 마는 것일까? 그렇지는 않다. 교리를 이론과 구별해주는 근본적인 특질이 틀림없이 존재한다. 다소 거칠지만, 이렇게 정리할 수 있을 것이다. 즉 교리는 전체에 대한 통찰—이것은 기억과 기대를 두 축으로 삼는다—을 집대성했다는 점에서 모든 이론보다 월등히 우월하며, 초월에 대한 약속을 내재의 가장 깊은 바닥—통상 '내면' 혹은 '영혼'이라고 불린다—에 아로새기는 미증유의 과업을 이미 완수한 고로 비길 데 없이 강력하다. 다시 말해 이론은 본질상 부분에 대한 고찰 또는 내재에 대한 관찰에 불과하므로, 결코 교리의 권장權杖을 거머쥘 수 없다.

그러나 역사는 이론의 역모를 위한 반전의 계기를 마련해두고 있었다.

5. 운동

교리의 영토 내에서 이론이 당당히 고개를 들 수 있게 된 것은 흔히 '세속화'라고 불리는 과정을 통해서였다. 세속화의 발생과 원천을 둘러싼 복잡한 논의를 여기서 재구성할 수는 없다. 논의의 편의와 필요를 위해 다만 그것이 초월의 파편화 및 내재의 지각변동을 불러온—혹은 수반한—과정이라는 점을 명시해두고자 한다. 기적에 대한 사랑과 징표figura에 대한 앙망으로 굳건히 지속하던 저 너머의 세계에 돌이킬 수 없는 균열이 발생하고 그와 더불어 지금 여기의 세계에 대한 표상이 완전히 뒤집히면서, 질서의 역사는 거대한 단절을 맞이하게 된다. 그에 따라 다음 세계를 향한 위대한 약속, 즉 교리는 점차 무망하다고 인식되기에 이르렀고, 대신 다음 세대를 위한 다양한 계획이 그 자리를 차지하기 시작했다. 이 계획은 크게 보아 운동과 정책 두 가지로 나뉘어 전개되어 왔는데, 바로 여기가 이론이 오롯이 자기주장을 하면서 전면에 등장하는 지점이다. 널리 알려져 있듯이, 운동으로서의 계획을 대표하는 이론은 마르크스주의다. 그런데 세계에 대한 마르크스주의의 설명에서 가장 결정적인 부분이 종교 비판이라는 사실은 상당히 시사적이다. 왜냐하면 이 이론의 강력한 종교 비판은 그 자체로 이론에 대한 교리의 압도적 우위를 방증하는 사례로 볼 수 있기 때문이다. 더 나아가 그 비판은 해당 이론 전체를 떠받치는 세계 이해의 근본 구조가 (무의식적으로든 아니든) 교리를 모방한 것이라는 추론을 가능하게 한다. 아닌 게 아니라, 마르크스주의는 교리가 세운 약속의 수직축을 그대로 눕혀 진보의 수평축을 만들어냈다는 점에서, 바꿔 말해 초월을 미래로 대체했다는 점에서 예언에 필적하는 이론으로 규정되기도 했는데, 이것은 틀린 이야기가 아니다. 그리고 이것은 역설이다. 교리로부터 해방된 이론이 온전한 자기주장을 펼치기 위해 다름 아닌 교리의 주요 원천 중 한 가지를 모방했기 때문이다.

하지만 바로 이 모방 덕분에 마르크스주의가 그토록 뛰어난 내구성과 신축성을 자랑하게 됐는지도 모른다.

6. 정책

정책으로서의 계획을 대표하는 이론은 의회주의다. 마르크스주의가 교리의 수직축을 수평축으로 눕혔다면, 의회주의는 전통적인 수직축을 그대로 유지한 채 축의 진행 방향만 반대로—즉 아래에서 위로—바꾼 이론이라 할 수 있다. (물론 여기에는 수직축의 끝부분, 즉 초월로 넘어가는 부분을 잘라내야 한다는 중요한 단서가 붙는데, 이때 과연 어디까지를 끝부분으로 볼 것인가 하는 물음이 주요 쟁점으로 떠오를 수 있다.) 무질서하게 흩어져 있는 이른바 '바닥 민심'을 수렴하여 이를 정책으로 정리한 뒤, 수직축을 따라 상승시키는 작업이 의회주의 이론의 골자를 이룬다. 하지만 교리에 의해 다스려지던 세계가 수다한 허점과 모순을 노정한 것 못지않게, 의회주의 이론에 따라 움직이는 세계 역시 숱한 부작용과 예상 밖의 결과로 인해 번번이—혹은 빈번히—암초에 부딪힌다. 무엇보다 다기多岐한 '바닥 민심'을 수합하여 정책으로 입안하는 과정 자체가 제대로 된 정리나 해결이 난망한 문제이기 때문이다. 그리고 이 때문에 주로 미결된 사안과 사각지대에 주목하는 온갖 파편적인 이론이 주도권을 쥐기 위해 서로 (추저분하게) 쟁투하면서, 이따금 (미지근하게) 연대하는 진풍경이 발생한다. 이처럼 가차 없고 두서없는 과정에서, 약속과 미래는 응당 받아야 할 관심을 받지 못한 채 아무렇게나 방치된다. 이 지점에서 우리는 관료제의 무시무시한 절대적 절차주의를 떠올리지 않을 수 없다. 왜냐하면 다른 무엇보다 절차에 대한 집착—이것은 인격person과 직분office의 분리에 따른 필연적이고 치명적인 귀결이다—이야말로 모든 약속을 일절 폐기하고 미래를 기약 없이 유예시키는 위력이기 때문이다. 관료주의는 말하자면 의회주의의 배가 영구히 정박할 수 있는 항구인 셈인데, 우습게도 애초에 이 항구의 터를 닦은 것은 옛 교리 체계의 일급 기술자들이었다.

요컨대 의회주의와 관료주의의 결합은 교리의 괴사 및 이론의 사산을 초래한 원흉이다.

7. 제휴

의회주의의 본질은 기괴한 타협과 집요한 어깃장이며, 관료주의의 바탕은 놀라운 경직성과 치밀한 변칙이다. (참고로 주식회사를 시장에서 작동하는 의회주의로, 법인 및 대리인을 관료주의의 완벽한 짝패로 각각 규정할 수 있다.) 하나의 이론 체계라 하기에는 너무 엉성하고, 교리의 대체물로 보기에는 지나치게 볼품없는 이 양자는 그러나 상호 긴밀한 제휴하에 교리와 이론을 엄중히 통제하고 있다. 이를테면 마치 가두리 양식을 하듯 이론을 관리하고, 원자력을 이용하듯 교리를 방임하는 것이다.

이것이 작금의 상황이다.

8. 방편

그렇다면 원자 에너지가 될 수 없고 그렇다고 대세에 편승할 수도 없는 이론, 가두리에 갇힌 이론에게 남아 있는 가능성은 무엇일까? 그것은 우선 방편方便이 되는 것이다. 방편이 된 이론은 적어도 유행하는 이론처럼 마구 써먹히진 않는다. 오히려 많은 경우 모종의 독특한 가치를 획득하여 값지게 소비되는 편이다. 요컨대 '애호'되는 것이다. 그렇지만 과연 이것을 이론이라 부를 수 있을까? 물론 그것을 이론이라 부르지 못하게 하는 법은 없다. 그러나 바로 여기에 딜레마가 존재한다. 다른 많은 개념이 그렇듯이, 이론의 이름 역시 심각하게 오남용되고 있지만, 그럼에도 이론은 끝내 제 안의 잠재력을 포기하지 않(는 듯 보이)기 때문이다. 이론은 다른 누군가/무언가의 방편이 될 수 있지만, 그것은 결코 이론 자신에게 좋은 방편이 되지는 못한다. 이론의 방편은 없다.

이렇게 봤을 때, 이론의 형편은 실로 매우 딱하다.

9. 비밀

그러나 방편이 되는 것 외에 다른 선택지가 적어도 두 개는 있다. 첫째, 현실의 가두리와는 다른 차원에 스스로를 가두는 것이다. 바꿔 말해 (존재하지 않는) 비밀이 되는 것이다. 누구나 예상할 수 있듯이, 이것은 매우 위험한 시도다. 방편이 된 이론은 적어도 이름은 붙들고 있지만, 비밀 속에 유폐된 이론은 그마저도 내세울 수 없기 때문이다. 비밀이 된 이론은 이름 없는 이론이며, 따라서 이론이 아니라고 오해받더라도 어쩔 수 없다. 즉 비밀 속의 이론은 스스로의 존재를 부정해야 하는 위기에 처하는 것이다. 하지만 위험이 큰 만큼 커다란 보상을 기대할 수도 있다. 비밀 속에서 스스로를 지키고 가꾸면서 시간을 견디다 보면, 언젠가 강력한 이론으로 화려하게 부활하는 순간을 맞이할 수도 있는 것이다. (물론 그럴 가능성은 희박하다.) 한편 비밀로서의 이론이 은신하기에 가장 좋은 곳으로 저변과 결사를 꼽을 수 있는데, 전자에게는 미욱하다는 단점과 무구하다는 장점이, 후자에게는 굳게 뭉친다는 장점과 다툼이 잦다는 단점이 각각 존재한다. 저변으로 스며든 이론은 물색없는 미신과 통념에 맞서 스스로를 지켜야 하고, 결사 속으로 잠입한 이론은 무엇보다 해당 단체 특유의 기조를 위배하지 않아야 한다. 더 나아가 저변과 결사 모두 유행과 교리의 공격에 지극히 취약하다는 사실을 덧붙여야겠다. 저변에 은폐하든 결사에 의탁하든, 비밀로서의 이론이 유행의 거센 파도에 휩쓸리지 않고 또 교리의 광역 탐지망에도 걸리지 않기란 너무도 어려운 일이다.

그러므로, 다시 한번 보아도, 확실히 이론은 매우 어려운 처지에 놓여 있다.

10. 해석

이론에게 남은 두번째 선택지는 해석의 영토를 점령(혹은 탈환)하는 것이다. 이것은 사실 매우 식상한 명제다. 왜냐하면 근본적으로 모든 이론은 모종의 해석이기 때문이다. 그렇다면 이론이 해석의 영토로 진격해야 한다는 것은 무슨 뜻인가? 그것은 해석될 수 없는 것과 대결해야 한다는 뜻이다. 해석될 수 없는 것에는 해석이 이미 완료된 것과 해석이 아직 시작되지 않은 것이 포함된다. 해석이 이미 완료된 곳—여기에는 해석될 필요가 없는 것도 함께 서식한다—은 해석의 영토가 될 수 없다. 그곳은 다른 이름으로 불려야 한다. 그런가 하면 해석이 전혀 이뤄지지 않은 곳 역시 해석의 영토로 편입될 수 없다. 이것은 자명한 이치다. 하지만 해석이 이미 끝났다는 말과 아직 해석이 이뤄지지 않았다는 말은 과연 성립 가능한 진술인가? 바꿔 표현하자면, 해석의 영토는 정말로 실존하는가? 해석에 시작과 끝이 있을 수 있는가? 즉 해석이 언제 시작되고 어디서 끝나는지 우리는 과연 확정할 수 있는가? 요컨대 우리는 해석을 정의할 수 있는가? 해석될 수 없는 것의 영역은 이러한 질문들과 더불어 개시된다. 해석될 수 없는 것은 해석을 전제하면서 동시에 해석의 가능성을 차단한다. 거꾸로 해석은 해석될 수 없는 것의 이념을 가리키는 한에서만 존재 가능성을 획득한다. 이렇게 보면 해석의 영토는 역설적으로 오직 해석될 수 없는 것의 권역 안에서만 생성된다고 말할 수 있다. 따라서 이론이 해석의 영토로 진격해야 한다는 요청은 수정되어야 한다. 이론은 해석될 수 없는 것의 영역으로 들어가야 한다. 다시 말해 해석의 극단이 되어야 하는 것이다. 해석될 수 없는 것의 이념을 망각한 채 진행된 해석 작업이 이론의 밑바탕을 이루는 경우, 그 이론은 파산-유행-관리로 구성된 악무한을 결코 헤쳐 나올 수 없다.

해석될 수 없는 것의 이념은 가늠할 수 없는 심연 속으로 이론을 떠미는 힘이다.

11. 표면

해석의 극단으로서의 이론이 빠질 수밖에 없는 심연은 다름 아닌 표면이다. 이 진술은 일견 심각한 모순인 듯 보인다. 상식적으로나 논리적으로나 표면은 깊이와 배치背馳되기 때문이다. 그러나 표면, 특히 지면紙面은 놀라운 방식으로 깊이를 획득할 수 있다. 즉 무언가를 쓸 수 있는 모든 표면은 물리적-심리적 깊이와는 전혀 다른 종류의 깊이를 가질 수 있는 것이다. 무언가가 새겨져 있는 표면은 말하자면 역사적 깊이와 형이상학적 깊이를 동시에 지닐 수 있다. 뿐만 아니라 쓰기writing라는 행위는 1) (기존의 모든 것을) 지우기, 2) (행간과 구두점과 문맥 그리고 무엇보다 표현 속에) 감추기, 3) (감춰진 것을 최대한) 읽(어내)기, 그리고 가장 중요한 4) 다시 (다르게) 쓰기 등과 불가분하게 연동되어 있다는 점에서,

그 표면에 깃든 깊이는 실로 무한대까지 뻗어나갈 수 있는 잠재력을 갖는다. 수많은 문헌학자를 매료시킨 팔림프세스트palimpsest가 더없이 신비한 아우라를 뿜어내는 까닭이 바로 여기에 있다. 그러나 여기서 쓰일 수 있는 것을 단지 문자나 글자 혹은 더 넓게 잡아서 기호 일반으로 한정해서는 안 된다. 왜냐하면 우주가 표면으로서의 우주인 한, 말 그대로 모든 것이 쓰일 수 있기 때문이다. 그리고 무릇 쓰일 수 있는 모든 것 중에서 가장 해석하기 어려운—따라서 가장 문제적인—것은 표정이다. 마찬가지로 쉴 새 없이 표정이 새겨지고 지워지고 또 새겨지는, (획정할 수 없는) '우리 모두'의 살아 있는 팔림프세스트, 즉 얼굴은 모든 표면을 통틀어 가장 기이한 (동시에 가장 흔한) 표면이다. 얼굴 표정—특히 무언가를 쓰거나 읽고 있는 표정—은 그러므로 해석될 수 없는 것의 현현이라 할 수 있으며, 이 표현과 관련하여 통상적인 의미에서의 사진과 회화가 할 수 있는 일은 예상과 달리 지극히 제한적이다.

표면이 획득하는 깊이는 그러나, 참으로 허망하게도, 일거에 소멸할 수 있으며, 실제로 이 소멸은 아주 흔한 일이다.

12. 위조

얼굴을 포함하여 모종의 형이상학적 깊이를 가진 모든 표면은 잘 꾸며진 거짓 앞에서 쉽게 허물어진다. 달리 말하자면 표면은 위조

가능해서 위험한 것이다. 그렇기 때문에 표면에 생성된 깊이는 많은 경우 맹랑한 허구로 치부되거나, 심한 경우 유해한 망상으로 찍혀 배척된다. 아닌 게 아니라, 위조된 표면은 정말로 그럴듯한 형이상학적 가상을 창조할 수 있는데, 우리는 이 가상의 현혹하는 힘을 결코 가볍게 보아서는 안 된다. 왜냐하면 이 힘이야말로 서로 끈끈히 결탁한 의회주의와 관료주의가 공유하는 권력의 젖줄이기 때문이다.

거짓을 상대로 제대로 싸울 수 있는 이론은 거의 없으며, 거짓과의 싸움에서는 심지어 교리조차 너끈히 강대強大하기 어렵다.

13. 서류

표면의 위조가 구체화되는 사례는 '서류'라는 단어로 통칭되는 제도에서 가장 생생하게 볼 수 있다. 사실 서류 위조는 너무 많고 흔해서, 위조되는 것이 서류의 주요 기능 중 하나라고 말한다고 해도 크게 이상하지 않을 정도다. 위조된 서류는 표면이 깊이를 획득하는 데 가장 큰 장애물로 작용한다. 그러나 이보다 더 중요한 사실은 위조 유무와 무관하게 서류 자체가 쓰기와 읽기를 억압하고 방해하는 기제, 즉 표면의 잠재적 깊이를 원천 봉쇄하는 장치라는 점이다. 서류는 성격상 특히 지침을 내리는 교리 및 그 동종同種에 친화적인 매체이며, 따라서 어떤 내용이든 서류 위에 자유롭게 쓰이는 경우는 극히 드물다. 이 매체를 통해 지탱되는 질서 체계를 다름 아닌 관료주의가 물려받았다는 사실은 결코 우연이 아니다. 관료주의의 강력한 후원하에 서류는 표면 일반을 대표하는 지면이 되었다. 따라서 어떤 이론이 서류에 담길 경우, 그것은 결코 해석의 극단이 될 수 없다. 왜냐하면 해석될 수 없는 것과 대결하기 위해서 이론은 무엇보다 분방하게 전개되어야 하는데, 서류는 결코 그런 자유를 허락하지 않기 때문이다. 따라서 서류 속 이론은 가두리 양식이 되는 이론의 대표적인 사례이며, 이론을 서류에 가두는 대표적인 기관으로는 대학과 언론을 꼽을 수 있다.

그러나 서류에 기재되는 이론은 정책의 주도권을 향해 돌격할 수 있으며, 많은 경우 이 가능성은 매우 뿌리치기 힘든 유혹으로 다가온다.

14. 이야기

서류에 포획되지 않는 이론은 대체로 (난삽하거나 낯선) 이야기의 형태를 띤다. 아이러니한 사실은 대학과 언론이 또한 그와 같은 이론-이야기의 주요 생산 기지 및 유통망이기도 하다는 점이다. 두 기관이 이론을 서류 속에 구겨 넣으면서 동시에 이런저런 이론-이야기를 계속해서 산출하고 유포하는 까닭은, 무엇보다 이론에 점점이 박혀 있는 거대한 이름들 때문이다.

이름은 다분히 양가적인 의미에서 이론-이야기의 생존을 위한 기반으로 작용한다.

15. 이름

이론의 이름이 오남용되는 것 못지않게, 이론 속의 이름 역시 허투루 다루어진다. 그러니까 이론 속의 이름은 이론의 이름과 일종의 운명 공동체를 이루는 것이다. 이론 속의 이름 중 가장 문제적인 것은 말할 것도 없이 해당 이론을 창시한 자의 이름이다. 창시자의 이름은 흔히 그가 만든 이론의 이름과 동일시되며, 나아가 경쟁하는 다른 여러 이론에도 비중 있는 고유명으로 빈번히 등장(하거나 적어도 암약)한다. 해당 이론이 교리에 버금갈 정도의 세력을 규합할 경우, 창시자의 이름은 마치 교주의 이름처럼 여겨진다. 숭배 대상이 되는 것이다. 일단 그렇게 인식되고 나면, 실제로 그가 하려고 했던 이야기는 더 이상 전혀 중요하지 않게 된다. 그가 한 말 중에서 핵심 열쇠처럼 도드라지는 몇 개의 낱말만 그의 이름에 달라붙은 채로 이유 없이, 그리고 정처 없이, 열띤 허공을 맴돌 뿐이다. 가령 창시자가 (본디 하려) 했던 작업은 해석될 수 없는 것과의 줄기찬 대결이었는데, 정작 그가 제기한 질문과 주시한 맥락은 모조리 편집되고 대신 당대의 유행에 편승하거나 그 흐름을 전유하는 데 요긴한 도구-개념만 조명받는 경우가 허다하다. 간혹 해당 이론의 열심당원zealot들이 느닷없이 나타나 창시자의 본래 질문을 복원하고 원래의 이론-이야기를 충실하게 재구성하는 작업에 힘을 쏟는 경우도 있기는 하다. 그러나 그들의 노력은 대부분 탄식과 한숨으로 잦아들고 만다. 이론 속에 등장하는 여러 역사적인 고유명이 매양 맞게 되는 운명 역시 창시자의 그것과 별반 다르지 않다.

이름은 이론과 역사가 가장 첨예한 대립으로 교차하는 지점이다.

16. 역사

역사는 이름을 간직하지만 동시에 낡게 만든다. 반면 이론은 이름을 소비하지만 동시에 새롭게 만든다. 이론에 의해 이름은 현재성을 띠게 되지만, 이 현재성은 오롯이 가상의 힘에 기대고 있을 공산이 크다. 반대로 역사의 온갖 노력에도 불구하고, 이름은 본디 제가 가진 무시간성을 결코 상실하지 않는다. (주지하듯이 무시간성의 범주는 역사를 무력화시킬 수 있는 가장 큰 위험이다. 하지만 이름의 무시간성은 결코 완전하지 않다는 사실을 부기해둘 필요가 있다. 왜냐하면 이름이 지어지는 시작점이 틀림없이 존재하기 때문이다. 그러나 알 수 없는 신의 이름은 여기서 제외된다.) 이론 창시자의 이름을 통해서든, 역사의 만신전Pantheon에 오른 이름을 통해서든, 아니면 전혀 예상치 못한 다른 이름을 통해서든, 역사와 이론은 이름에서 부딪칠 수밖에 없다. 그러나 역사를 만난 이론은 거의 예외 없이 추락하고 만다. 왜냐하면 이론과 달리 역사는 이름의 파괴력 앞에서 결코 경망하게 행동하지 않기 때문이다. 다시 말해 역사는 자신이 이름과 맺고 있는 긴장 관계를 세심하게 보존한다. 이렇게 볼 때, 이론이 이름에 부여하는 현재성은 이름의 무시간적 본질에 대한 일종의 반역이라고 할 수 있다. 그렇다면 (역사에 대한 이론을 포함한) 모든 이론은 역사가 과거에 이미 제시했고 미래에 거듭 새롭게 제시할 이름들 앞에서 절망을 느낄 수밖에 없다. 게다가 새로운 (옛) 이름을 제시하는 역사는 필시 지나간 이론의 교훈을 흡수한 역사일 것이다. 따라서 그 역사는 이론과 달리 이름을 소비하지 않으면서 새롭게 만들 수 있을 것이다. 이렇게 본다면 이론은 결코 역사를 이길 수 없다. 물론 이론은 그 나름대로 저항할 수 있다. 그러나 역사에 대해 이론이 할 수 있는 유일한 저항은 스스로 하나의 역사적인 매듭이 되는 것뿐이다. 하지만 이는 이론이 하나의 커다란 유행이 되는 것 혹은 교리에 버금가는 무엇으로 비상하는 것과는 전혀 다르다. 그것은 필연적으로 유행의 범주를 초극하는 사건이며, 교리의 세력권으로 흡수될 수 없는 잠재력의 표출이다.

역사의 매듭이 된다는 것은 무한에 접속한다는 뜻이다.

17. 무한

무한의 문제를 끌어안는 이론은 어쩌면 파산하지 않을 수 있을 것이다. 혹은 파산해도 상관없는 이론일 것이다. 그 이론은 비밀이 되지 않으면서 해석될 수 없는 것과 대결할 수 있다. 무한의 이념을 받아들이는 이론은 어쩌면 서류를 파괴할 수 있을 것이다. 혹은 파괴하지 못해도 상관없는 이론일 것이다. 그 이론은 교리가 되지 않으면서 해석의 극단으로 침투할 수 있다.

무한을 깊이 의식하는 모든 이론은 근본적으로 언어 이론일 수밖에 없는데, 그것은 무한과 언어가 본질상 동同-근원적인 신비이기 때문이다.

18. 착오

떠돌이 장돌뱅이의 말.

> 나는 이날 이때까지 열일곱 번이나 그런 증서 없이 국경을 넘었소. [……] 이 모든 일은 착오에서 비롯됐을 것이오. 오늘 먼 길을 가야 하니 쓸데없이 오랫동안 붙잡지 말아주시구려.[1]

1 하인리히 폰 클라이스트, 『미하엘 콜하스』, 황종민 옮김, 창비, 2013, p. 11.

이 말은 (또다시) 이론을 쓰거나 읽으려는 이들이 서로의 내면과 모두의 지면에 가장 깊이(=결코 지울 수 없도록) 새겨두어야 할 법령이다.

5. 영혼의 저자

1.

시인의 허풍.

> 우리가 영혼을 가졌다는 증거는 수없이 많다.
> 오늘은 그중 하나만 보여주마.
> 그리고 내일 또 하나.
> 그렇게 하루에 하나씩.
>
> —심보선, 「말들」[1] 전문

시인의 다른 여러 시편이 그러하듯이, 이 시구 역시 적지 않은 이의 뇌리에 각인되어 있을 것이다. 그러나 그 사실이 이 시구의 허

1 심보선, 『눈앞에 없는 사람』, 문학과지성사, 2011, p. 11.

언성虛言性을 은폐할 수는 없다. 하지만 시인의 이 허풍은 기억할 만한 허풍이다. 그렇다는 것은 이 시구가 피할 수 없는 무언가에 대해 묻게 만들고, 더 나아가 그 물음에 오래 사로잡히게 만드는 힘을 가졌다는 뜻이다. 여기서 시인이 지목하는 "우리"는 과연 누구를 포함하고 또 누구를 배제하는 것일까? 이 글을 쓰거나 읽는 모호한 '나'는 과연 시인의 "우리"에 포함될까, 아니면 그(들)의 수다한 증거를 보게 될 집단에 속할까? 바꿔 말해 '나'는 영혼을 가졌을까, 아니면 영혼을 가진 이들을 매일 지켜보는 비혼非魂적 존재일까? 아니다. 그들이 영혼을 가졌다는 증거를 보게 될 '나'라고 해서 영혼을 갖지 말라는 법은 없지 않은가. 다시 말해 시인과 그의 동료들이 구태여 날마다 하나씩 내세우는 증거를 매일 보아야 하는 쪽이라고 해서, 반드시 영혼을 결여한 존재라고 간주할 필연성은 없다. 허나 그렇다면 시인이 힘주어 강조하는 그 수많은 증거가 굳이 필요할까? 즉 시인의 "우리"도, 그 "우리"를 상대할 불특정 다수도 공히 영혼을 가졌다면, 한쪽이 영혼을 가졌다는 증거를 다른 쪽에게 굳이 보여주어야 할 필요가 있는가 말이다. 분명 그렇지 않을 것이다. 그렇다면 앞서 제시한 영혼과 비혼의 이분법이 오히려 적합할 수도 있겠다. 혹시 시인의 "우리"는 영혼과 오롯이 합치되는 범주일까? 만약 그렇다면, 즉 시인의 "우리"가 곧 영혼이라면, 그(들)의 증거를 보아야 하는 쪽은 영혼의 영역에서 배제된 존재일 수밖에 없다. 확실히 영혼이 영혼이라는 증거는 수없이 많을 수 있다. 그러나 동어반복을 확증해주는 증거가 과연 증거로서의 효력, 다시 말해 존재 가치를 가질 수 있을까? 그렇지 않을 것이다. 게다가 시인의 진술에 따르면, "우리"는 곧 영혼인 것이 아니라 영혼을 "가졌다." 즉 시인의 "우리"는 "영혼"보다 크거나 높은 존재 단위다. 설령 객관적으로 온전히 확정할 수 없다고 해도, 적어도 시인의 논리 안에서는 그렇다. 따라서 이분법은 이렇게 정정되어야 한다. 시인의 "우리"는 영혼을 가진 존재들이다. 반대로 시인의 "우리"에 속하지 못한, 속할 수 없는 존재는 영혼을 갖지 못했거나 적어도 갖고 있지 않을 것으로 추정된다. 만약 후자가 영혼을 갖지 못한다면, 그들의 위상은 존재 위계의 최하 지점에 놓일 것이 확실하다. 그렇지 않다면, 즉 후자가 영혼을 갖지 '않은' 경우라면, 이야기는 전혀 달라진다. 간단히 말해 그들은 영혼을 거부 내지 방기한 것이다. 이들은 존재 위계를 어지럽히는 존재다. 시인의 말은 이들, 영혼을 내버린 이들을 향한 것이 틀림없다.

그러나 시인의 "우리"에 '내'가 포함되는지 아닌지는 여전히 알 수 없다. 이 물음에 대한 최종적인 대답은 아마도 시인과 그의 "우리"가 숱한 증거를 하나씩 보여주며 보낼 모든 "오늘"과 "내일"이 완전히 소진된 다음에야 비로소, 어쩌면, 가능할 것이다. 적어도 '나'의 가시적인 지평 안에서는 그 답을 기대할 수 없다. 그렇다고 해도 섣불리 이 물음을 포기해서는 안 된다. 왜냐하면 그 물음을 포기하는 것은 곧 붕괴된 존재 위계가 방사하는 위험 앞에 무방비로 노출된다는 뜻이기 때문이다. 다시 말해 그 물음은 시인의 말을 읽거나 듣는 모든 '내'가 마땅히 제기해야 하고 제기할 수 밖에 없는 물음이다. '나는 영혼을 가졌는가?' 이 물음은 '영혼은 무엇인가?'라는 피상적인 물음으로 환원되어서는 안 된다. 후자와 달리 전자의 물음에서 문제가 되는 것은 무엇보다 영혼이 시간과 맺는 구체적인 관계이기 때문이다. 그렇게 본다면 영혼의 증거를 구태여 하루에 하나씩(만) 보여주겠다는 시인의 말은 바로 이 본질적인 관계를 암시하는 일종의 신호로 읽힐 수 있다. 사실 어떤 누구도 영혼의 증거를 한꺼번에 다 보여줄 수는 없다. 더욱이 하루에 하나씩 증거를 보여주는 일조차 결코 쉽지 않다. 아니, 사실은 정반대다. 3행의 "그리고"에서 4행의 "그렇게"로 넘어가는 것은, 말하자면, 기적에 도전하는 도약이다. 요컨대 날마다 하나씩 영혼의 증거를 보여주는 것은 무한하고 무한히 어려운 과제다.

2.
소설가의 계약.

만일 그대가 나를 소유하면 그대는 모든 것을 소유하게 될 것이다.
하지만 그 대신 그대의 목숨은 나에게 달려 있게 될 것이다. 신이
그렇게 원하셨느니라. 원하라, 그러면 그대의 소원은
이뤄질 것이다. 하지만 그대의 소망은
그대의 목숨으로 대가를 치러야 한다.
그대의 목숨이 여기 들어 있다. 매번

그대가 원할 때마다 나도 줄어들고

그대의 살날도 줄어들 것이다.

나를 가지길 원하는가?

가져라. 신이 그대의

소원을 들어주실

것이다.

아멘![2]

자살을 결심한 청년 라파엘 앞에 나타난 나귀 가죽의 이 신묘한 목소리는 가난한 학생 페터 슐레밀을 유혹했던 잿빛 사나이의 바로 그 목소리다. (이들의 선배로는 파우스트를 현혹시켰던 메피스토펠레스를 꼽을 수 있다.) 목소리는 거세게 속삭인다. '행복하고 싶다면, 네 영혼을 팔아라!' 실로 느닷없는 유혹이었음에도 두 청년은 저항하지 않았다. 따라서 라파엘과 페터는 영혼을 내버린 집단의 표본이라고 할 수 있다. 하지만 여기에는 단서가 붙어야 한다. 즉 두 사람은 시인의 "우리"에 속하지 않는다. 단, 그들이 내버린 영혼이 팔아넘길 수 있는 모종의 '물건'이라는 전제가 성립하는 한에서만 그렇다. 물론 누구나 알고 있듯이, 이 전제는 오래전부터 오늘날까지 자명한 공리처럼 매끈히 통용되고 있다. 가령 '영혼을 팔았다' 또는 '영혼까지 털렸다'는 식의 표현이 상투어로 쓰

2 오노레 드 발자크, 『나귀 가죽』, 이철의 옮김, 문학동네, 2009, p. 70.

인다는 사실을 떠올려보라. 발자크와 샤미소Adelbert von Chamisso는 바로 이 유사-공리와 암묵적인 협약을 맺음으로써 이른바 '영혼 거래' 장면을 형상화할 수 있었던 것이다. 그러나 그들이 그 협약을 맺은 이유는 바로 그 공리를 기각하기 위해서였다. 즉 영혼은 사고팔 수 있는 물건이 아니며, 설령 그런 물건이라고 해도 결코 사거나 팔아서는 안 된다는 견해를 옹호하기 위해서였다. 사실 이것은 사람들이 일상에서 '영혼을 팔았다'는 비유를 쓰면서 암암리에 견지하는 생각이기도 하다. (덧붙여 영혼을 사는 쪽은 대개 악마[적인 존재]거나 적어도 그에 준하는 역할을 맡는다는 사실을 유념해둘 필요가 있다.) 그들은 영혼이 팔아넘길 수 있는 물건이 아니라는 사실을 몰라서가 아니라, 반대로 너무나 잘 알고 있어서 그렇게 쉽게 말하는 것이다. 삶에서 흔히 맞닥뜨리는 사소하고 하찮은 유혹에 그들이 대처할 수 있는 가장 손쉬운 방법이 그런 진부한 표현에 의탁해 당혹감과 민망함을 재빨리 떨치는 것이기 때문이다.

영혼은 팔 수 없다. 또는 팔아서는 안 된다. 그렇다면 영혼을 갖는 것은 어떤가? 시인은 분명히 말했다. "우리"는 영혼을 가졌다고. 그렇지만 일단 영혼을 가졌다면, 그것을 팔 수도 있는 것 아닐까? 따라서 영혼을 팔 수 없다고 주장하기 위해서는, 먼저 영혼을 가졌다는 주장을 세심히 톺아보아야 한다. 시인은 분명히 말했다. "우리"가 영혼을 가졌다는 증거는 수없이 많다고. 시인보다 손이 빨랐던 소설가들은 이미 오래전에 영혼을 팔아치운 자의 운명을 묘사해놓았다. 마지막으로, 값싼 표현에 기대어 지금도 거듭 '영혼을 팔아치우고 있는' 수많은 일상 언어의 주역들이 건재하다. 그리고 이들은 모두 영혼은 팔아넘길 수 없다는 사실을 아주 잘 알고 있다. 이 지점에서 우리는 나귀 가죽이 욕망을 실현해주는 대가로 요구한 것이 라파엘의 '삶의 시간'이라는 점을 상기할 필요가 있다. 즉 영혼을 판다는 것은 시간을 잃는다는 뜻이다. 만약 시인의 "우리"에게 다음 증거를 보여줄 "내일"이 더 이상 존재하지 않는다면 어떻게 될까? 그럴 경우 시인의 "우리"가 영혼을 가졌다는 진술은 사실 명제로서 완료되지 못한다. 말 그대로 허풍이 되는 것이다. 같은 맥락에서 소설가의 계약 역시 애초의 의도와는 반대로 영혼을 사고팔 수 있는 무엇으로 여기게 만들 위험이 다분하다. 이는 '영혼 거래' 장면을 쓴 소설가와 그것을 읽는 독자 모두 시간을 상실할 위험에 처해 있다는 뜻이다. 그렇다면 가죽 부적의 목소리를 듣는 라파엘과 그 장면을 쓴 소설가와 그 묘사를 읽는 독자는 공히 일종의 운명 공동체를 이루는 셈이다. 섣부른 계약은 되돌릴 수 없는 운명으로 귀결된다.

3.

영혼을 가졌다는 것은 시간을 쓸 수 있다는 뜻이다. 이 문장에서 '쓰다'라는 말은 삼중의 의미를 지닌다. 즉 그것은 시간을 사용할 수 있고, 시간을 저술할 수 있고, 또 시간을 간직할 수 있다는 뜻이다. 시간의 사용과 시간의 저술은 많은 경우 중첩되거나 연결된다. 반면 시간의 간직은 사용과 저술의 결과들이 어느 정도 축적되었을 때만 가능한 행위다. 시간을 쓸 수 있다는 것, 이는 확고하게 주어진 사실이 아니며, 안전하게 보장된 가능성도 아니다. 그것은 차라리 실현되었을 때 사후적으로 그 존재를—그것도 단지 파편적인 형태로만—확인할 수 있는 잠재력이다. 만약 시간을 다 쓴 존재가 있다면, 그는 아마 자신이 영혼을 가졌는지 아닌지 최종적으로 확인할 수 있을 것이다. 더 나아가 시간을 다 쓴 존재들은 서로의 영혼을 견주어볼지도 모른다. 그러나 그들은 아직 시간을 다 쓰지 못한 존재에게 영혼의 증거를 보여주지는 못한다.

근본적으로 영혼은 가질 수도, 내버릴 수도 없다. (엄밀하게 말해서 영혼을 가졌다는 것은 마침내 영혼이 되었다는 뜻이며, 영혼을 내버린다는 것은 결국 영혼이 되지 못했다는 뜻이다.) 왜냐하면 누구도 시간 속에서 시간을 다 쓸 수는 없기 때문이다. (시간 밖에서 시간을 쓸 수 있는 가능성에 대해서는 부득이 함구해야 한다.) 시인의 "우리"는 영혼을 가진 것이 아니라, '영혼이 될 수 있는 잠재성'을 가졌을 따름이다. 그러므로 이제 우리는 잠정적인 결론을 내릴 수 있다. 시인의 말을 읽은 모든 '나'뿐 아니라 그 밖에 특정할 수 없는 '나'까지 시인의 "우리"에 속한다고 보는 것이 옳다. 다시 말해 시인의 "우리"는 모두의 "우리"다. 하지만 그렇다면 시인의 "우리"와 저 라파엘 집단, 즉 영혼을 팔아치운 자들의 관계는 어떻게 되는 걸까? 말할 것도 없이, 그들은 둘이 아닌 하나다. 왜냐하면 영혼이 될 수 있는 잠재력은 동시에 시간을 잃게 만드는 잠재적 위험이기 때문이다. **마침내** 영혼이 될 수 있는 고로, 우리는 이미 영혼을 가졌다고 믿(을 수 있)는 것이며, 그리고 이 믿음 때문에 영혼을 (몇 번이고 거듭) 팔 수 있는 것이다. 시인의 허풍은 결코 단순한 허풍이 아니다.

4.
시간을 사용하는 네 가지 주요 양상.

첫째, 시간을 빼앗긴다.
둘째, 시간에 쫓긴다.
셋째, 시간을 버린다.
넷째, 영원처럼 기다린다.

5.
시간을 저술하는 네 가지 기본 원칙.

첫째, 시간을 빼앗기는 존재들 한가운데서 함께 버틸 것.
둘째, 시간이 쫓기 전에 도망갈 것.
셋째, 시간에게 버림받는 연습을 반복할 것.
넷째, 시간처럼 기다릴 것.

6.

영혼이 된다는 것은 시간을 쓴다는 뜻이다. 그리고 시간을 쓰는 중에 영혼은 말하자면 집필된다. (이 과정은 영혼을 소유했다는 믿음의 유무와 전혀 무관하게 진행된다.) 그런데 누가 시간을 쓰는가? 그러니까 영혼의 저자는 누구인가? 이 질문과 더불어 우리는 막다른 골목에 다다른 셈인데, 신을 제쳐둔다면 가장 먼저 떠오르는 대답은 두말할 것 없이 '육신'이다. 악마의 유혹하는 목소리가 '행복'이라는 말로 가리키는 것은 다름 아닌 육신의 쾌락이다. 그러나 기억될 수 없는 쾌락은 시간의 간직을 방해한다. 다시 말해 쾌락에 젖어가는 육신은 결코 제대로 영혼을 집필할 수 없다. (오해를 예방하는 차원에서 덧붙이자면, 여기서 쾌락은 금욕에서 오는 맑은 즐거움과 고행을 통해 얻는 두꺼운 기쁨까지 포괄할 수 있다.) 그렇다면 쾌락에 빠지지 않은 육신은 영혼의 저자가 될 수 있는가? 그럴 수 있다. 그러나 반드시 그렇다고 말할 수는 없다. 무엇보다 쾌락이 간여할 수 있는 영역이 너무 크고 다양하기 때문이다. 다시 말해 육신이 쾌락에 빠지지 않을 수 있는 길은 사실상 없다. 이를테면 중한 병을 앓은 후 회복 중인 환자가 건강을 되찾는 데서 느끼는 쾌락을 어떻게 거부할 수 있겠는가? 그보다 더 개연성 있는 대답은 '불행에 처한 육신은 영혼의 저자가 될 수 있다'이며, 다시 이보다 더 설득력 있는 가설은 '영혼의 저자는 불행'이라는 것이다. 하지만 여기서 불행은 세상사의 무대에 끊임없이 오르내리는 이런저런 사건이나 사고, 갈등 혹은 이별 등과 같은 인생의 여러 굴곡을 아우르는 일반 명사가 아니라, 육신을 지배하는 세계 전체와의 싸움을 가리키는 하나의 '이름'으로 이해되어야 한다. 요컨대 영혼을 집필하는 주체agent는 세계와의 싸움이라 할 수 있다. 영혼의 저자로서의 싸움, 이 싸움에서 관건은 세계 권력을 어떻게 상대할 것인가에 달려 있다.

7.

여기서 잠시 맥락을 벗어나, 저자 일반의 개념에 대해 고찰해보자. 저자 개념과 관련하여 가장 문제가 되는 부분은 저작권이다. 작금의 상황은 저작권의 위력에 저자의 위상이 전적으로 매달린 형국이다. 바꿔 말해 저작권의 마수에서 자유로울 수 있는 저자는 이제 (거의) 없다. 더욱이 이것은 저자의 신념이나 의지와는 근본적으로 무관한 흐름이다. 작품이 한 명 또는 여러 명의 저자(또는 법인)에게 귀속된다는 관념은 이미 뒤집을 수 없는 대세를 이룬 듯하다. 작가의 이름이 작품의 이름과 어깨를 나란히 하는 것은 이제 상식이 되었으며 심지어 전자가 후자를 가리는 경우까지 왕왕 보이는데, 이는 저자의 개념이 저작권의 세력 아래 고스란히 포섭된 정황을 적나라하게 보여준다. 고유명으로서의 작품명이 저자명을 압도하는 경우는 좀처럼 찾아보기 어렵다. 요컨대 오늘날 저자는 저작권에 완전히 종속되어버렸다고 말해도 지나치지 않을 것이다. 그리고 저작권은 무한히 거대한 세계 권력의 아주 작은 지류에 지나지 않는다. 따라서 현세의 저자는 영혼의 저자로부터 아득히 멀리 있는 듯 보인다. 물론 예외가 없지는 않을 것이다. 지금도 어떤 저자가 글을 쓰기 위해 고투하는 과정은 영혼의 저자의 현현이 될 수 있다. 하지만 이것은 순전한 추측이며, 이를 뒷받침하는 증거는 (거의) 없다.

8.
시간을 쓰는 것은 세계와 싸우는 일이다. 그러나 '내'가 싸우는 것이 아니다. 이 점이 중요하다. 엄밀히 말해서 싸움이 끝나기 전까지 '나'는 존재하지 않는다. 싸움의 끝에서 비로소 '나'는 '내'가 될 수 있으며, 우리는 오직 그 순간의 '나'만을 영혼과 동일시할 수 있다. 반복하건대, 영혼의 저자는 세계 권력에 맞서는 싸움이다. 우리가 흔히 '자아'라고 부르는 것, 즉 모든 우리가 '나'라고 발화하면서 부지중에 상정하는 존재는 이 싸움에 동원되는 하나의 작은 무기에 불과할지도 모른다. 물론 이 무기를 벼리는 일은 나름대로 가치가 있다. 실제로 현실 속의 수많은 이른바 '저자'가 그렇게 하고 있으며, 또 우리(=독자)에게도 그들처럼 하라고 독려한다. 그러나 정말로 중요한 점은 거대한 전체 싸움에서 그 무기들이 어떻게 쓰이는가이지, 개별 무기가 저마다 가진 우수성이나 특장이 아니다. 이렇게 볼 때 저작권에 예속된 저자 개념을 영혼의 저자와 혼동하는 것보다 더 큰 오류는 없다고 말할 수 있다. 그것은 쇠를 벼리는 작업과 거대한 전투가 벌어지는 사건을 같은 차원에 두고 보는 일과 다름없다.

9.

작가명이 무기의 명칭이라면, 작품명은 벌어진 전투에 붙는 이름이다. 무기의 가치는 오직 전투에 의해 결정된다. 장식용 무기는 무기가 아니라 장식일 뿐이다. 언어가 그렇듯이, 무기 역시 쓰임새에 존재 가치가 달려 있다. (무기가 장식으로 쓰일 경우, 그것이 갖는 '장식'으로서의 쓸모를 인정해야 한다는 반론이 있을 수 있다. 그러나 그것은 '무기'라는 정체성을 완전히 배제할 때만, 다시 말해 싸움의 상황을 전적으로 도외시할 때만 가능한 일이다.) 전투가 치열할수록 위대한 작품명이 탄생한다. 이것은 자명한 이치다. 물론 불세출의 저자가 미증유의 무기로 사용되는 상황을 충분히 상상할 수 있다. 그러나 그 무기 역시 불멸의 작품, 즉 불패의 전략이 있어야만 제대로 쓰일 수 있다. 현세의 저자가 독자를 상대로 글이나 책을 쓴다면, 영혼의 저자는 말 그대로 '세계를 쓴다.' 그것은 싸움의 기록이다. 여기서 혹자는 '역사'라는 단어 혹은 이념을 떠올릴 수 있겠으나, 만약 그 역사를 어떤 단위 혹은 실체로 간주한다면 그릇된 생각이다. 왜냐하면 엄밀히 따지자면 완전히 끝에 다다르지 않은 역사는 (아직) 제대로 된 역사일 수 없으며, 끝에 다다른 이후의 역사는 (더 이상) 필요 없는 역사일 것이기 때문이다. 물론 이 세계에 역사는 존재한다. 그러나 무한히 다양하고 종잡을 수 없는 사건, 과정, 상황으로서만 존재한다. 요컨대 역사는 너무 많거나 아직 없다.

10.
영혼을 가진 '우리'는 없다. 영혼을 가질 (수 있거나 없는) '우리,' 그러니까 사실상 '우리'라고 불릴 수 없는 모종의 집합이 흐릿하게 존속할 뿐이다. 그러나 놀라운 점은 지금 이 순간도 우리는 아무런 문제 없이 '우리'라고 말하고 있으며, 또 그렇게 말하면서 '우리'로서 살아가고 있다는 사실이다. 이것은 가장 과격한 기적이며, 바로 이 기적 덕분에 시인은 허풍을 떨 수 있었다. 몇 번이고 영혼을 팔아치운 이후에도 나와 우리가 여전히 '나'와 '우리'를 말할 수 있는 것 역시 마찬가지다. 모든 우리의 말과 우리의 모든 말은 언어라는 궁극의 기적이 존재하는 덕분에 가능하다. 영혼의 저자, 즉 세계와의 싸움은 '우리'라고 말할 수 있게 해주는 언어가 존재한다는 사실을 망각으로부터 구해야 할 사명을 갖는다. 그러나 이 사명은 도저한 역설을 통과해야 한다. 그것은 우리가 오직 이 세계 안에서만, 즉 이 세계의 편에 서야만 싸울 수 있다는 사실이다.

6. 문학과 결의론의 미래

군중을 염두에 두지 않는 것은 도덕적이다.
군중을 칭찬하는 것은 합법적이다.
—프리드리히 슐레겔

인간이란 일반적인 것에는 잘 속을지 모르지만,
구체적인 것에는 잘 속지 않는다.
—니콜로 마키아벨리

독자 대중은 항시 틀릴 수밖에 없지만,
그래도 비평가가 늘 자신을 대변해준다고 느껴야 한다.
—발터 벤야민

1.

문학. 도대체 왜 아직도 이 단어가 사용되고 있는가? 어떻게 이 질문이 아직도 제기될 수 있단 말인가? 벌써 오래전부터 (실은 애초부터) 문학이 무엇인지 아무도 확실히 말할 수 없었는데, 그럼에도 문학이라는 이름은 여전히 살아 있고 심지어 온 세상을 활보하고 있다. 이와는 사뭇 대조적으로, 문학의 근본과 존재 이유를 묻는 일은 갈수록 희한하고 볼썽사나운 짓거리로 전락하고 있다. 작금에 문학의 이름 아래 행해지는 거의 모든 '행사'는, 설령 그 이름을 상실하거나 박탈당한다 해도 하등 아쉬울 게 없다고 큰소리치는 빳빳한 제스처에 의해 철저히 '관리'되는 듯 보인다. 게다가 이른바 문학의 '대행자'는 수틀리면 언제라도 직접 그 '간판'을 떼어버릴 수 있도록 만반의 준비를 하고 있다. 물론 그들은 입버릇처럼 문학에 대한 절절한 사랑을 고백한다. 놀랍고 기이한 풍경이다.

2.

시인 파울 첼란을 숭앙하는 젊은 일본 비평가의 책이 한국에서 잠시 유행을 탄 적이 있다. 듣기로 일본 사상계에는 작지 않은 돌풍을 일으켰다고 하지만, 나로서는 정말로 그를 사상가라고 불러도 좋을지 잘 모르겠다. 왜냐하면, 그 스스로도 인정하고 있듯이, 그는 그저 "멋대로 프랑스어로 책을 읽고, 멋대로 쓰고, 멋대로 여기저기로 가져가고, 멋대로 여기저기에서 거절당하고, 어딘가에서 멋대로 받아주어 책을 냈을 뿐"인 일개 저자에 불과하기 때문이다.[1] 그렇지만 그는 꽤 호기로운 사람이어서, 이미 오래전에 세계적인 철학자의 반열에 오른 이탈리아 사상가("호모 사케르" 시리

1 사사키 아타루, 『잘라라, 기도하는 그 손을』, 송태욱 옮김, 자음과모음, 2012, p. 34.

즈의 저자)를 무책임한 종말론적 예감에 붙들린 무식자, 위대한 서구 문헌학의 전통에 난도질을 일삼는 협잡꾼 정도로 깎아내리는 일도 서슴지 않는다. 이 젊은 일본인은 이탈리아의 노학자를 향해 이렇게 충고한다. '제대로 된 문헌학을 실천하는 일은 차치하더라도, 당치도 않게 1급 철학자인 양 으스대며 "멋대로 된 망상을 투영하는 짓"[2]일랑 제발 집어치우시오! 그리고 책을 쓰려면 먼저 사전부터 꼼꼼히 들춰보시오!' 이 말은 무릇 학문적인 글을 쓰려는 사람이라면 누구든 깊이 새겨들어야 할 충고다. 하지만 젊은 비평가가 정말로 하고 싶었던 말은 따로 있었던 것 같다. "아감벤처럼 남이 하는 대로 덩달아 끝이다, 종말이다, 동물이다, 하고 떠드는 사람은 전 세계에 우글우글합니다. 그런데 조금은 자신이 얼마나 저열하고 무참하며 조악한 사고의 형태에 알랑거리고 있는지 가슴에 손을 얹고 생각해봤으면 합니다. 이건 충고입니다. 지금이라면 아직 늦지 않았다고 말하고 싶지만, 글쎄요. 그들이 나치나 옴진리교가 벌인 것 같은 참화를 일으키지 않기만을 바랄 뿐입니다."[3] 착잡한 심정으로 이 구절을 다시 곱씹게 된다. 나 역시 아감벤 저서의 한국어 번역자 중 한 사람이므로, 그의 눈에는 그저 '조르조'가 하는 대로 덩달아 끝과 종말 따위에 대해 떠드는, 우글거리는 무리 가운데 하나로 비칠 공산이 커 보이기 때문이다.

2 같은 책, p. 161.

3 같은 책, p. 162.

이 첼란 추종자의 조언에 따라 가슴에 손을 얹고 잠시 생각해본다. 아감벤이 한 일이 정말로 아우슈비츠와 결부될 정도로 사악한 짓인가? 정말로 그런가? 정녕 그의 "불과 글"에서 사린가스라도 뿜어져 나온다는 것일까? 그렇지 않다. 그럴 리 없다. 이 철학자가 평생에 걸쳐 한 일 역시, 아무리 나쁘게 보더라도 기껏해야 "멋대로 프랑스어[와 독일어와 라틴어와 그리스어]로 책을 읽고, 멋대로 쓰고, 멋대로 여기저기로 가져가고, 어딘가[전 세계, 특히 미국]에서 멋대로 받아주어 책을 냈을 뿐"이지 않을까? (덧붙이자면, 아감벤 역시 열성적인 첼란 독자다.) 이 이탈리아 노인과 저 일본 청년 사이에 차이점이 있다면, 전자가 후자보다 그런 일을 훨씬 먼저 시작하여 더 오래 해왔다는 것 정도가 아닐까? 혹시 지금 나는 "알랑거리고" 있는 것일까? 행여, 이 역시 저열하고 무참하며 조악한 생각일까?

3.

그러나 아감벤을 옹호하는 것은 이 글의 관심사가 아니다. 아닌 게 아니라 이 사상가의 학문적 스타일은 사실 그의 비판적 사유가 지닌 특장을 다 가리고도 남을 만큼 많은 약점을 노정하고 있다. 간단히 말해서, 아감벤은 해리 울프슨Harry A. Wolfson, 엘리아스 비커만Elias J. Bickerman, 로버트 올터Robert Alter 같은 초인적인 문헌학자와는 크게 동떨어진 한 명의 비평가일 뿐이다. 그러니까 젊은 일본인의 비난은 일리가 있다. 하지만 그렇다 해도, 아감벤(과 그의 독자들)

이 유대인과 공산주의자와 집시를 박해하거나 거리의 불특정 다수를 무차별적으로 독살하는 일 따위는 일어날 리 없으니 안심하도록 하자. 그리고 이 노학자가 그에게 허락된 남은 시간 동안 읽고 싶은 책을 마음대로 더 읽고, 쓰고 싶은 책을 마음껏 더 쓰도록 내버려두자.

4.

나는 다만 문학의 잔존에 대해 질문하고자 한다. 유럽 사상가를 원색적으로 비방하고 유대 시인을 근사한 방식으로 칭송하는 일본 비평가의 책을 잠깐 들춰본 것도 혹시 이 질문에 대한 답을 얻을 수 있을까 해서였다. 문학이라는 단어가 아직도 통용되고 있는 이유를 묻는 목소리에게, 비방자는 이렇게 쏘아붙인다. "문학이 끝났다, 순문학은 끝났다, 근대문학이 끝났다, 하는 이야기는 수백 년, 수십 년이나 반복해서 말해오는 것입니다. 그렇게 말하는 사람만은 새롭다고 생각하겠지요. 자기도 새로운 것을 말하고 있다고 생각하겠지요. 유감입니다. 그런 것은 이제 지긋지긋합니다. 괴테나 실러의 시대는 우리의 입장에서 보면 문학의 황금시대였습니다. 그런데 그들조차 '문학은 끝났다'고 비관적인 말을 했습니다. 저는 좀 뭐랄까요—짜증이 납니다. 너희들은 횔덜린을 인정하지 않았잖아, 너무 냉담했잖아, 하고 말하고 싶어집니다."[4] '왜

4 같은 책, p. 235.

아직도 문학이 성행하고 있는가'라고 물었을 때, 나에게는 누군가를 지긋지긋하게 만들 의도가 조금도 없었다. (나는 횔덜린을 최고 시인 중 한 명으로 인정한다.) 게다가 그 질문에는 어떤 새로움을 향한 동경이나 자부심 따위는 조금도 들어 있지 않다. 그렇지만 이 일본인의 짜증에 대해 정색하며 시비를 걸지는 말아야 할 것 같다. 어쩌면 짜증을 내는 그가 옳을지도 모른다. 어쨌든 그를 도발하는 일은 실로 한심하고 어리석은 짓일 것이다. 차라리 '짜증'이라는 단어의 뜻을 먼저 사전에서 꼼꼼히 확인하는 편이 나을지도 모른다. 하지만 그런 식의 경망한 태도는 삼가고, 그가 '문학이 무엇인가'에 대해 어떻게 생각하는지 일단 경청해보자.

> '문학'이란 읽고 쓰는 기법 일반을 말했습니다. 지금 이 의미는 리터러시literacy라는 말이 맡고 있습니다만, 원래는 문학이 바로 그런 의미였습니다. 예컨대 철학자 존 로크와 데이비드 흄, 그리고 물리학자 아이작 뉴턴을 공통의 한 분야로 부른다면, 당시 사람들은 뭐라고 불렀을까요? 당연히 '문학'이고 그들은 '문학자'였습니다. 전혀 놀라운 게 아닙니다. 그들은 문헌이나 자연법칙을 '읽고' 그리고 책을 쓰는 데 아주 뛰어났으니까요.
>
> 여기서 놀란다는 것은 우리가 얼마나 좁은 문학 개념에 틀어박혀 있는지를 말해주는 것에 지나지 않습니다.[5]

5 같은 책, p. 54.

문학은 읽고 쓰는 모든 활동을 가리킨다. 이 당연한 이야기가 왜 놀랍게 들리는 것일까? 이는 혹시 그사이 읽고 쓰는 활동의 전체적인 양상이 어떤 급격한 변화를 겪었기 때문은 아닐까? 하지만 이 일본인은 이런 문제에 대해서 전혀 개의치 않는 듯 보인다. 대신 그는 이렇게 단언한다. "문학은 넓다. 훨씬 더 넓다."[6] 이 막연한 일반론에 대해 이견을 제시할 사람은 그리 많지 않을 것이다. 그렇다, 문학은 실로 광대하다. 그렇다면 세계 역사상 가장 많이 만들어지고(≒인쇄되고) 가장 널리 읽힌 책을 문학의 영역 바깥에 두기는 어려울 듯하다. 비방자인 비평가는 계속해서 말한다. "물론 아주 초기의 그리스도교에서 라틴어의 '문학'이라는 어휘가 사용되었던 것은 아니지만, 원칙적으로 성전을 읽고 쓰고 번역하고 편찬하는 기법을 '문학'이라고 부를 수 있습니다. 다시 말해 법이나 규범, 제도와 관련된 텍스트를 둘러싼 기예art도 문학이라 부를 수 있습니다."[7] 철학과 종교와 과학과 법, 그러니까 인간 사회 안에서 이뤄지는 온갖 활동과 그에 기초한 제도가 모조리 문학의 이름 아래 귀속되는 셈이다. 이런 질문이 떠오른다. 만약 그 모든 것을 '문학'으로 통칭할 수 있다면, "우리의 입장에서"—혹은 다른 어떤 입장에서든—구태여 괴테와 실러의 시대를 "문학의 황금시대"

6 같은 책, p. 56.

7 같은 책, pp. 55~56.

로 보아야 할 까닭은 무엇일까? 더 근본적으로, 그렇게 이해된 문학에 도대체 "황금시대" 같은 것이 있을 수 있을까? 아쉽게도 이 물음에 답을 줄 수 있는 사전은 아직 (그리고 아마 앞으로도) 이 세상에 없을 것 같다.

5.
사전이 답할 수 없는 질문은 또 있다. 가령 오늘날 어떤 수학자 혹은 물리학자가 복잡한 공식으로 빼곡한 학술서를 집필하는 데 아주 뛰어나다면, 그들 역시 '문학자'라 불릴 수 있을까? (주지하다시피, 공식은 자연법칙에 대한 독해의 산물이다.) 혹은 세태를 읽는 데는 더할 나위 없이 특출한 감각을 지닌 철학자 혹은 사회학자가 정작 자신의 전공 분야와 관련해서는 케케묵은 지식과 철 지난 데이터로 가득 찬 따분하기 이를 데 없는 수업 교재만을 누차 써낸다면, 그들 역시 '문학자'의 칭호를 얻을 자격이 있을까? 요컨대 책과 문학은 어떤 관계에 있는가? 책에 대한 비방자의 정의는 이렇다.

> 책을 읽고 있는 내가 미친 것일까, 아니면 이 세계가 미친 것일까?
>
> 그것은 바로 이런 것입니다. 책을 읽는다는 것은 얼마나 가공할 것인가. [……] 시인 스테판 말라르메가 신문 따위와 책은 격이 다르다고 말했습니다. 왜냐하면 책은 "많이 접어져 있기" 때문이라고 말이지요. 도대체 무슨 얼빠진 소리냐고 생각할지

도 모르겠습니다. 그러나 이것은 본질적인 것입니다. 책이라는 것은 한 장의 종이를 여러 번 접고 재단하여 만듭니다. 하지만 그렇게 많이 접어 '책'이 되면, 급하게 한 장의 종이로 만든 문서나 두 장으로 접어서 펼친 서류와 달리 몇 번 읽어도 알 수 없게 됩니다. 몇 번 읽어도, 몇 번 눈을 집중해도 모든 지식을 자기 것으로 했다는 확신이 별안간 완전히 사라져버립니다. 신기한 일입니다만 이것은 사실입니다. 반복합니다. 책은 읽을 수 없습니다. 읽을 수 있을 리가 없습니다. '책'으로 만들어지자마자 몇 번 읽어도 알 수 없게 됩니다. 그런 책만이 책입니다.[8]

앞서 일본인은 "문학이란 읽고 쓰는 기법 일반"을 가리키는 말이라고 정의했다. 그렇다면 문학의 1차적인 대상은 책일 수밖에 없을 것이다. 동시에 책은 문학의 궁극적인 종착점이라고 할 수 있다. 말라르메를 따르는 일본 비평가 역시 이 진술에는 유보 없이 동의할 것이다. 그런데 이제 책은 "읽을 수 없"는 물건이라고 그는 주장한다. 읽을 수 없는 책만이 책이라는 것이다. 그렇다면 애초에 문학은 불가능하지 않을까? 우리를 가두고 있는 좁은 문학 개념을 굳이 그가 신봉(혹은 염원)하는 '넓은 문학'에 결부시킬 까닭이 있을까? 책이 (있을 수) 없는데, 읽고 쓰는 기법이 무슨 소용인가? (프랑스 시인을 좇아 그도 신문과 서류를 완강히 배척한다. 신

8 같은 책, p. 79.

문과 서류는 읽거나 쓰는 대상이 아니라는 것이다. 여기서 본격적으로 상론할 여유는 없지만, 이 진술은 심히 문제적인 인식에 기초하고 있다.) 그게 아니라면, 혹시 문학과 책 사이에는 도저히 극복할 수 없는 어떤 거대한 심연이 놓여 있는 것일까? 우리는 과연 로크와 흄과 뉴턴의 책을 읽을 수 있을까? 만약 그럴 수 없다면, 지금까지 실제로 그들의 책을 읽(었다고 믿)고 그에 대해 (공식적이거나 비공식적인) 논평과 해석을 해온 숱한 사람은 도대체 무슨 일을 한 것일까? 아감벤이 쓴 것들은 그의 눈에 전혀 '책'으로 보이지 않는 것일까? 아마 그랬던 것 같다. 하지만 아감벤의 책 역시 정말이지 "많이 접어져" 있지 않은가? 그렇다면 일본인 자신의 책은 과연 '책'이라고 할 수 있을까? 만약 그 역시 '책'이 아니라면, 그것은 자기 자신이 미달한 '책'의 자격을 직접 정해주는 실로 요상한 물건이라는 결론이 도출된다. 혹시 이 비범한 비방자의 책(아닌 책)을 읽고 있는 내가 미친 것일까, 아니면 그가 창안한 문학의 세계가 미친 것일까? 혹자는 이건 또 무슨 얼빠진 소리냐고 생각할지도 모르겠다. 하지만 이것은 불가피한 물음이다.

6.

그러니까 문제는 사전 찾는 법 혹은 "읽고 쓰는 기법 일반"이 아니라, 모종의 (혹은 미지의) 광기다. 물론 이 광기는 유독가스와는 아무 관련이 없(어야 한)다. 그래서 이제 나는 이미 읽었지만, 그럼에도 읽을 수 없는 책, 결코 읽을 수 없는 것으로 남을 '책' 한 권을 펼쳐 든다. 이 '책'의 저자 미셸 푸코는 광기의 문제에 관한 한 세계 최고의 전문가라고 할 수 있다. 권위 있는 목소리로 그는 말한다.

> 말을 하는 모든 인간은, 적어도 비밀리에는, 미칠 수 있다는 절대적 자유를 사용합니다. 반대로, 이미 미쳐버린 모든 인간, 따라서 인간의 언어에 대한 절대적 이방인처럼 보이는 모든 인간 역시, 당연히, 언어라는 닫힌 우주의 죄수라고 나는 믿습니다.[9]

"미칠 수 있다는 절대적 자유." 이것은 오직 언어라는 형식에 의해서만, 다시 말해 언어를 완전히 통과하거나 그것에 완벽히 적응해야만 비로소 향유할 수 있는 쾌락이다(물론 이는 불가능하다). 문학이라는 단어, 더 정확히 말하자면, 문학의 이념이 시대를 불문하고 장소를 초월하여 통용될 수 있는 것은 "언어라는 닫힌 우주"가 "미칠 수 있는 절대적 자유"를 보장하기 때문이리라. 하지만 어떻게 "닫힌 우주"가 "절대적 자유"를 허용할 수 있는 것일까? 바로 이 모순이 사태의 핵심을 구성한다. 서구 신학과 형이상학의 주류 전통은 언어를 신과 등치시킴으로써 일단 그것을 '닫힌 우주'로 완성한 다음, 느닷없이 신에 맞선 인간의 반역, 즉 '타락'의 역사를 그 안에 기입함으로써 이 모순을 영구히 '유예'시킨다.

9 미셸 푸코, 『문학의 고고학』, 허경 옮김, 인간사랑, 2015, p. 84.

인간이 신을 거역할 수 있(었)다는 사실, 바로 이것이 '절대적 자유'의 발원지다. 더 나아가 인간은 신을 저주할 수도 있다. 게다가 이것은 미치지 않아도 언제든지 (그리고 얼마든지) 할 수 있는 일이다. 하지만 인간의 저주는 유약하고 공허하다. 모두가 알다시피, 저주라는 이름에 제대로 값할 수 있는 것은 오직 신의 저주뿐이다. 또한 인간의 반항은 덧없고 허망하다. 어떻게 해도 신이 쳐놓은 덫—죽음=유한성—에서 벗어날 수 없기 때문이다. "이미 미쳐버린 인간"이라도 어디까지나 (그리고 언제까지나) "언어라는 닫힌 우주의 죄수"일 수밖에 없는 사정 또한 마찬가지 연유다. 그러나 광기의 거장은 이러한 인식에 머무르지 않고 더 뚫고 나아가려 한다. 왜냐하면 그는 신과 아무런 상관 없는 기적의 가능성을 믿기 때문이다. 이 가능성에 대해 그가 붙인 이름이 바로 문학, 더 구체적으로는 본질상 "말할 수 없지 않은 것non-ineffable"으로 이루어진 문학이다.[10] "근본적으로, 비록 모든 인간이 이성적이라 해도, 여전히, 그리고 언제나, 우리 기호의 세계, 우리의 말, 우리 언어의 세계를 가로지를 수 있는 가능성, 그것들의 가장 친근한 의미를 뒤흔들 수 있는 가능성, 서로서로 충돌하는 어떤 말들의 단 한 번의 기적 같은 분출에 의해 세계를 비스듬히 놓을 가능성이 있을 것입니다."[11]

10 같은 책, p. 123.

11 같은 책, p. 84.

7.

"말할 수 없지 않은 것," 그러니까 문학. 말할 것도 없이, 이것은 문학에 대한 확실하고 적극적인 정의가 될 수 없다. 이것은 차라리 문학의 근원(=궁극)을 향해 움직이려는 작은 몸짓이다. 문학은 무한한 광기도, 절대적 질서도 아니다. 그것은 미칠 수 있는 자유에 모종의 질서를 부여하는 형식이다. 이 형식을 완성하기 위한 노력과 분투가 곧 인류의 역사라고 해도 무방할 것이다. 그러므로 문학은 오래 지속한다. 지속할 수밖에 없다. 광기와 질서를 두 축으로 하는 문학은 도무지 읽을 수 없을 것 같지만 그럼에도 끝끝내 읽게 만드는 책을 잉태한다. "말할 수 없지 않은 것"은 이 일을 멈추지 않는다. 광기에 영합하거나 질서에 굴종하는 문학은 문학이 아니다. 광기를 조장하거나 질서를 가장하는 문학 역시 문학일 수 없다. 물론 그것은 '문학'이라는 이름을 얼마든지 도용할 수 있고, 실제로 그렇게 한다. 바로 여기에 가장 큰 어려움이 있다. 짐작건대 일본 비평가 역시 이 문제에 대해 깊이 고민했을 것이다. "문학은 넓다"는 그의 외침은 어쩌면 그러한 도용 행위에 대한 항의 표시였을지도 모른다.

8.

도용된 문학의 이름은 쉬이 초라해지고 왜소해진다. 많은 경우 그것은 시커먼 이익을 화사하게 포장하거나 너절한 욕망을 정대한 명분으로 둔갑시키는 일에 투입되기 때문이다. 당연한 이야기지만, 문학의 이름을 도용한 책은 너무나 쉽고 매끄럽게 읽힌다. 그것은 재미있고 익숙하며, 또한 익숙해서 재미있다. (과연 '재미'란 무엇인가?) 이에 반해 "말할 수 없지 않은 것"은 지나치게 복잡하거나, 어이없을 정도로 지루하거나, 그도 아니면 쓸데없이 불편하다. 왜냐하면 그것은 무턱대고 시대의 흐름을 거스르려 하지 않으며, 그렇다고 현실의 폐허를 애써 추스르려 하지도 않기 때문이다. 그것은 다만 "세계를 비스듬히" 놓으려 할 뿐이다. 그러므로 문학은 재판장의 망치 소리도, 시위대의 노랫소리도 될 수 없다. 오직 법과 혁명 **사이에서** 움직이므로, 문학은 본질상 (그리고 구조상) 애매-모호할 수밖에 없다. 이런 까닭에 "말할 수 없지 않은 것"은 많은 경우 얼빠진 소리, 뜬구름 잡는 소리처럼 들린다. 그래서 거의 읽히지 않는다. 광기가 질서를 위협하고 법이 혁명을 흡수하는 장면은 인류가 존속하는 한 계속 활발히 연출될 것이다.

9.

얼빠진 문학은 결의론casuistry을 꼭 빼닮았다. 결의론이란 무엇인가? 그것은 법률의 위력과 혁명의 폭력 사이에서 균형을 잡고 버티려는 노력, 양자 사이의 무한정한 공간에 독립적인 권위를 세우려는 기획이다. 이 문제에 관한 필독서인 『결의론의 남용』의 저자들에 따르면, 최초의 결의론자는 로마 철학자 키케로다. "도덕에 관한 저술에서 키케로는 (플라톤) 아카데미아의 추상성과 초기 스토아학파의 절대주의를 모두 피하면서 소요학파의 실용성과 현실주의를 따랐으며, 플라톤과 아리스토텔레스, 스토아학파의 요소들을 결합했다. 그러나 그는 철학자이자 저술가였던 만큼이나 실천적인 변호사이자 정치가였고, 그의 사변적인 취향은 실제 삶의 요구에 의해 자극을 받았다. 그는 시민적 삶에서의 성취를 높이 평가했고, 기회주의와 무원칙한 실용주의를 혐오했다. 그렇게 그는 최초의 결의론자로서의 면모를 갖춘 지적 관점과 개인적 취향의 소유자였다."[12] 아들에게 보내는 편지에서 철학자-변호사는 이렇게 말한다.

> 인간은 유익함을 도덕적 선에서 분리시킬 때, 자연에 의해 수립된 근본 원리들을 전도시키고 있다. 왜냐하면 우리 모두는 우리에게 유익한 것을 얻으려고 추구하고 있기 때문이다. 우리는 우리에게 유익한 것에 빠져들 때 저항할 수 없고, 우리는 아마도 어떻게 달리 존재할 수 없을 것이다. 사실 그 누가 자기에게 유익한 것에 등을 돌리려고 하겠는가? [……] 그 누가 자기에게 유리한 것을 확보하려고 전력을 다하지 않겠는가? 그러나 우리는 칭송, 명예, 도덕적 선 이외의 그 어느 것에서도 자신에게 유익한 것을 발견할 수 없기 때문에, 그 이유 한 가지만으로도 이 세 가지를 노력해서 얻어야 할 최초, 최고의 대상으로 지목하고

12 앨버트 존슨·스티븐 툴민, 『결의론의 남용』, 박인숙·권복규 옮김, 이화여자대학교 생명의료법연구소, 2011, p. 80.

있는 것이다.[13]

여기서 핵심은 명예다. 키케로는 명예로운 삶을 사는 것이 곧 인간에게 가장 유익한 길이라고 생각했다. 그가 최초의 결의론자로 불릴 수 있는 까닭은 누구보다 철저하게 명예의 이념을 간직하고 또 실천에 옮기려고 했기 때문이다.

10.

명예는 권위auctoritas의 건재를 전제한다. 분명 그 역도 성립할 것이다. 요컨대 권위와 명예는 밀접한 상관관계를 맺고 있다. 그렇지만 오늘날 명예보다 더 공허한 말이 있을까? 이 시대에 권위보다 더 심각한 실종 상태에 있는 개념을 찾을 수 있을까? 우리는 명예의 이념 자체가 명예훼손 당하고, 권위의 개념 자체가 권위주의에 의해 축출되는 장면을 매일같이 목도한다. 명예의 명예를 실추시키고 권위를 월권행위로 강등시킨 주범은 그러나 거짓말이나 간계 혹은 음모 따위가 아니다. 범인은 양심conscientia이다. 양심이란 무엇인가? 라틴어 어원을 분석해보면, 양심은 쟁점이 되는 사안의 모든 정황을 '두루con' '아는 것scientia'을 뜻한다. 다시 말해 본디 양심은 문제 상황에 대한 지혜로운 대처 방식을 가리키는 개념이

13 키케로, 『키케로의 의무론: 그의 아들에게 보낸 편지』, 허승일 옮김, 서광사, 2006, p. 240.

다. 하지만 누구나 알다시피, 오늘날 우리가 이해하는 양심의 개념은 이와 크게 다르다. 우리의 실생활에서 흔히 운위되는 양심이란 단지 막연하게 이해되는 어떤 인간다운 도리, 즉 지나치게 추상적인 도덕률에 대한 소박한 하소연을 가리키는 모호한 단어다. 그러니까 이를테면 '양심도 없냐?'라는 흔한 힐난은 가벼운 탄식이나 욕설에서 그리 멀지 않은 일종의 감탄사적 발화인 것이다. 그런데 양심의 역사는 생각보다 장구하다. 고대적 양심은 사도 바울에 의해, 그리고 근대적 양심은 마르틴 루터와 장 칼뱅에 의해 탄생했다. 고대 및 중세의 가톨릭교회는 성사의 거룩한 권위를 전면에 내세움으로써 바울의 폭탄에 들어 있는 뇌관을 효율적으로 통제할 수 있었다. 11세기 말에서 12세기 초에 이르는 대략 반세기 동안 진행된 이른바 '교황 혁명Papal Revolution' 덕분에 로마 가톨릭교회는 최초의 근대 국가로 발돋움할 수 있었고, 이후 결의론은 교회법canon law과 더불어 가톨릭 사제가 휘두를 수 있는 가장 강력한 무기가 된다.[14] 왜냐하면 중세 결의론은 이교적(≒로마적) 명예가 아닌 '정통' 기독교 복음의 권위에 의탁한 담론으로서, 예수 그리스도의 보혈을 믿는 군중의 양심을 관리하고 처리하는 데 이보

14 Harold J. Berman, *Law and Revolution II: The Impact of the Protestant Reformations on the Western Legal Tradition*, Cambridge, Mass.: The Belknap Press of Harvard University Press, 2003; Benjamin Nelson, *On the Roads to Modernity: Conscience, Science, and Civilizations*, ed. Toby E. Huff, Lanham, Md: Lexington Books, 2012 참조.

다 더 적합한 기술은 있을 수 없었기 때문이다. (참고로 법학자 칼 슈미트에 따르면, 근대 유럽의 법학Rechtswissenschaft은 중세 결의론을 모태로 성립한 학문이다.)[15] 그러나 이후 루터가 등장하여 교회의 권위를 성서주의biblicism로 대체하고, 결의론을 남용하던 지식인 사제로부터 무지렁이 신자를 멀리 떨어뜨려 놓는 데 성공한다. 이로써 각 개인은 이제 어스레한 내면의 불꽃에 의지하여 스스로 올바른 길을 찾아 나서야 하는 막대한 부담을 안게 되었다. 설상가상으로 법학자 칼뱅이 주창한 예정설로 인해 각 개인의 내면에는 무한한 어둠이 깔리고 말았다.

11.

마침내 바울의 폭약이 터진 것이다. 프로테스탄트주의는 바울의 발명품, 즉 양심이 키케로의 명예와 교황의 권위를 초극할 수 있게 만든 운동이었다. 16세기 독일 신학자와 프랑스 법학자에 의해 양심은 법과 혁명 사이의 무한한 영역을 관장하는 제1원리가 되었다. (여기서 우리는 사회학자 막스 베버의 유명한 테제와 그로 인해 발생한 엄청난 쟁론을 떠올릴 수 있다. 하지만 그에 관해 상론하는 일은 이 글의 범위와 나의 지력을 한참 벗어나므로, 먼 미래를 기약하기로 하자.) 그러니까 프로테스탄트주의는 "말할 수 없지 않은 것"의 폭발적 비상을 위한 주요 에너지원이었던 것이다. 우리가 통상 '독

15 칼 슈미트, 『정치신학 2』, 조효원 옮김, 그린비, 2019, p. 135 참조.

일 낭만주의'라고 부르는 18세기 말의 '문학'적 사건은 그 폭발의 범례에 해당한다. 이 사건의 주모자였던 프리드리히 슐레겔은 이렇게 말했다. "무한한 것을 원하는 자는 자신이 원하는 것이 무엇인지 모른다. 그러나 이 문장의 역은 성립하지 않는다."[16] 우리는 이 아포리즘을 양심의 아포리아를 적시한 진술로 읽을 수 있다.

12.

18세기 독일 낭만주의자의 외침은 20세기에 이르러 메아리를 얻게 된다.

> 문학과 관련하여 나는 모르는 게 없다. [……] 나는 시를 지었고, 아는 사람들의 명예를 돌이킬 수 없이, 그리고 아무런 목적도 없이 손상시키는 긴 이야기들을 남몰래 지었다. 하지만 그 이야기들을 기록하지 않았고, 그것들에 관해 아무에게도 말하지 않았다. 거짓말을 하지 않고 지나가는 날이 없었다. 거짓말할 때면 환희에 젖어 나 자신을 잊곤 했다. 내가 창조한 저 새로운 삶의 조화를 향유했다. [……] 어리석은 상황 속에 말을 집어넣기. 말장난의 위장결혼으로 말들을 결합하기. 안팎을 뒤집기. 불시에 덮치기. 내가 좋아했고 지금도 좋아하는 것들이다.[17]

16 필립 라쿠-라바르트·장-뤽 낭시, 『문학적 절대: 독일 낭만주의 문학 이론』, 홍사현 옮김, 그린비, 2015, p. 128에서 재인용.

17 블라디미르 나보코프, 『절망』, 최종술 옮김, 문학동네, 2011, pp. 55~56.

이 고백에는 무한한 것, "말할 수 없지 않은 것"을 향한 동경이 담겨 있다. 시와 거짓말을 오롯이 포개어놓는 이 목소리는 심원한 역설의 차원에서 양심의 명예를 수호하는 임무를 담당하고 있다.

13.

하지만 이제 세계는 문학과 관련하여 아무것도 알고 싶어 하지 않는 사람들로 우글거린다. 모두가 올바른 상황 속에 저마다의 말을 집어넣기 바쁘고, 자신이 믿는 진실(만)을 말하며 불쑥 환희에 젖는다. 하지만 그들은 단 한 순간도 자기 자신을 잊지 않는다. 이는 폭풍처럼 몰아친 세속화 과정에 의해 양심이 말 그대로 **무차별적으로** 보편화되었기 때문이다. 바꿔 말하자면, "오늘날 우상화된 대상은 명예가 아니라 **재산**"이기 때문이다.[18] 가장 근본적인 의미에서 재산은 오직 자신만 느낄 수 있는 감정, 자기만 터뜨릴 수 있는 웃음과 울음, 그리고 오직 자기 자신만 주장할 수 있는 진실을 뜻한다. 문학의 약속은 여일하고 결의론의 필요성은 갈수록 커질 테지만, 양자의 미래는 한없이 어둡다. 문학과 결의론은 오직 재산이 없는 사람들 사이에서만 통용될 수 있는 담론이기 때문이다.

—

18 앨버트 존슨·스티븐 툴민, 『결의론의 남용』, p. 334. 강조는 원저자.

군중을 염두에 두지 않는 것은 오직 반시대적인 차원에서만 도덕적이다.
군중을 칭찬하는 것은 단지 '감정 윤리학'의 차원에서만 합리적이다.

인간이란 일반적인 것에는 확실히 동조하지만,
구체적인 것에는 거의 주목하지 않는다.

독자 대중은 어떻게든 옳을 수밖에 없으며,
그래서 자신이 늘 비평가보다 낫다고 생각한다.

7. 일방통행국

모든 문제는 '그들'의 책임이다!

—전상진

➔

바야흐로 세계는 전대미문의 '일방통행국Einbahnstaat'으로 재편되었다. 국가라는 명칭을 장식으로만 달고 있는 이 '세계국가Weltstaat'에서는 모든 것이 오직 일방통행하게 되어 있다. 하지만 대관절 어디로 향하는 일방통행이란 말인가? 아마 누구든 직감적으로 답을 떠올릴 수 있을 것이다. 복잡하고 어렵고 심각한 모든 문제가 말끔히 사라진 공간, '구독'과 '좋아요'의 각축이 모든 눈과 귀를 지배하는 세상, 요컨대 모든 일이 카메라 연출에 의해 통제되는 예능만능의 낙원으로. 그런데 과연 이 체제는 어떻게 만들어질 수 있었을까? 해답은 기술technology의 힘에 있다. 작금의 기술은 불과 몇십년 전까지만 해도 전혀 불가능하게 여겨졌던 시공간 압축을 실로 경이로운 방식으로 실현시켜나가고 있다(압축된 시공간의 위력을 가장 여실히 보여주는 사례로는 가짜 뉴스와 전염병의 초고속 전파를 꼽을 수 있을 것이다). '모든 것이 가능하다'는 기술의 선언—이는 그 자체로 형식과 내용의 통일을 구현하는 명제다—은 더 이상 터무니없는 말로 들리지 않는다. 오히려 그 반대다.

그런데 이 급진적인 변화는 한 가지 치명적인 (혹은 환상적인) 부작용을 낳았다. 전능한 기술에 대한 열광이 전래의 정의正義, Recht/Gerechtigkeit 개념을 완전히 처리해버린 것이다. 아니, 더 적확하게 말하자. 정의는 사라지지 않았다. 다만 무한해졌을 뿐이다. 기술이 그것을 가능하게 만들었다. 따라서 이제는 정의에 대한 추구 역시 무한한 과제로 주어질 수밖에 없다.[1] 하지만 '일방통행국'에서 그처럼 막대한 과제를 떠맡으려는 사람은 좀처럼 나타나기 어려울 듯하다. 이 세계(≒국가)의 절대다수 인민에게 무한한 정의란 그들의 삶과 절대적으로(!) 무관하기 때문이다. '그들'에게 정의란 철저하게 사셈할 수 있는 것이어야 한다. 그런 까닭에 무한해진 정의 개념은 (언제나 기시감을 유발하는) 기발한 예능으로 점철된 첨단의 권역에서는 하찮은 '연관 검색어'조차 되지 못한다.

그러나 비단 정의만 그런 것이 아니다. '근대의 사회적 상상'을 지탱해온 거의 모든 주요 개념이 그와 유사한 운명에 처해 있

1 대략 한 세기 전 독일의 신칸트주의 철학자 헤르만 코엔은 우리의 논의와 정반대되는 맥락에서 동일한 주장을 제기했다. 이때 그가 염두에 둔 것은 진정한 메시아주의의 질서 및 정향Orientation이라는 문제였다. Hermann Cohen, *Religion der Vernunft aus den Quellen des Judentums*, Wiesbaden: Marixverlag, 2008, pp. 119~22, 그리고 195~97도 참조.

다. 가령 근대 벽두에 패기만만하게 등장하여 전통적 초월을 대체했던 무한infinitum 개념을 떠올려보라. 이제 그것은 온갖 종류의 크고 작은 가치에 의해 갖가지 기상천외한 방식으로 내면화되기에 이르렀다. 다시 말해 무한은 내면에 완전히 유폐되었다.[2] 이는 곧 내면이 무한한 네트워크로 전환되었다는 뜻이기도 하다. 그런가 하면 윤리학의 근본 개념으로 추대되어 한때는 성스럽기까지 한 권위를 자랑하던 계몽Aufklärung이나 인권Menschenrecht 따위의 낱말이 이제는 한낱 구호처럼 공허하게 울리게 된 사정 역시 그와 궤를 같이하며, 비유적인 표현일지언정 사실의 적시가 곧 폭행으로 인지되게 된 추이 역시 마찬가지다. 그렇다면 머지않아 '대안 사실alternative fact'이 사실의 폭거를 준엄하게 처벌하는 날도 도래할 것이다(어쩌면 이것은 이미 벌어지고 있는 일인지도 모르겠다).

이렇듯 단단했던 모든 개념이 마치 연시처럼 힘없이 떨어져 무참히 터지고 있는 마당에, 과연 진리라고 무사할 수 있을까. 그럴 리 없다. 관점에 따라 오늘날에는 진리가 정의보다 더 무관한, 더 무가치한 사안이 되었다고 볼 수도 있다(우리는 이 지점에서 개념사Begriffsgeschichte 연구, 더 나아가 인문학 일반의 비참한 무기력을 새삼 확인하게 된다). 당연한 일이지만 '일방통행국'은 '탈-진리

2 유대인 정치신학자 야콥 타우베스는 이 과정을 유비analogia에서 변증법Dialektik으로의 불가역적인 이행으로 파악한다. Jacob Taubes, *Vom Kult zur Kultur: Bausteine zu einer Kritik der historischen Vernunft*, München: Wilhelm Fink Verlag, 1996, pp. 199~211 참조.

post-truth'의 이데올로기를 제도적으로 강력하게 뒷받침하는 체제다(이 업무를 담당하는 집행부가 '일방통행국' 내 최고 권력을 장악했다는 사실은 이미 공공연한 비밀이다). 그러므로 이 엄청난 나라에서 '법'이라는 구태의연한 언어-제도Sprache-Institution가 추저분한 악귀의 주문처럼 여겨지는 것은 지극히 자연스럽다. 그러나 이제 '그들' 모두는 그 추악한 주문을 외려 유쾌하게 즐기며 품평하는 지경에 이르렀다. 바꿔 말해 이제는 준엄한 법의 집행마저 야루한 예능의 한 형식이 되어버린 것이다.

→→

독일 법학자 칼 슈미트에 따르면, "충돌이란 언제나 구체적인 질서를 뜻하는 기관과 제도 들 간의 싸움, **심급**Instanz들 간의 싸움이지, **실체**Substanz들 간의 싸움이 아니다. 싸울 능력을 가진 주체, 즉 **교전 상대**가 되어 서로 맞설 수 있기 위해서 실체들은 우선 **형식**Form을 찾아야 한다."[3] 슈미트에게 형식의 표본은 법nomos이었다. 그래서 그는 근대 이전의 유럽을 통할한 최고의 형식을 로마-교회법jus utrumque에서 발견했고, 이것이 종교개혁에 의해 붕괴된 이후인 근대에는 "거대한 자유 공간의 출현과 신세계의 육지 취득" 덕분에 성립한 국제법, 즉 유럽 공법jus publicum Europaeum을 인류 최상의 업적으로 간주했다.[4] 주지하다시피 이 미증유의 법은 역사의 층위

3 칼 슈미트, 『정치신학 2』, 조효원 옮김, 그린비, 2019, p. 142. 강조는 원저자.

에서 '베스트팔렌 조약'이라는 고유명으로 축약되어 지칭된다.

미국 정치가 헨리 키신저에 따르면, 17세기 중반 독일에서 맺어진 이 조약은 근대 정치의 원천이자 거푸집이다. 그는 이렇게 말한다. "우리 시대에 질서로 통하는 것은 약 400년 전 서유럽에서 구상되었다. 구체적으로 밝히면 독일 지역의 베스트팔렌에서 체결된 평화 조약에서 구상되었는데, 다른 대륙이나 문명은 대부분 개입하지 않고 심지어는 알지도 못하는 상황에서 만들어졌다."[5] 그 자체로만 본다면 베스트팔렌 조약은 유럽 내의 국지적인 한 사건에 불과하지만, 정치사적·역사철학적 견지에서 보면 인식 차원의 심대한 지각변동을 표시하는 변곡점이었다. 따라서 이 조약이 향후 전 지구적인 파급력을 발휘한 것은 당연하다고 할 수 있다. 키신저는 그 비결을 이렇게 설명한다. "베스트팔렌 평화 조약은 독특한 도덕적 인식이 아니라 현실에 대한 실용적 적응을 의미했다. 이 조약은 서로의 국내 문제에 간섭하지 않고 전반적인 **세력 균형**을 통해 서로의 야심을 억제하는 독립적인 국가들로 이루어진 체계에 의존했다."[6] 여기서 그가 말하는 '현실'이란 30년간의 종교전쟁으로 인해 신의 영광이 완전히 산산조각 나면서 발생한 사상 최악의 신학적 폐허를 가리킨다. 하지만 동시에 이 폐허는 세속 정치의 발아를 위해서는 더할 나위 없는 토양이었다.

4　칼 슈미트, 『대지의 노모스』, 최재훈 옮김, 민음사, 1995, p. 151.

5　헨리 키신저, 『헨리 키신저의 세계 질서』, 이현주 옮김, 민음사, 2016, p. 11.

6　같은 곳. 강조는 인용자.

세력 균형을 국제정치 질서의 유일(하게 가능)한 토대로 선포한 베스트팔렌 조약은 (근대적 의미의) 국가라는 정치 형식을 출범시킨 장본인이다. 슈미트는 이 형식이 지닌 "역사적 특수성"을 "세 가지 일의 수행" 속에서 발견한다. "첫째, 국가는 봉건적, 지방적, 신분적, 교회적 권리를 영역 지배자의 중앙집권화된 입법, 행정, 사법 하에 둠으로써 그 내부에서 명확한 관할권을 창설한다. 둘째, 국가는 중앙집권화되고 정치적인 통일로써 당시 유럽에서 벌어졌던 교회와 종교 당파 들 사이의 내전을 극복하고, 신앙들 사이에서 벌어지는 국가 내부적인 분쟁을 중립화한다. [……] 셋째, 결국 국가는 국가에 의해 실현된 내정상의 통일을 기초로 하여, 다른 정치적 통일체에 대하여 자체가 폐쇄되어 있는 영역—그것은 외부에 대해서는 확정된 경계를 가지며, 동일하게 조직화된 영역 질서와 하나의 특별한 종류의 외부적 관계를 맺을 수 있다—을 형성한다."[7] 이렇게 해서 근대 주권국가가 탄생했다. 슈미트에 따르면, 정치 형식으로서 주권국가가 갖는 궁극적인 존재 의의는 다른 주권국가로부터 "위협이나 모욕을 받았다고 느낄 만한 이유가 있을 때 선전포고를 하는" 행위에서 찾을 수 있다. 그렇게 하는 것이 "명예로운 행위"라고 그는 굳게 믿었다.[8]

독일 법학자는 제1차 세계대전 종전 후 성립한 "제네바식의

7 칼 슈미트, 『대지의 노모스』, pp. 134~35.

8 칼 슈미트, 「국가의 국내정치적 중립성 개념의 다양한 의미와 기능에 대한 개관」, 『정치적인 것의 개념』, 김효전·정태호 옮김, 살림, 2012, p. 148.

전후 국제법"에 의해 그 고귀한 명예가 돌이킬 수 없이 실추되었다고 여겼다.[9] 왜냐하면 이 법은 적을 범죄자로 취급하기 때문이다. 이는 인류humanity라는 대의cause를 참칭한 비열한 행위라는 것이 슈미트의 생각이었다. 하지만 냉혹한 국제정치의 현실은 그 법을 승인했고, 이로 인해 이제 주권국가는 더 이상 유효한 (혹은 정당한) 정치 형식으로 존립할 수 없게 되었다. 반면 미국 정치가는 주권국가 간의 힘의 균형을 설계한 베스트팔렌 조약의 효력이 20세기 후반, 더 나아가 21세기에도 여전히 남아 있다고 믿는다. 그것이 오늘날에도 "국제 질서의 기반"으로 작동한다는 것이다.[10] 여기서 키신저가 의미한 것이 "체제로서의 세력 균형"이라면, 그의 판단이 딱히 틀렸다고 보기는 어렵다. 하지만 만약 우리가 "사실로서의 세력 균형"을 고려한다면, 베스트팔렌 체제가 과연 17세기 이후 세계 질서를 얼마나 효율적으로 관리해왔는가에는 논란의 여지가 많을 것이다.[11] 아마도 슈미트라면 키신저가 거시적인 차원에서 국제정치 질서의 외양만을 고려한 탓에 혁명의 파괴적 잠재력을 보지 못했다고 비난했을지도 모른다.

슈미트가 보기에 저 위대한 유럽 공법 덕분에 탄생한 근대 주권국가의 위엄을 더럽힌 것은 비단 제네바식 국제법만이 아니었다. 어쩌면, 아니 분명히 사회주의 혁명이 훨씬 더 사악한 위협으

9 같은 곳.

10 헨리 키신저, 『헨리 키신저의 세계 질서』, p. 39.

11 같은 책, p. 44.

로 작용했을 것이다. 당대 최고의 러시아 혁명가—이 사람의 글과 행동은 슈미트가 『독재*Die Diktatur*』를 집필하는 데 직접적인 계기로 작용했다—가 남긴 다음 발언을 보라. "모든 나라에서 사회주의자는 해당 나라의 배외주의에 맞서 싸우는 것을 1차적 임무로 해야 한다." "단 하나의 올바른 프롤레타리아 슬로건은 지금의 제국주의 전쟁을 **내란으로 전화**해야 한다는 것이다. 코뮌의 경험으로부터 도출되고 바젤 결의(1912)에서 그 윤곽이 제시된 이 슬로건은 고도로 발달한 부르주아 국가들 사이에서 벌어진 제국주의 전쟁의 모든 조건이 지시하는 결론이다. 내란으로의 전화가 임무로 주어진 상황에서, 사회주의자는 전쟁이 현실화된 이상 아무리 어려워 보일지라도 이러한 방향으로의 체계적이고 집요하고 흔들림 없는 준비 작업을 절대로 포기하지 않을 것이다."[12] 이것은 레닌의 말이다. 그런데 전쟁 형식으로서 내전은 전통적인 명예 관념에 입각한 선전포고 행위와 결코 양립할 수 없다. 그리고 혁명은 (거의 어김없이) 내전으로 실현(혹은 확장)된다(이때 닳고 닳은 상투어로서 '혁명'이 오남용되는 사례—이를테면 '의식 혁명'—를 떠올려서는 안 된다). 따라서 혁명은 국가뿐 아니라 모든 문화 형식을 파괴할 수 있는 잠재력이다.

하지만 '그들'은 이미 오래전에 깨달았다. 슈미트의 주권국가

12 블라디미르 일리치 레닌, 「전쟁과 러시아 사회민주주의」, 『마르크스』, 양효식 옮김, 아고라, 2017, pp. 38, 41~42. 강조는 인용자.

도, 레닌의 사회주의자도 더 이상 (온전히) 존재하지 않는다는 사실을. 그럼에도 불구하고 국가주의의 망령과 코뮌주의의 미망은 여전히 격렬하게 투쟁하고 있다.

→→→

널리 알려져 있듯, 근대 주권국가는 절대주의 체제와 더불어 성립했다. 그런데 중세 봉건제를 타도하고 절대군주제를 탄생시킨 주역은 동시에 근대적 의미의 관료 국가를 위한 초석을 놓은 인물이기도 하다. 이 초창기 관료들은 "대규모의 재정, 행정, 군사 기구들을 설치함으로써" 군주가 "완벽한 전제정치perfected autocracy"를 구현할 수 있도록 해주었다. 하지만 "왕조 절대주의 자체는 일시적인 역사 현상이었다. 대신 그것은 행정 체계를 탄생시켰는데, 바로 이것이 오늘날까지 살아남아 문명 세계가 공유하고 있는 유산이다."[13] 이 체계가 탄생한 시기는, 미셸 푸코의 표현을 빌리자면, "통치성이 계산되고 숙고된 정치적 실천"으로 전환된 시기다. 그는 이렇게 단언한다. "통치성이 16세기 말과 17~18세기에 정치의 영역으로 들어온 것이 근대 국가의 시작을 알리는 신호입니다." 이 시작(혹은 이행)을 가능케 한 배경으로 푸코가 지목하는 것은 "기독교의 사목"이다.[14] 다른 문명과 달리 기독교 세계는 역사상

13 Hans Rosenberg, *Bureaucracy, Aristocracy and Autocracy: The Prussian Experience 1660~1815*, Boston: Beacon Press, 1966, p. 13.

14 미셸 푸코, 『안전, 영토, 인구』, 오트르망 옮김, 난장, 2011, p. 231. "그리스도

전례를 찾을 수 없는 "엄청난 제도망"을 탄생시켰다. 그리고 이 독특한 제도, 그러니까 (보편) 교회를 기반으로 하여 독보적인 권위를 획득한 기독교 사제들은 오랜 세월에 걸쳐 "인간을 인도하고 지휘하며 이끌고 안내하고 손을 내밀어 조종하는 기술, 인간을 뒤따라 다니며 한걸음 한걸음씩 앞으로 밀어붙이는 기술, 이렇게 집단적·개별적으로 인간의 일생에 걸친 매 단계를 책임지는 역할을 하는 기술"을 발전시키고 축적시켰다.[15] 이것은 기독교 중세 천년의 역사를 압축한 진술이다. 그런데 이제 그 엄청난 기술이 교회라는 낡고 오래된 집을 버리고 나와, 빛나는 왕궁으로 터를 옮긴 것이다(이 변화의 가장 괄목할 만한 사례를 우리는 아카데미 프랑세즈를 설립한 리슐리외 추기경과 베르사유궁을 건립한 루이 14세에게서 찾을 수 있다).

그러나 시간이 지남에 따라 관료제는 군주를 위협하는 세력으로 성장한다. 왜냐하면 재정, 행정, 군사 등 모든 국가기구의 복잡한 실무를 꿰뚫을 수 있는 것은 오직 관료밖에 없(었)기 때문이다. 이에 대해서는 대체 불가능한 사회학자 막스 베버의 설명을 들어보자.

관료의 뛰어난 전문 지식에 대해서는 절대군주도, 어떤 의미에

교"를 '기독교'로 바꿔 인용했다.

15 같은 책, p. 230.

서 그가 가장 무기력하다. '농노제 폐지'에 대한 프리드리히 대왕의 성급한 지시는 말하자면 그 실현 과정에서 궤도에서 벗어났다. **관청 기구가 이 지시를 문외한의 즉흥적인 발상이라고 간단히 무시해버렸기 때문이다.** 입헌군주는—그가 피지배자들 중에서 사회적으로 중요한 부분과 좋은 관계에 있을 때는 언제나—행정의 진행에 대해서 절대군주보다 더 큰 영향력을 갖는 경우가 매우 빈번하다. 입헌제에서는 행정에 대한 비판이 적어도 상대적으로 공개적이기 때문에 입헌군주도 행정의 진행을 통제할 수 있지만, 절대군주는 관료 기구 자체의 정보에만 의존하기 때문이다. 구체제 러시아의 차르는 관료들 마음에 들지 않거나 그들의 권력 이익에 위배되는 일은 아무리 사소한 것이라도 지속적으로 실시할 수 있는 경우가 드물었다. 르루와 보리외Anatole Leroy-Beaulieu가 이미 매우 적절하게 지적한 것처럼, 독재 군주로서의 차르에게 직접 소속된 그의 장관들은 지방 총독의 집합체였다. 이들은 온갖 개인적인 음모 수단을 이용해 서로 싸웠으며, 특히 부피가 큰 '진정서'로 끊임없이 공격했다. 그렇지만 문외한인 군주는 이들에 대해서 손을 쓸 수 없었다.[16]

이에 대해 슈미트는 절대군주든 입헌군주든 상관없이 관료제의

16 막스 베버, 『관료제』, 이상률 옮김, 문예출판사, 2018, pp. 71~72. 강조는 인용자.

악마적인 힘 앞에서는 똑같이 무기력할 뿐이라고 반박한다. 여기서 한 걸음 더 나아가, 그는 입헌군주제와 더불어 탄생한 의회 권력에서 관료제 못지않은 타락상을 발견한다.[17] 그래서 그는 베버를 "참으로 존경하지만, 오늘날 그 누구도 의회를 통해 정치적 엘리트의 형성이 즉각 보증되리라는 희망"을 그와 "공유할 수는 없을 것"이라고 확언한다.[18] 슈미트가 보기에 의회가 가진 권한, 즉 공개적으로 행정을 비판할 수 있는 권한은 역사 속에서 찰나의 성공을 맛본 뒤 곧바로 소멸하고 말았다. "정부가 가상과 존재의 '경이로운' 일치 속에서 항상 가장 강력한 권력을 의미한다는 점에서 의회주의의 가치를 인정한 그 시대를 누가 지금도 기억할 것인가? 누가 아직도 이러한 종류의 공개성을 믿을 것인가?"[19] (주의하라. 이것은 1920년대, 그러니까 대략 100년 전에 나온 진술이다.) 관료 못지않게, 아니 어쩌면 그들 이상으로 국회의원 역시 자신의 권익을 위해 싸운다. 이것은 오늘날에도 모두가 동의할 수 있는 (하지만 그래서 진부하고 무력한) 진리 명제다.[20] 관료와 국회의원

17 슈미트가 존경한 영국 역사가 존 N. 피기스는 근대 입헌군주제의 전신을 가톨릭 공의회 제도에서 찾는다. "아마도 세계 역사상 가장 혁명적인 공문서는, 교황에 대한 공의회의 우위를 주장하며 천 년간 지속되어온 [교황의] 신성한 권위를 미온적인 헌정주의로 바꾸려 노력한 콘스탄츠 공의회의 칙령일 것이다"(John Neville Figgis, *Studies of Political Thought: From Gerson to Grotius*, Cambridge: Cambridge University Press, 1907, p. 35).

18 칼 슈미트, 『현대 의회주의의 정신사적 상황』, 나종석 옮김, 길, 2012, p. 21.

19 같은 곳.

20 이 문제와 관련해서는 프랑스의 지성사가 장 스타로뱅스키가 18세기 정치

사이에 한 가지 (결정적인) 차이점이 있다면, 그것은 전자의 방편이 기밀 유지인 데 반해 후자의 그것은 선전과 선동이라는 점이다. 의회가 국민을 위한다는 명분 아래 온갖 사적 이익을 포장하여 그럴듯한(=너절한) 법률로 입안한 뒤 이를 실적이랍시고 여기저기 자랑하기 바쁘다면, 선거와 무관한 "관료제는 어떻게든 할 수 있는 한 자신의 지식이나 행동을 비판받지 않으려고 숨긴다."[21] 그러나 관료제와 의회제 양자는 공히 '보통 사람'을 기망하고 억압하고 착취하는 기술을 거리낌 없이 구사한다는 점에서 하등 다를 바 없다. 그러므로 슈미트의 일갈은 지금 들어도 여전한 호소력을 지닌다. "오늘날 의회는 오히려 그 자신이 은밀한 권력 보유자[대개 고위 관료다]의 사무실 또는 위원회에 들어가기 전의 커다란 대기실에 지나지 않는 것처럼 보인다. 오늘날 '의회에서 여러 관념이 집결되고, 이 관념들 사이의 접촉에서 불꽃이 튀고, 이리하여 사태가 분명해진다'는 벤담의 명제를 인용하는 것은 풍자나 다름없다."[22]

상황에 대하여 제시한 다음 진술을 음미해볼 필요가 있다. "이해관계가 올바로 합의되기만 하면 주권자와 인민 양쪽에 제동을 걸 수도 있었을 것이고, 타협을 제시할 수도, 법을 존중하는 마음을 불어넣을 수도 있었을 것이다. 그런데 누가 이성의 목소리에 귀를 기울이는가? 무엇이 자기에게 이득이 되는지 누가 아는가? 전제군주도 모르고, 악습에 격분한 '하층민'도 모르고, 의기양양하게 정복을 이어나가는 부르주아조차 모른다"(장 스타로뱅스키, 『자유의 발명 1700~1789 / 1780 이성의 상징』, 이충훈 옮김, 문학동네, 2018, p. 24).

21 막스 베버, 『관료제』, p. 70.

하지만 오늘날 슈미트의 비판을 인용하는 것은 풍자조차 되지 못한다. '그들' 모두가 기회만 닿으면 어떤 방식으로든 서로에게 관료 노릇을 하려 안달하며, 자신의 '대표'인 의원들의 어처구니없는 쇼를 항상 기대하기 때문이다. 그러니까 관료제와 의회제는 이제 예능의 한 방편이 된 것이다.

→→→→

관료제와 의회제의 적대적 제휴를 가장 크게 위협하는 것은 대중운동이다. 그리고 우리는 (조금이라도 의미 있는) 승리(혹은 성과)를 거둔 대중운동은 모조리 (새로운) 신화로 승격되는 아찔한 시대에 살고 있다. 이 가공할 새로운 신화들 앞에서 합리적 이성이니 비판 정신이니 운운하는 것은 실로 가소롭고 애처로운 짓처럼 느껴진다. 아닌 게 아니라, 이제는 『계몽의 변증법』에 제시된 것과 같은 고차원적 신화 비판을 들먹이는 것은 엄두도 낼 수 없게 되었다. 그와 더불어 복잡성과 반전을 본질로 하는 변증법 개념 역시 하도 많이 운위되고 남용된 탓에, 이제는 그 효력을 거의 다 상실했다. 그렇다면 차라리 훨씬 더 직관적이고 단도직입적인 분석을 참고해보면 어떨까? 20세기 역사를 주름잡은 대중운동의 신화에 대한 에릭 호퍼—아도르노, 호르크하이머, 마르쿠제와 동시대인이다—의 설명을 보자.

22 칼 슈미트, 『현대 의회주의의 정신사적 상황』, p. 20.

> 자신의 이익이며 전망이 자기를 바칠 가치가 없어 보일 때, 우리는 필사적으로 자기 아닌 다른 것에 스스로를 바치고자 한다. 자신의 몸과 마음, 시간과 노력을 다 바치는 모든 행위, 충성하는 행위, 무언가에 헌신하는 행위는 본질적으로 자신의 하찮은 삶, 망가진 인생에 가치와 의미를 부여할 무언가에 필사적으로 매달리는 것이다. 따라서 우리는 자기를 대신할 무언가를 받아들이게 되면 열렬하고 극단적으로 나갈 수밖에 없다. 자신에 관한 문제라면 합당한 자신감만 있으면 되지만, 국가나 종교, 인종 혹은 숭고한 대의에 대한 신념은 과도하고 강경해야 한다. 절충적으로 받아들인 대체물은 잊고 싶은 자신의 문제를 밀어내거나 지워버리지 못하기 때문이다. 우리는 무언가를 위해 기꺼이 목숨을 걸 각오를 했을 때, 비로소 자기가 그것을 위하여 살 준비가 되어 있다고 확신한다.[23]

작금에 다시금 꿈틀대는 인종주의, 좀체 사라지지 않는 혐오와 적대, 영원히 지속할 것만 같은 영웅 숭배 따위의 현상을 고려할 때, 호퍼의 이 설명은 오늘날에도 근본적인 타당성을 잃지 않았다고 볼 수 있다. 하지만 이 분석이 이미 20세기 중반에 제출되었으며 더욱이 그 전의 역사적 사건을 주요 대상으로 삼았다는 점을 고려

23 에릭 호퍼, 『맹신자들』, 이민아 옮김, 궁리, 2011, pp. 34~35.

하면, 상당한 시간적 거리를 가진 현재 시점에는 모종의 보충 설명을 제시할 필요성이 있을 것 같다. 게다가 호퍼의 접근법은 지나치게 심리(학)주의적으로 보인다.

잘 알려져 있다시피, 역사적으로 가장 극단적인 형태의 대중운동이 형성된 것은 파시즘이 들어 올린 깃발 아래에서였다. 독일 태생의 미국 역사학자 조지 L. 모스George L. Mosse에 따르면, "파시즘이 작동할 수 있는 토대가 되고 파시즘이 의회 민주주의에 대한 대안을 제시할 수 있었던 근거"는 "대중운동의 신화와 제의"였다.[24] 여기서 핵심은 '제의cult'라고 할 수 있다. 운동의 참여자로 하여금 "과도하고 강경"한 신념을 갖게 하는 힘은 신화가 아니라 제의에서 나오는 것이다. 어떤 의미에서 신화는 차라리 제의라는 종교 형식에 동원되는 모종의 서사narrative라고 보는 편이 옳을 듯하다. 요컨대 구성원에게 일체감을 주는 것은 제의의 형식 및 그에 따라 연출된 장엄하고 비장한 분위기다. 다시 말해 제의의 (반복적·주기적) 거행이 대중운동 자체를 강력한 신화로 변형시키는 원동력인 것이다. 물론 대중운동이 전래의 종교를 대체할 수는 없으며, 실제로 그럴 의도도 없다. 하지만 오늘날 (그리고 역사 속에서) 우리가 생생히 목도하는바, 대중운동은 태생적으로 종교적 열정을 숙주로 삼는 사회적 생물이다. 호퍼의 말마따나 "절충적으로 받아들인 대체물"은 결코 헌신의 대상이 될 수 없으며, 의심

24 조지 L. 모스, 『대중의 국민화』, 임지현·김지혜 옮김, 소나무, 2008, p. 30.

과 다른 의견과 반대 입장을 배격할 수 있는 힘은 오직 정통 교리—이것의 구체적인 내용은 중요한 사안이 아니다—에 대한 맹목적 추종으로부터만 나올 수 있기 때문이다. 따라서 모든 진지한 대중운동은 본질상 종교적 신앙의 형태를 띨 수밖에 없다. 모스는 이를 "세속 종교"라 칭했다. "세속 종교는 지도자와 민중을 하나로 묶는 동시에, 대중에 대한 사회적 통제 수단을 제공"한다.[25]

교회의 예배에서 설교가 가장 중요하듯이, 세속 종교의 집회에서는 연설이 무엇보다 중요하다. 이 진술은 지금도 부분적으로 타당하다. 효과적인 연설은 대중의 정념을 하나의 거대한 불길로 타오르게 만들 수 있기 때문이다. 하지만 오늘날 대중 집회는 직접적 현존(=출석)에만 의지하지 않는다. (거의) 모든 개인이 언제 어디서든 각자가 원하는 매체(혹은 프로그램)를 볼 수 있게 되었기 때문이다. 이제 대중 집회는 시간과 공간의 한계를 넘어 연속적인 동시에 불연속적으로, 또한 집합적인 동시에 산발적으로, 그러나(혹은 그러니까) 결국 항상적이고 편재적인 방식으로 진행되고 있다(이는 종교 예배의 경우도 마찬가지다). 그러므로 오늘날 '지도자'의 목소리는 지지자의 생활공간을 곧바로 엄숙한 제의 공간으로 탈바꿈시킬 수 있는 마법적 위력을 갖게 되었다. 이러한 사태에 직면하여 (이른바) 객관적인 이성과 합리적인 비판이 할 수 있는 일은 많지 않다.[26] 새로운 신화를 조작하거나 연출하려는

25 같은 책, pp. 31~32.

의도를 가진 세력도 얼마든지 이성적인 입장과 합리적인 의견을 표방할 수 있기 때문이다. 이런 일은 점잖은 제스처와 약간의 참을성 그리고 능숙한 편집 기술만 있으면 언제든 가능하다. 요컨대 이제 신화는 오직 방송/스트리밍의 형식에 의해서만 생존할 수 있다.

하지만 방송/스트리밍은 시청률과 '조회수'가 세워둔 무한히 좁은 문을 통과하지 않으면 힘을 발휘할 수 없다. 그리고 '그들'은 이미 온갖 종류의 새로운 신화에 질릴 대로 질려 있거나, 아니면 너무 깊이 중독되어 있다. 따라서 '그들'에게 신화는 모든 것인 동시에 아무래도 좋은 것이다(이 양자는 똑같이 '조회수'가 많거나 적을 수 있다). 만약 미셸 푸코가 이와 같은 '일방통행국'의 현실을 두 눈으로 직접 보았다면, 그래도 그는 "파레시아parrhesia"(진실 말하기)에 대한 자신의 복잡한 연구—다른 모든 사상과 마찬가지로, 이것 역시 10분짜리 동영상 강의로 압축될 수 있으며, 이는 상당한 '조회수'를 기록할 것이다—를 여전히 가치 있는 것으로 여길 수 있

26 이를테면 다음과 같은 익숙한 '정답'을 보라. "우리는 정보의 문제가 아니라 방향성의 문제에 직면해 있다. 의미의 홍수 속에서 우리는 일상적으로 노아의 방주 역할을 필요로 한다. 문제가 생겼을 경우에 정보 자체는 그것을 해결하는 데 더는 도움이 되지 않는다. 정보는 일단 여과되고 통합되고 구조화되어야 한다. 정보를 똑똑하게 만들려면 지식 디자이너, 편집자, 저널리스트가 필요하다. 학자, 영화감독, 마케팅 전문가, 금융 컨설턴트 또는 시인처럼, 신문기자도 문제점을 다루고 데이터를 조작하는 사람이라고 볼 수 있다. 이들은 모두 의미를 다루며, 방향성을 판매한다"(노르베르트 볼츠, 『미디어란 무엇인가』, 김태옥·이승협 옮김, 한울, 2011, pp. 48~49).

었을까?[27] 알 수 없다. 그리고 설령 안다 해도, 부질없을 따름이다.

→→→→→

미국 역사학자 티머시 스나이더Timothy Snyder는 한 소책자에서 '그들'에게 이렇게 경고한 바 있다.

> 1932년에 나치당에 표를 던진 독일인 중 일부는 당분간 그것이 의미 있는 자유선거로는 마지막이 될 거라는 점을 분명하게 이해했지만, 대다수 사람들은 그 점을 이해하지 못했다. 1946년 체코슬로바키아 공산당에 표를 던진 체코인과 슬로바키아인 일부는 자신이 민주주의의 종말에 찬성표를 던지고 있다는 걸 알았지만, 대다수 사람들은 다시 기회가 있을 거라고 생각했다. 1990년에 투표한 러시아인은 이 투표가 조국의 역사에서 자유롭고 공정한 선거로는 마지막이 될 거라고 생각하지 않았음이 분명하다. 그러나 (지금까지) 이것은 마지막 투표였다. **모든 선거는 마지막 선거가 될 수 있다.** 아니면 적어도 표를 던진 사람의 생애에서 마지막 선거일 수 있다. 나치는 1945년 세계 전쟁에서 패할 때까지, 그리고 체코슬로바키아 공산주의자는 1989년에 체제가 붕괴할 때까지 권력을 유지했다. 1990년 선거 이후 수립된 러시아 과두 체제는 지금도 계속 작동하고 있으며, 다른

27 미셸 푸코, 『담론과 진실』, 오트르망 심세광·전혜리 옮김, 동녘, 2017 참조.

나라의 민주주의를 파괴하기 위한 외교정책을 장려하고 있다.[28]

그러나 '그들' 대부분은 이제 더 이상 민주주의 따위에는 관심이 없다. 게다가 이제는 정치와 문화 전반을 이끄는 숱한 엘리트—과연 그런 이들이 정말로 실존하는지 심히 의심스럽지만—조차 민주주의가 무엇인가 하는 물음에 대한 명확한 (또는 그럴듯한) 답을 갖고 있지 못하다. 미상불 민주주의만큼 제멋대로 튀는 단어를 찾기란 도무지 불가능하다. 사태를 더욱 심각하게 만드는 것은, '그들' 모두가 이미 민주주의의 뜻을 잘 안다고 굳게 믿고 있다는 사실이다. '그들'은 같은 단어를 정반대 의미로 사용하면서 끝없이 싸운다. '지도자'와 그의 보좌진들은 그 싸움을 부추기거나 적어도 방관한다.

오래전 철학자 프리드리히 니체는 "그리스도의 영혼을 가진 카이사르"를 요청했다. 실로 근사한 생각이 아닐 수 없다. 그런 이가 정말로 왔다면, 그랬다면 정의가 기술을 지배하고 계몽이 내면을 인도하며 진리가 사실을 주재하는 세상을 볼 수 있었을지도 모른다. 하지만 지금 우리 눈에 보이는 것은 온통 '빌라도의 영혼을 가진 엘리트'뿐이다. 이들은 이번 선거가 '마지막 선거'가 되건 말건 전혀 개의치 않는다. 그들의 책임이 아니기 때문이다. 이들은 심지어 '진리란 무엇인가?ti estin aletheia?'라는 형식적인 질문조차 던

28 티머시 스나이더, 『폭정』, 조행복 옮김, 열린책들, 2017, p. 37. 강조는 인용자.

지지 않는다. 그들의 소관이 아니기 때문이다. 21세기의 빌라도는 영원의 이념에 심취하지도, 그렇다고 찰나의 쾌락에 매몰되지도 않는다. 대신 그들은 적당한—다시 말해 최대치의—권력을 탐하고 누린다. 이때 핵심 사안은 이것이다. '어떻게 책임을 회피할 것인가?' 지금껏 그들은 모든 사회적 책임을 '모두'의 문제로 만드는 기술을 상당한 수준까지 발전시켜왔다. 물론 아직은 완벽하지 않다. 그렇기에 늘 비극적인 희생양이 발생하는 것이다(이들은 대개 적시에 발을 빼지 못한 바보거나, 아니면 '사퇴'라는 카드조차 쓸 수 없을 정도로 심하게 일을 그르친 무능력자다). 그러나 진짜 희생양은 '그들'이었고, 이것은 지금도 변함없는 사실이다. 그러므로, 모든 문제는 언제나 '그들'의 책임이다. 이것이 오늘날의 정의正義/定義다.

주저앉음

아홉 개의 문장으로 요약될 수 있는, 문학과 예술의 현재現在 사회사.

아무 노래나 불러야 한다. 아무렇게나 춤춰야 한다. 아무렇지 않아 보여야 한다.

어떤 글이라도 일단 써야 한다. 아무렇게나 써재껴야 한다. 아무렇지 않게 읽혀야 한다.

아무렇게나 살아도 된다. 어떻게든 자랑해야 한다. 뭐라도 되는 듯 보여야 한다.

감히 예측하건대, 이 문장들은 거의 읽히지 않을 것이다. (순식간에 '스캔'될 것이다.) 용케 읽히더라도, 즉각 '패싱'당할 것이다. ('패싱'하고 있다는 느낌조차 들지 않을 것이다.) 아무렇지 않게, 아무에게도 아무렇지 않아 보이게. 왜냐하면 저 아홉 개의 문장은, 결국, 얄팍한 패러디에 지나지 않기 때문이다. 이처럼 뻔히 보이는 수법에 속아 넘어가는 독자는 이제 좀처럼 찾아보기 어렵다.

깊이를 감춘 표면이 존재한(다고 믿어지던) 시절이 있었다. 더 정확히 말하자면, '깊이'라고 불리는 어떤 사태/상황/사건이 세계의 표면 아래 존립하며, 그것이 다른 무엇보다 중요하다는 인식과 그에 대한 암묵적 동의가 널리 성립하던 때가 있었다. 그때에는, 겉으로는 아무렇지 않은 듯 보여도 속으로는 너무나 심각한 일(들)이 벌어지고 있음을 알고, 그 심각성에 대한 인지와 대응이 가장 절박한 과제라고 주장하는 여러 목소리가 앞다퉈 출현했다. 비록 서로 각축하기는 했지만, 그래도 그것들은 어떤 세계감 Weltgefühl 혹은 세계 인식을 굳건히 공유하고 있었다. 어떤 의미에서 그들의 거친 싸움은 바로 그 하나의 바탕 위에서만 가능했다고 말할 수도 있으리라.

현재의 관점에서 보자면, 그 바탕은 지나치게 획일적이고 거기서 발생한 행위와 그에 따른 작용 들은 터무니없을 정도로 중심지향적이었다. 그러나 과거의 관점을 되살려 본다면, 그때의 싸움은 바닥 모를 추락처럼 처절했고 그로 인한 상처와 여파 들은 무시무시할 정도로 부조리했다. 도처에 있으므로 적을 찾는 일은 너무 쉬웠지만, 시간처럼 쉼 없이 부활하는 그 적을 물리치는 일은 불가능에 가까웠다. 그리고, 그러므로, 쓰러지는 것은 언제나 자기 자신이었다. 이것은 쓰라림을 유발하는 경험이었고, 다시 이 경험은, 거의 어김없이, 깊이에 대한 갈망과 어둠에 대한 인식으로 전환되었다.

허기처럼 찾아오는 갈망과 불안을 동반하는 인식 사이에서 길 잃은 '그때 그 사람들'은 한결같이 문학과 예술을 일종의 불가피로 여겼다. 모두가 완벽하게 행복한 사회에서는 아무도 문학을 읽지 않고, 누구도 예술을 필요로 하지 않으리라 생각했기 때문이다. (이것은 여전히 유효한 가정이다.) 그러나 다른 한편으로 그들에게 문학과 예술은 불확실한 깊이를 보증하는 절실한 약속이기도 했다. 문학이 존재하고 예술이 지속하는 한, 이 세계는 피상성의 구속으로부터 자유로웠다. 그들에게 피상성은 무의미와 동의어였고, 무의미는 지옥으로 이어지는 길이었다. 그러므로 문학과 예술의 약속은, 말하자면, 단 하나의 탈출구였다. 분명 그들은 그 약속이 영원하리라고 믿을 만큼 순진하지 않았다. 하지만 그것이 그들의 삶의 의미를 지켜줄 만큼 충분히 오래 유지될 거라고 기대했다. 그때가 언제였는지 정확히 말할 수는 없다. 하지만 그것이 원遠과거가 아니라 근近과거라는 사실만큼은 또렷하다.

그러나 바야흐로 드러나고 있는 '진실'은 깊이에 대한 믿음 자체가 얄팍한 환상이었다는 사실이다. 이것을 계몽이라 부를 수 없다. 아니, 그것은 심지어 깨달음이라는 단어에도 상응하지 않는다. 무릇 계몽과 각성은 깊이를 향한 동경에서 시작되기 때문이다. 하나의 계몽은 수만 개의 '딥페이크deepfake'에 의해 즉시 차단되고, 한 번의 각성은 수천 개의 댓글과 더불어 금세 사그라든다. 하지만 비단 계몽과 각성만 상실된 것이 아니다. 그와 함께 무의미에 대한 공포도 사라졌다. 다시 말해, 피상성이 드디어 무의미와 결별한 것이다. 이제는 어떤 것도 무의미하지 않다. 단 한 가지, 궁극적인 의미를 찾으려는 노력을 제외하고. 요컨대, 적극적으로 의미를 추구하는 행위가 오히려 완루한 무의미를 양산하는 퇴행이 되는 역설이 발생한 것이다. (자인하건대, 이것을 역설로 인식하는 관점은 그 자체로 시대착오적이다.)

하지만 깊이는 멸시당하고 있는 것이 아니다. 깊이는 그저 더 이상 존재하지 않게 되었을 뿐이다. 아니, 그것은 원래 존재하지 않았다. 이제 그 사실이 확연해졌을 뿐이다. 따라서 이제는 누구도 피상성을 예찬하지 않는다. 구태여 그럴 필요가 없기 때문이다. 우리는 다만 그것을 충실히 살아내기만 하면 된다. 그러나 그렇게 하기 위해서는 우선 과거의 잔재를 처리해야 한다. 집요하게 남아 있는 기억, 깊이를 향한 열망의 기록 들을 말끔히 삭제해야 하는 것이다. 이것은 과연 가능한 일인가? 그렇지 않다. 도저한 의미를 향한 길이 완전히 끊긴 상황에서도 부정의 정신은 얼마든지 작동할 수 있기 때문이다. 다시 말해, 과거의 거울에 현재의 상태를 비춰 보는 일은 어디서나 끊임없이 지속되는 사업이며, 또한 과거에 대한 상상으로 미래의 청사진을 수정하는 작업은 동서고

금 모든 사회의 공통분모와도 같기 때문이다. 그러나 이 기반이 지금 황망할 정도로 빠르게 붕괴하고 있다. 부정의 정신마저 고갈 혹은 멸종 위기에 처해 있는 것이다. (재차 자인하건대, 이것을 위기로 인식하는 감각은 돌이킬 수 없을 정도로 반동적이다.)

현 상황에 대한 외면과 근과거에 대한 회상은 필연적으로 뼈아픈 회한을 낳는다. 하지만 이 회한은 시대착오와 반동의 혐의를 기꺼이 무릅쓰게 하고, 시나브로 부정당한 과거의 어떤 기록을 기어이 끄집어내게 한다.

이제 너는 어쩔 셈이냐—하고, 너는 그 얼굴에게 질문할 것이다. 너는 얼룩을 닦아낸 후 자리로 돌아갈 것이다. 어느새 객석을 채우기 시작한 사람들이 웅성대고. 불이 꺼지고. 막이 오르고. 무대가 드러나고. 인물이 등장하고. 하지만, 너는 곧 그곳을 찾아간 데 대해 후회할 것이다. 첫 순간부터, 그것은 연극이 아닐 것이다. 그것은, 아직 시작되지 않은 무대를 바라보면서 네가 몸을 떨며 "연극!"이라고 발음할 때 너의 머릿속에 빛처럼 꽂혀 오는 바의 그 연극이 아닐 것이다. 그것은 다만 연극인 척하는 연극일 것이다. 꾸미기 위해 꾸며진 무대, 시선을 툭툭 끊어버리는 조명, 오로지 훈련에 의해 그려지는 표정과 동작, 귀를 어둡게 하는 터무니없는 대사들—그런 것들이 연극이 시작되기 직전에 네 등 뒤의 한없이 먼 곳까지 펼쳐져 이어지던 무대를 갑자기 그 물리적인 무대 장치 속에 좁혀버리고, 무대와

너 사이의 엄청난 거리를 조장할 것이다. 거기에 배우는 없을 것이다. 너는, 이미 배우가 아닌 무대 위의 그들을 이해할 수 없을 것이다. 그리고 왜 객석의 관중들이 그토록 심각한 척 소리 죽여 무대를 응시하는지 이해할 수 없을 것이다. 그만, 제발 그만!—하고, 너는 외치고 싶을 것이다. 그렇게 거기 함께 존재해야 할 하등의 이유도 없이, 네 앞에서 연극은 거대한 액자 속에 갇혀 있고, 연극 앞에서 너는 너의 좌석에 갇혀 있을 것이다. 차라리 나가버리자—하고, 너는 불쑥 일어설 것이다. 그러다가 다시 그 자리에 주저앉을 것이다.[1]

이것은 대화 아닌 대화다. 서술자의 언술 속에서만 존재하는 등장인물의 생각과 감정과 행동을 서술자가 미리 짐작해서 바로 그 인물에게 알려주는 (또는 지시하는) 기묘한 일방적 대화다. 40년 전에 활자화된 이 문장들은, 말하자면, 당시에는 미처 존재하지 않았던 피상성에 대한 선제적 저항이라 할 수 있다. 추측하건대, '너'라 불리는 그/그녀가 본 연극은 꽤 훌륭했을 것이다. 적어도 상당히 진지했을 것이다. 다시 말해, 여기서 표상된 연극은 오늘날의 피상성과는 한참 동떨어진 이른바 '본격' 예술이었을 것이다. 그러나 이 소설 속 서술자의 '너' 혹은 서술자와 '너'는 그마저도 용납할 수 없다. 그래서 '너'는 차마 뛰쳐나가지도 못한 채 그

1 이인성, 『낯선 시간 속으로』 3판, 문학과지성사, 2018, pp. 289~90.

대로 주저앉아버리는 것이다.

주저앉음. 이 불가피한 비의식적/불수의적 행위 속에, 어쩌면, 깊이가 깃들어 있는지도 모른다. 이것은 추측이나 전망이 결코 아니며, 하물며 희망은 더더욱 아니다. 그것은 다만 하나의 공상에 지나지 않는다. 그러나 누구나 알듯이 피상성의 우주는 온갖 망상을 허용한다. 그 자유를 만끽하며, 힘없이 주저앉은 채로, 또 하나의 기록을 펼친다.

> **깊이—로—들어감에 관한 말,**
> 우리가 읽었던 그 말.
> 그 세월, 그때부터 지금까지의 말들.
> 우리는 여전히 그러하다.
>
> 그대는 아는가, 공간은 끝이 없음을,
> 그대는 아는가, 그대는 날아갈 필요가 없음을,
> 그대는 아는가, 그대 눈 속에 적힌 것이,
> 우리의 깊이를 깊게 한다는 것을.[2]

과연 깊이라는 것이 존재하는지, 정말로 있다면 그것이 얼마나 깊

2 파울 첼란, 『파울 첼란 전집 1』, 허수경 옮김, 문학동네, 2020, p. 269, 강조는 원저자.

은지, 누구도 알지 못한다. 알지 못할 것이다. 그러나 이것 하나만 은 분명하다. 깊이로 들어가는 일에 관한 말을 읽은 모든 '우리'는, 틀림없이, 여전히, 끝없이, 주저앉아 있을 것이다. 아무 노래도 부르지 못한 채, 아무 글도 쓰지 못한 채, 그 무엇도 되지 못한 채로. 무대로 들어가지도, 밖으로 나가지도 못한 채, 그러니까 깊이로 한 걸음도 들어가지 못한 채로 말이다.

8. 궁지窮地에서 궁진窮盡하기

—학문과 탐구와 웃음에 대하여

역사적 상대주의는 세속화의 마지막 산물이다.

—하비 콕스

글의 독점 체제가 폭파된 이후로,

글의 기능을 재검토하는 것은 가능하고도 절박한 과제가 되었다.

—프리드리히 키틀러

이제 모든 사람이 정당성을 놓고 정당하게

투쟁할 수 있는 세계로 옮겨 간 것이죠.

—피에르 부르디외

1.

막스 베버를 생각한다. 그가 타계한 지 어언 한 세기가 지났다. 그러나 오늘도 그의 이름은 수많은 입술과 지면을 통해 부단히 부활하고 있다. 니체에 버금가는 이 '정신의 귀족Geistesadel'은 세상을 버리기 세 해 전, 그러니까 제1차 세계대전이 한창이던 1917년 뮌헨 대학에서의 강연을 통해 "세계의 탈주술화Entzauberung der Welt"라는 기념비적인 테제를 내놓았다. "세계의 탈주술화"란 무엇인가? "그것은 **원하기만** 한다면 언제라도 배워서 알 수 있다는 것, 따라서 삶에 개입하는 그 어떤 힘도 근본적으로는 결코 신비하고 계산할 수 없는 힘이 아니라는 것, 오히려 모든 사물은—원칙적으로는—**계산**을 통해 **지배**할 수 있다는 것을 [우리가] 알고 있거나 그렇게 믿고 있다는 것"을 뜻한다.[1] 주지하다시피 계산에 의한 지배를 실현하려는 의지는 베버의 임종 이후 더욱 가파르게 비대해졌고, 작금에 와서는 모든 소박한 실천이성과 온갖 희귀한 순수감정을 말끔히 축출한 듯 보이기까지 한다. 다시 말해 계산될 수 없는 것은 모두 무가치하고 무의미하다고 간주하여 기호계semiosphere 밖으로 배출하는 사회가 도래한 것이다. 그래서 이러한 계산 만능 사회를 운위하면서 인공지능이나 슈퍼컴퓨터의 신적인 능력을 범례로 드는 일이 이제는 지나치게 순진하거나 적잖이 진부하게 여겨질 지경이다. 그보다는 차라리, 계산은 마침내 우리의 본능이 되었다고 말하는 편이 더 적절할 것 같다. 이를테면 우리는 온갖 변수를 상정하고 가능한 모든 상황을 고려하여 치밀하게 계산한 다음, '가성비'가 떨어질 것으로 예상되면—그게 결혼이든 소비든 아니면 심지어 신념이든—개의치 않고 미련 없이 내던지는 문화

1 막스 베버, 『직업으로서의 학문』, 이상률 옮김, 문예출판사, 2017, p. 34. 강조는 원저자. 번역은 일부 수정했다.

속에서 살아가고 있다. 한마디로 우리는 이제 모든 힘을 계산한다, 너무나 자연스러운 방식으로. 한때 대표적인 낭만적 표상이었던 잠재력마저 이제는 어느덧 최종 심급으로서의 수요-효과 예측으로 대체되었다. 이렇듯 (일견 거의) 남김없이 탈주술화된 세계는 (넓은 의미에서) 과학만능주의, 즉 계산에 대한 맹신이 모든 패권을 장악한 세계라고 할 수 있다. 하지만 사뭇 아이러니하게도, 그 믿음은 정작 스스로를 계산하지 못한다. 바꿔 말하자면 모든 이론이 그렇듯이 계산 역시 근본적으로 불완전할 수밖에 없다. 계산할 수 있다는 것과 계산이 완벽해질 수 있다는 것은 전혀 다른 차원의 이야기다. 탈주술화의 완성은 아마도 쿠르트 괴델Kurt Gödel의 이름을 모든 책과 모든 이의 기억에서 지워야만 비로소 가능할 것이다. 이해의 사회학자Verstehender Soziologe는 본질상 계산의 학문인 수학이 자신의 비관적인 진단을 논리의 차원에서(나마) 현실화의 위험으로부터 방어해주리라고는 미처 생각지 못했을 듯하다.

2.

그러나 만약 우리가 계산 개념의 의미 영역을 크게 확장하여 심지어 아전인수와 견강부회까지 포함시킬 수 있다면, 괴델의 '불완전성 정리'는 베버의 테제와 전혀 무관한 것으로 일변하게 된다. 제멋대로 해석하고 자의적으로 내린 결론에 그대로 만족하는 관점에서 보면, 자신의 귀결이 논리적으로 완전한지 여부는 말 그대로 별나라 이야기일 것이기 때문이다. 다시 말해 만약 어떤 사람이 연산에 필수적인 법칙이나 절차 따위는 막무가내로 무시하면서 마음대로 계산해버린 다음 거기서 나온 답을 정말로 믿고 만족한다면, 그의 믿음을 기각할 권리는 누구에게도 없는 것이다. 어제의 믿음이 제도적 강제의 울타리 안에서만 존립하는 일종의 격식formality이었다면, 오늘의 믿음은 무한한 자유의 창공에서 마음껏 비행하는 반사회적 활력vitality이다. 베버의 탈주술화 테제는 기본적으로 믿음의 자유 혹은 상호 불가침성을 전제로 한다. 그러나 믿음들은 서로를 기각할 수 없을 뿐, 투쟁할 수는 있다. 그리고 모든 투쟁 가운데 가장 처절한 것이 바로 믿음 간의 투쟁이다. 미상불 지금(까지도) 우리는 온갖 폭력적인 믿음의 전 지구적 혈전을 목도하고 있다. 이 싸움의 근본 원인은 유일신교Monotheismus 이념의 창발로 거슬러 올라가며, 정치적-역사적 층위에서 이 이념을 가장 문제적인 방식으로 대표하는 것은—누구나 알고 있듯—기독교의 정신이다. 루트비히 포이어바흐Ludwig Feuerbach와 더불어 본격적으로 전개된 '기독교 비판Kritik des Christentums'이 19세기 서구 지성사의 앞머리를 장식한다는 것은 잘 알려져 있지만, 이에 반해 베버의 정신을 능가하는 귀족주의자 니체가 그 기획을 사실상 완수했다는 사실은 어찌된 일인지 기이한 망각의 늪에 빠져버린 듯하다. 신의 자리에 인류Menschheit의 이념을 투사한 헤겔의 제자와 달리, 니체는 "기독교 문헌학Philologie des Christentums"의 치부를 그대로 직격하는 전술을 택했다.

기독교의 문헌학—기독교가 정직과 정의에 대한 감각을 키우지 않는다는 사실은 기독교 학자의 저술이 갖는 특징을 보면 쉽게 알 수 있다. 그들은 뻔뻔하게도 자신의 추측을 마치 [공인된] 교리인 양 제시하며, 성서 구절의 해석과 관련하여 솔직하게 당혹감을 드러내는 법이 거의 없다. 그들은 거듭해서 "나는 옳다. [성서에] 그렇게 적혀 있기 때문이다"라고 말한다. 그리고 몰염치한 자의적 해석이 이어진다. 이것을 듣는 문헌학자는 분노해야 할지 아니면 웃어야 할지 모른 채, 거듭 이렇게 자문하게 된다. '이게 가능한 일인가! 이따위 것을 과연 존중해야 하는가? 아니, 이게 대체 가당키나 한 짓인가?' 이와 관련하여, 프로테스탄트 교회의 설교 단상에서 얼마나 부정직한 일들이 여전히 자행되고 있는지, 누구도 자신의 말을 끊지 않는다는 이점을 목사가 얼마나 졸렬하게 이용하고 있는지, 그 설교 단상에서 성서가 얼마나 너덜너덜해지고 있는지, 그리고 온갖 형태의 **조악한 독서 기술**이 과연 어느 정도로 민중에게 주입되고 있는지, 이러한 사실을 과소평가하는 사람은 한 번도 교회에 가본 적이 없거나 항상 교회에 가는 사람뿐일 것이다.[2]

2 프리드리히 니체, 『아침놀』, 박찬국 옮김, 책세상, 2004, p. 94. 강조는 원저자. 원문과 대조하여 번역을 수정했다.

니체의 이 타격은 실로 가공할 만하다. 그러나 기독교 문헌학은 말하자면 난공불락의 요새다. 갖가지 상상을 초월하는 자해自解의 높은 성벽과 건전한 이성을 마취시키는 설교의 거대한 미로로 구축된 기독교 문헌학의 요새는 지금도 굳건하다. 그러니까, 비유하자면, 니체의 비판적 문헌학은 골리앗을 쓰러뜨리지 못한 다윗의 돌팔매였던 것이다. 바젤의 문헌학자는 '공식적으로' 기독교에게 패배했다.

3.

교회로부터 멀리 떨어진 곳에서 베버는 니체의 실패를 반복했다. 짐작건대 베버는 자신의 실패를 십분 예감한 상태에서 그랬을 것이다. 그의 실패는 위대하고도 처절하다. 왜냐하면 그는 탈주술화의 위력과 기독교 문헌학의 마력이 서로 은밀히 결탁하는 세계의 출현을 여실히 목도했음에도 불구하고, 결연히 니체의 문헌학을 계승하는 길을 걸었기 때문이다. 논리적-정합적 계산을 근간으로 하는 탈주술화의 합리주의가 자의적-선동적 설교를 기치로 삼는 기독교 문헌학과 합작하여 만들어낸 것이 바로 오늘의 세계다. 그래서 우리의 세계는 빠르고 정확하며 빠르다. 이 세계의 아침놀이 떠오르던 그때, 니체는 서둘러 세상과 작별했다. "모든 것을 곧바로 '해치우고,' 오래된 책이든 새로운 책이든 성급하고 품위 없이, [……] 곧장 해치우는 속전속결의 시대"가 해가 갈수록 더욱 광포해질 것을 예견했던 베버는, 그럼에도 불구하고, "천천히 읽을 것을 가르치는" 문헌학의 가치를 애써 옹호했다.[3] 그렇게 하면서 그는 문헌학을 학문Wissenschaft 자체로 격상시킨다.

> 오늘날 진실로 결정적이며 쓸모 있는 업적은 예외 없이 전문적인 업적입니다. 그러므로 말하자면 차안대를 끼고서 [눈앞에 놓여 있는] 이 필사본의 바로 이 구절을 올바르게 해석하는 작업, 오직 이 작업에 제 영혼의 [모든] 운명이 달려 있다는 각오를 다질 수 없는 사람은 학문을 멀리하는 편이 좋습니다.[4]

사회학자의 비감 어린 진술은 일찍이 니체가 거세게 비판했던 목사의 "조악한 독서 기술"이 그사이 사회의 모든 계층과 분야에 깊숙이 침투했음을 함축하고 있다. 다시 말해 기독교 문헌학의 부정직한 관습이 사회 내의 다양한 담론 공간을 모조리 장악한 것이다. 베버 사후 한 세기가 지난 지금, 사태는 더욱 악화되었다. 학문은 내처 악화일로를 걷고 있고, 기독교 문헌학은 가용한 모든 매체와 손을 잡으며 승승장구 중이다. 이런 상황에서 문헌학자의 영혼은 마치 바람 앞의 등불과도 같다. 그러므로 이제는 비단 성서만 너덜너덜해지는 것이 아니다. 과거의 모든 위대한 문장과 빛나는 통찰이 기상천외한 방식으로 소비되거나 악랄한 형태로 편

3 같은 책, p. 17.

4 막스 베버, 『직업으로서의 학문』, p. 23. 원문과 대조하여 번역을 수정했다.

집되고 있다. 오늘날 온전한 형상을 유지하는 것은 문헌학적 노동을 비웃는 교회 안팎의 목사와 그들의 설교뿐이다. 말할 것도 없이 이들은 탈주술화에 능한 종족으로, 이 종족의 언어는 수요와 효과에 대한 정확한 예측을 골자로 하는 선동의 언어다. 복잡한 사유의 회로 및 입체적인 애매성에 대한 섬세한 지각은 무릇 전문적인 업적의 바탕을 이루는 필수 요건인데, 이것이 현재 단순한 지성의 광폭 속도전으로 인해 간단없이 폐기 처분되고 있다. 요컨대, 이제는 아무도 천천히 읽지 않는다. 목하 천천히 읽는 문화는, 말하자면, 박물관의 유물이 되어버렸다. 20세기의 역사가 넉넉히 증명하는바, 세계는 베버를 외면하는 사람들의 '영혼 없는' 결정에 의해 좌우되고 있다. 그리고 오늘날에는 누구도 '정직과 정의에 대한 감각'의 결여를 문제 삼지 않는다. 그렇게 해봐야 아무 소용 없다는 것을 잘 알기 때문이다.

4.

니체의 비판은 교회의 설교 단상을 파괴하지 못했고, 베버의 호소는 학자의 영혼을 제도와 융화시키지 못했다. 그사이 세계는 점점 더 조악한 방식으로 탈주술화되었다. 이와 관련하여, 비평가 조지 스타이너George Steiner가 제출한 시대 진단은 주목에 값한다.

> 제도는 반문맹 상태의 하층계급을 양산하고 있다. 그들의 부족한 어휘와 문법 지식은 감정도 야심도 황폐하고 저속하게 만든

다. 보고서가 쏟아지고, 국회와 공론장의 토론은 끝이 없다. 통계 수치는 각다귀 떼처럼 날아다닌다. 그러는 동안 은밀한 선발 방식은 늘어나고, 중산층 부모는 자녀를 좋은 학교에 보내려고 (큰 빚을 지고, 이사를 하고, 거짓 종교 생활을 하는 등) 어처구니없을 만큼 큰 노력을 기울인다.[5]

이것은 그가 말년을 보낸 영국 사회에 대한 진술이다. 그러나 이른바 선진 문명을 이룩한 어떤 사회도 스타이너의 진단에서 자유로울 수 없을 것이다. 그는 곧바로 이렇게 덧붙인다. "상위 대학 학생도 일반 지식과 지적 기능이 놀라울 정도로 결핍되어 있다."[6] 상상해보라, 이 대학생들이 (교회 안팎의) 설교 단상에 오르는 모습을. 그러나 이것은 결코 먼 상상이 아니다. 그것은 이미 움직일 수 없는 현실이며, 게다가 이 현실은 해가 갈수록 더욱 견고해지고 있다. 여기서 한국은 결코 예외가 아니며, 오히려 전형이라고 하는 편이 옳다. 옥스퍼드와 케임브리지 급의 지적 전통을 소유한 대학은 한국에 하나도 없으며, 따라서 반지성주의anti-intellectualism의 공격과 유혹에 매우 취약할 수밖에 없다. 그런데 영국에서 미국으로 시선을 돌린 스타이너의 목소리는 가일층 냉소적인 어조를 띤다. "사람은 육체적으로 그렇듯 지적으로도 재능의 폭이 크

5 조지 스타이너, 『나의 쓰지 않은 책들』, 고정아 옮김, 서커스출판상회, 2019, p. 190.

6 같은 책, p. 191.

다. 조력에 의한 발전도 큰 성취를 이룰 수 있지만, 그것은 한계가 있다. 재능 있는 사람과 평범한 사람 사이에는 크나큰 불평등이 존재한다. [……] 사회 정의는 탁월함을 만들지 않는다. 이런 자연의 경향을 반박하려고 하는 것, 인간 존재의 항상적 불평등을 (위선적으로라도) 개선하려고 하는 것은 미국의 명예다. 대가는 엄청나다. 정치적 2류성, 부패, 맹목적 대중 영합이 넘쳐나는 것만이 아니다. 높은 지성이 주변으로 내몰리고, 언어에 대한 사랑이 매스미디어의 강력한 유치성에 깔려 시드는 것이다. 플라톤과 토크빌이 예견했듯이, 대중적 민주주의는 정신적 삶과 본질적으로 맞지 않는다. 떠들썩한 미국 환경에서 지적 몰두는 낯설고 의심스러운 고독의 암종이다."[7] 스타이너의 고독은 필경 비판적 문헌학자의 고독일 것이다. 그리고 그의 엘리트주의는 베버의 전문가주의와 대동소이한 듯 보인다. 하지만 스타이너의 엘리트주의가 매스미디어의 집중 조명을 받게 되면, 분명 다른 곳에서처럼 한국에서도, 아니 특히 한국에서, 떠들썩한 논란을 불러일으킬 것이다. (왜냐하면 한국에서는 일부 고위층 인사의 역겨운 추문으로 인해 엘리트주의라는 단어가 가히 파시즘에 육박하는 사악한 이데올로기를 가리키는 말처럼 되어버렸기 때문이다.) 그러나 그 경우에도 스타이너의 책이 천천히 읽힐 가능성은 거의 없다.

7 같은 책, pp. 196~97.

5.

베버의 동시대인으로 니체를 탐독했던 러시아 사상가 레프 셰스토프Lev Shestov는 지난 세기 초에 이렇게 단언했다.

> 현대의 지성은 몇 개의 근본 원리를 제기하는 따위의 철학은 참지 못한다. 현대의 지성은 어떻게 해서든지 일원론, 즉 이른바 종합적인, 더 정확하게 말하자면 하나의 원리에 도달하려고 노력하고 있다. 사실상 이원론은 떠맡는 것만으로도 힘겹다. 두 개의 원리를 떠맡는다는 것은 단순히 그것만으로도 너무나 무거운 부담으로 생각된다. 그리고 현대의 지성은 모든 방법을 다 써서 그 짐을 가볍게 하려고 애쓰고 있다. 당면한 큰일을 위해서 달리 방법이 없을 때는, 무언가 날카로운 역리逆理에 의해서라도 문제의 번잡스러움에서 벗어날 수 있다면, 기꺼이 그것을 채택하려고 한다.[8]

앞서 우리는 베버의 탈주술화 테제를 통해 현대의 지성이 추구한 일원론이 어떤 성격을 지녔는지 살펴보았으며, 더불어 기독교 문헌학에 대한 니체의 비판을 통해 현대의 지성이 채택한 역리가 어떤 종류에 속하는지도 알아보았다. 현대의 지성은 자신이 행한 계

8 레프 셰스토프, 「비극의 철학: 도스토예프스키와 니체」, 『도스토예프스키, 톨스토이, 니체』, 이경식 옮김, 현대사상사, 1987, p. 212. 번역은 일부 수정했다.

산의 정당성 여부에 대해 괘념치 않으며, 그런 탓에 자못 시대착오적으로 보이는 기독교 문헌학과도 거리낌 없이 제휴할 수 있다. 바꿔 말하자면 그것은 가능한 모든 방법을 동원하여 모든 힘을 계산해내려 한다. 아마도 우리는 이러한 태도를 '탐구주의zeteticism'에 대한 고집스런 거부로 특징지을 수 있을 것이다. 탐구주의란 무엇인가? 그것은 우선 궁극적 진리의 발견/인식 가능성을 완강히 부정하는 회의주의skepticism와 구별되어야 한다. 그런가 하면 탐구주의는 우리의 실제적인 삶에 쓸모 있는 원리가 곧 진리라는 실용주의pragmatism와도 거리를 둔다. 하지만 무엇보다 탐구주의는 모든 형태의 독단주의dogmatism와 절대주의absolutism에 분연히 맞서 싸우는 사유 방식이다. 탐구주의자zetetic는 모든 것을 의심하지만, 언젠가는 자신의 의심이 끝날 수 있으리라는 가능성에 대해서는 조심스럽게 긍정한다. 반대로 그는 유용한 (잠정적) 진리를 적극적으로 옹호하지만, 거기에 마냥 안주하려는 태도에 대해서는 단호하게 반대한다. 마지막으로 탐구주의자는 자신을 둘러싼 세속화secularization의 현실을 있는 그대로 인정하지만, 그러면서도 그 배후에 도사린 세속주의secularism에 대해서는 끝까지 의구심을 거두지 않는 집요한 역사적 상대주의자다. 요컨대 탐구주의자는 니체로부터 혹은 니체와 더불어 천천히 읽는 법, 즉 문헌학을 터득하려 노력하는 인간이다.

6.

프랑스 사회학자 피에르 부르디외는 탐구주의자의 모범적 사례다. 비록 그 자신은 그러한 규정을 거부했을지도 모르지만 말이다. 역사학자 로제 샤르티에Roger Chartier와 나눈 대담에서 그는 이렇게 말했다.

> 우리는 결정된 채로 태어나지만, 자유로운 상태로 생을 마칠 수 있는 작은 기회를 갖고 있습니다. 또한 우리는 사유하지 않는 상태로 태어나지만, 주체가 될 수 있는 아주 작은 기회를 갖고 있습니다. 무조건 자유, 주체, 인간 등등에 호소하는 사람들이 있는데, 저는 이들이 사회적 행위자를 자유라는 환상 속에 가둔다는 점 때문에 책망하지 않을 수 없습니다. [그들의 기대와 달리] 결정 메커니즘이 작용하는 경로 가운데 하나가 바로 자유라는 환상입니다. 더욱이 모든 사회계층 가운데 자유라는 환상에 특히 경도된 집단이 있습니다. 지식인 말입니다. [……] 우리는 자신이 접하는 사유 대상을 제 것으로 만들고, 나아가 사유 수단을 제 것으로 만들 때 자기 사유의 주체가 될 수 있지만, 그나마 아주 미미한 정도로만 그렇게 될 수 있습니다. 우리는 자기 사유의 주체로 태어난 것이 아니라, 무엇보다도 결정 요인들을 스스로 인식하는 한에서 자기 사유의 주체가 되는 것이죠.[9]

9 피에르 부르디외·로제 샤르티에, 『사회학자와 역사학자』, 이상길·배세진 옮

이 단락은 탐구주의의 수칙이라 불러도 무방할 진술을 담고 있다. 부르디외에 따르면, 우리는 단지 가까스로 자유로워질 수 있다. 그러나 이마저도 극단적으로 불확실하다. 이 두려운 불확실성을 오롯이 껴안은 채, 탐구주의자는 읽고 쓰고 또 읽는다. 그는 신을 믿지 않는 자신을 믿지 않는다. 또한 그는 구원을 믿지 못하는 자신을 구해줄 수단을 눈앞에 두고, 가없이 주저한다. 그것이 정녕 옳은 선택인지 알 수 없기 때문이다. 다시 말해 탐구주의자는 존재의 모든 차원과 국면에서 무한하고 무정형한 속박을 느낀다. 그래서 그는 '주체'와 '인간'에 대해—다른 무엇에 대해서도—함부로 떠들지 않는다. 탐구주의자는 반反현대의 반半지성이다.

7.

그러므로 사회의 안팎에서 탐구주의자가 취할 수 있는 자리는 언제나 궁지窮地일 수밖에 없다. 사회학의 감옥에 갇힌 탐구주의자는 그곳에서 베버와 (니클라스 루만Niklas Luhmann과) 부르디외를 만날 수 있을 것이며, 반드시 만나야 한다. 만약 그가 비평의 수용소에서 장르 불명의 무언가를 집필 중이라면, 그 궁지에서 그는 가령 스타이너와 (자크 데리다와) 키틀러를 만나 그들과 쟁론할 수 있을 것이다. 만약 우리의 탐구주의자가 철학 농장의 울타리 안에

김, 킹콩북, 2019, pp. 49~50.

서 땀 흘려 노동하고 있다면, 그곳에서 그는 니체와 셰스토프와 리처드 로티Richard Rorty의 목소리를 들을 수 있을 것이며, 필히 들어야 한다. 특히 로티가 "아이러니스트ironist"를 정의하면서 제시한 세 가지 조건은 탐구주의자에게도 그대로 적용된다.

> 1) 그는 자신이 현재 사용하는 마지막 어휘에 대해 근본적이고도 지속적인 의심을 갖는다. 왜냐하면 그는 다른 어휘들에 의해서, 즉 자신이 마주친 사람이나 책을 통해 마지막이라고 간주된 그런 어휘들에 의해서 각인되어왔기 때문이다. 2) 그는 자신의 현재 어휘로 구성된 논변은 이와 같은 의심을 떠맡을 수도 해소할 수도 없다는 점을 깨닫고 있다. 3) 자신의 상황에 대해 철학함에 있어서, 그는 자신의 어휘가 다른 어휘들보다 실재에 더 가깝다고, 달리 말해서 자신의 어휘가 자기 자신이 아닌 어떤 힘과 접촉하고 있다고 생각하지 않는다.[10]

로티의 아이러니스트는 "현상에서 실재로 가려는 투쟁적인 노력"을 최대한 피하면서 할 수 있는 한 "낡은 것과 결별하고 새로운 것과 놀이"하는 쪽을 택한다.[11] 왜냐하면 "아이러니스트 이론의 목표는 [……] 형이상학적 충동, 즉 이론화하려는 충동을 이해하고 그

10 리처드 로티, 『우연성, 아이러니, 연대』, 김동식·이유선 옮김, 사월의책, 2020, p. 164.

11 같은 곳.

충동으로부터 완전히 자유롭게 되는 것"이기 때문이다.[12] 이에 반해 탐구주의자는 "모든 통일성에는 이원성, 그러니까 어떤 모반의 가능성, 즉 **스타시스**stasis가 내재"한다는 껄끄러운 사실을 단 한 순간도 외면하지 못한다.[13] 그래서 그는 아이러니스트처럼 경쾌하게 새로운 것과의 놀이에 몰입할 수 없다. 탐구주의자는 모든 사태를 가장 높은 복잡성의 층위, 즉 정치의 층위로 들어 올려 사유하려 한다. 이를테면 그는 "창조주와 구세주의 [대립이라는] 문제"란 모든 정치 공동체가 "결코 회피하거나 근절할 수 없는 문제"라는 인식에 너무도 깊이 사로잡혀 있으며, 그런 탓에 아이러니스트처럼 자유롭게 형이상학을 탈피할 수 없다.[14] 그에게 형이상학이란 가장 심원한 차원에서 정치에 대한 궁구窮究다. 이 세계의 그 누구도, 그 무엇도, 정치로부터 자유로울 수 없다고 그는 (잠정적으로 그러나 견결하게) 믿는다. 하지만 그렇다고 해서 정치가 탐구주의자의 '마지막 어휘'라는 이야기는 아니다. 아마도 그에게 그 말은 '마지막 직전의 어휘'라고 할 수 있을 것이다. 결론적으로 탐구주의자와 아이러니스트는 서로 가장 가깝고 또 가장 먼 존재, 그 말의 가장 급진적인 의미에서 우-적friend-enemy이다.

12 같은 책, pp. 208~209.

13 칼 슈미트, 『정치신학 2』, 조효원 옮김, 그린비, 2019, p. 161. 강조는 원저자.

14 같은 책, pp. 158~59.

8.

그러나 탐구주의자의 궁지를 아이러니스트가 방문하는 일은 가능하며, 나아가 매우 바람직하다. 전자의 "형이상학적 메타포"는 후자의 "역사주의적 메타포"에 의해 일정 부분 보완될 수 있으며,[15] 후자의 시적-낭만주의적 열정은 전자의 사회학적-정치적 경각심에 의해 어느 정도 누어질 수 있을 것이다. 아이러니스트의 강력한 반대 입장에 자극받은 탐구주의자는 가령 다음과 같은 존재-해부학적인 문장들을 쓸 수 있을 것이다.

> 습관은 개를 그가 배설한 오물에게 속박하는 끈이다. 숨쉬기는 습관이다. 삶은 습관이다. 아니 삶은 습관의 연속이라고 함이 더 정확하다. 개인 자체가 개인들의 연속이기 때문이다. 세계가 개인의 의식이 투영된 것이니만큼(쇼펜하우어는 개인 의지의 객관화라고 말할 테지만), 습관이라는 계약은 끊임없이 갱신되어야 하고, 그 통행 허가증은 기간이 만료되지 않도록 늘 유효화시켜야 한다. 세계는 한 번에 영구히 창조되지 않았고, 매일매일 창조된다. 따라서 습관은 한편으로는 한 개인을 이루는 무수히 많은 주체와, 다른 한편으로는 그들의 무수히 많은 대상 사이에 체결된 감히 셀 수 없이 많은 계약을 통틀어 일컫는 말이다.[16]

15 리처드 로티, 『우연성, 아이러니, 연대』, p. 208.

16 사뮈엘 베케트, 『프루스트』, 유예진 옮김, 워크룸프레스, 2016, p. 17.

베케트의 이 진술은 탐구주의자의 진지한 문제 제기와 아이러니스트의 경쾌한 언어 놀이가 공히 습관이라는 불안정한 연속체에 의지한 무망한 기획임을 적나라하게 드러낸다. 다시 말해 세계 내전Weltbürgerkrieg의 위험에 대한 치열한 성찰도, 형이상학의 역사 전체에 대한 유쾌한 반란도, 모든 개인의 나날을 그야말로 기적처럼 지탱해주는 습관이 없다면 생각조차 할 수 없는 것이다.

9.

탐구주의자의 궁지에서 아이러니스트는 어쩌면 니체와 베버의 실패를 치밀하게 (재)음미할 수 있을 것이다. 반대로 아이러니스트의 행보를 차단하는 막다른 골목에서 탐구주의자는 베케트의 프루스트를 거듭 새롭게 발견할 수 있을 것이다. 만약 두 사람이 함께 작업한다면, 그 결과는 '세계를 내팽개치는' 프루스트적 웃음일 것이다. 프루스트, "그는 세계를 웃음 속에서 지양하는 것이 아니라 웃음 속에서 내팽개친다. 이러한 웃음 속에서 세계가 산산조각이 나고, 그 조각들 앞에서 그 자신이 울음을 터뜨릴 위험을 무릅쓰고서 말이다. 그리고 세계는 산산조각 난다. 즉 가족과 인격의 통일성, 성도덕과 신분적 명예의 통일성이 산산조각 난다. 부르주아의 점잖음이 웃음 속에서 박살 나는 것이다."[17] 프루스트

17 발터 벤야민, 「프루스트의 이미지」, 『서사·기억·비평의 자리』, 최성만 옮김,

적 웃음은 앙리 베르그손Henri Bergson이 "삶의 기계화"라고 불렀던 것과는 아무런 관련이 없다.[18] 그것은 차라리 아이러니가 극단의 반전에 이르고, 탐구주의가 "정지 상태의 변증법Dialektik im Stillstand"으로 바뀌는 순간을 표현하는 제스처라고 해야 한다.[19] 베케트는 "수의로 배냇저고리를 만들도록 허락"해주는 삶의 전환기는 존재하지 않는다고 말했지만,[20] 어쩌면 그것은 현실과 은유의 차원에서는 가능할지도 모른다. 만약 우리가 세계를 내팽개치는 웃음을 터뜨릴 수 있다면 말이다. 하지만 만약 프루스트가 모든 사람에게 천천히 읽히는 기적 같은 날이 온다면, 그때는 "하느님의 손"을 자처하며 웃음을 막으려 했던 호르헤 수사 역시 부활할 것이다.[21]

길, 2012, p. 245.

18 앙리 베르그손, 『웃음』, 김진성 옮김, 종로서적, 1987, p. 63.

19 발터 벤야민, 「「역사의 개념에 대하여」 관련 노트들」, 『역사의 개념에 대하여/폭력비판을 위하여/초현실주의 외』, 최성만 옮김, 길, 2008, p. 363.

20 사뮈엘 베케트, 『프루스트』, p. 18.

21 움베르토 에코, 『장미의 이름 (하)』, 이윤기 옮김, 열린책들, 2006, p. 875.

9. 약속의 땅과 내전의 끝

사람은 정당한 까닭만 있으면 하나님과도 겨뤄대려 한다.

—함석헌

1.

18세기 프랑스의 논객 프랑수아-마리 아루에François-Marie Arouet가 망명지에서 집필한 『철학편지』에는 근대 세계 전체를 집약하는 묘사가 실려 있다.

> 런던의 증권거래소에 한번 들어가보라. 이곳은 허다한 왕의 궁정보다 더 존엄한 장소로 인간의 편의를 위해 모든 나라의 대표가 모여 있다. 거기서는 유대인과 이슬람교도와 기독교도가 마치 같은 종교를 믿는 사람처럼 서로 거래를 하며, 오직 파산한 사람만 이교도라 불린다. 거기서는 장로교도가 재세례파 교도를 신뢰하며, 영국국교도가 퀘이커교도의 약속을 받아들인다. 사람들은 이렇게 평화롭고 자유로운 집회에서 나와 뿔뿔이 흩어진다. 어떤 사람은 유대교 교당으로, 다른 사람은 술을 마시러 간다. 어떤 이는 큰 대야 속에서 성부와 성자와 성령의 이름

으로 세례를 받고, 어떤 이는 아들을 할례시키면서 뜻도 모르는 히브리어 축성을 듣고, 또 어떤 이는 교회에 가서 머리에 모자를 쓴 채 성령이 임하기를 기다린다. 그리고 모두들 흡족해한다.[1]

약 300년 전의 상황이지만, 조금도 낯설지 않다. 만약 이를 오늘의 모습에 맞게 개작한다면, 단지 런던을 뉴욕으로 바꾸고 여러 종교를 각양의 인종으로 대체하기만 해도 충분할 듯하다. 물론 이때 우리는 19세기 파리가 한동안 맡았던 주연 역할과 21세기 상하이가 그사이 획득한 거대 지분을 도외시해서는 안 된다. 그렇다고 해도, 이 두 도시의 상징성은 세계 수도로서 뉴욕이 가진 위상을 넘보기에는 턱없이 부족하다. 미상불 뉴욕이라는 이름은 오늘날 도시 일반의 제유로 사용된다. 하지만 고전적 계몽주의자의 표상 세계에 아직 뉴욕은 존재하지 않았다. 다시 말해 그에게 세계의 중심은 런던이었다. 무엇보다 그곳에는 "허다한 왕의 궁정보다 더 존엄한 장소"인 증권거래소가 있었기 때문이다. 이 장소의 역사철학적/정치경제학적 중요성은 아무리 강조해도 지나치지 않다. 그리고 핵심은 이것이다. "런던의 증권거래소에서는 오직 파산한 사람만 이교도라 불린다."

1 볼테르, 『철학편지』, 이봉지 옮김, 문학동네, 2019, p. 37.

2.

볼테르의 이 진술은 베를린의 비평가 발터 벤야민이 20세기 초에 작성한 단편 「종교로서의 자본주의」에서 어떤 준준한 메아리를 만나게 된다.

> 자본주의라는 이 종교운동의 본질은 종말까지, 궁극적으로 신이 완전히 죄를 짊어지는 순간까지, 즉 세계 전체가 절망의 상태에 도달할 때까지 견디는 것이다. 그것은 바로 이러한 절망의 상태를 **희망**한다. 종교는 더 이상 존재의 개혁이 아니라 존재의 붕괴라는 것, 이 사실이 자본주의를 역사적 미증유의 사건으로 만든다. 절망이 곧 종교적인 세계 상황이 될 만큼 커져버려, 이로부터 구원을 기대해야 할 지경이 되었다. 신의 초월성은 무너졌다. 그러나 신은 죽지 않았다. 그는 인간의 운명에 편입되었다.[2]

"유대인과 이슬람교도와 기독교도"가 모두 함께 믿는 종교의 이름은 자본주의다. 그렇다. 세례와 음주와 할례를 하나의 제의로 통합하고, 야훼와 예수와 알라를 삼위일체인 양 매끈하게 묶어내는 힘의 원천은 충만한 절망을 향한 자본주의적 희망에 있다. 자본주의의 절망은 런던-뉴욕의 "평화롭고 자유로운 집회"에서 시작되어

2 발터 벤야민, 「종교로서의 자본주의」, 『역사의 개념에 대하여/폭력비판을 위하여/초현실주의 외』, 최성만 옮김, 길, 2008, p. 123. 강조는 원저자. 원문과 대조하여 번역을 수정했다.

전 세계 곳곳으로 전파되는데, 이 절망은 역설적이게도 모두를 흡족하게 해주는 희망이다. '절망에도 불구하고'가 아니라 '절망 덕분에' 기뻐할 수 있게 된 "인간의 운명," 이것은 심지어 신의 죽음에 대해서마저 괘념치 않도록 해주는 실로 가공할 에토스ethos다. 과연 이보다 더 존엄한 질서는 지상에 더는 존재할 수 없으리라. 이 질서 안에서 더 이상 거래를 틀 수 없게 된 사람은 이교도라 불리는데, 이는 그가 인간homo의 자격을 깡그리 박탈당했다는 뜻이다. 어쩌면 이교도는 (여전히) 커다란 대야 안에 누워 술로 세례와 축성을 받을 수 있을 것이다. 하지만 그가 마시는 것은 인간의 술이 아니며, 그가 받는 것은 영생을 위한 세례와 축성이 아니다. 그에게는 "인간의 운명"이 (더는) 허락되지 않기 때문이다. 또한 그는 절망을 희망할 수도 없다. 왜냐하면 그는 몰락한 최후의 신이 짊어지게 될 죄의 권세에 이미 완전히 예속된 상태이기 때문이다. 다시 말해 자본주의의 이교도는 벌써 "존재의 붕괴" 지점, 즉 종말에 도달해 있는 것이다. 그러나 이 붕괴는 어디까지나 무한소infinitesimal의 차원에서 일어나는 사건일 뿐이며, 따라서 자본주의의 태양은 언제라도 그것을 가뭇없이 소각할 수 있다. 설령 인간과 비슷한 얼굴을 하고 짐짓 사람다운 표정을 지으며 런던/뉴욕의 증권거래소에 들어선다 해도, 그곳에서 그의 존재를 인지할 수 있는 사람은 없을 것이다. 신을 편입시킴으로써 자본은 종말을 기약 없이 초과(=유예)하도록 만드는 데 성공했고, 이로 인해 항시 변칙적으로 틈입하는 초월을 인지할 가능성은, 적어도 인간적 해석의 지평 안에서는, (거의) 완전히 소진되고 말았다. 이제 초월은 순전한 허구가 되었다.

3.

벤야민이 파악한 "종교로서의 자본주의"는 어쩌면 가장 기이한 형태의 종말론이라 할 수 있을 것이다. 어째서 그러한가? 그것은 이 종교가 어떤 영원한 구원을 보증하거나 마지막 심판에 대한 공포로 겁박하는 대신, 다만 인류의 무한(정)한 미래를 압취하기 때문이다. 바꿔 말해 자본주의는 (밝거나 어두운) 미래를 약속하는 방식이 아니라, 오히려 그것을 잔인하게 압류하는 방식으로 종말론을 구축한다. 이 종교는 생명 순환 체계 안에 일단 종말을 산입(=내재화)한 다음, 그것을 마치 상품이나 신용인 양 산포하고 유통시키며 끝까지 재활용한다. 그리하여 (모든 각자의) 마지막에 남는 것은 거품 같은 현재에 대한 집착뿐이다. 이 독특한 종말론 안에서 "미래의 가치생산에 대한 청구는 끝없이 확대된다. (부분적으로 약탈적 성격을 띠는) 소비자 신용이 (노동자와 학생을 포함한) 모든 사람에게 제공되고, 대개는 순환되는 과정에서 점점 증가한다. 소비에서 '망상적인 무한'의 환상이 탐욕스럽게 추구된다. 부동산 소유자들에게 신용이 흘러든다. 그것은 지대와 그 밖의 자산 가치에 대한 투기를 부추기고, 그러면 그 지대와 자산 가치는 한없이 불어나는 힘을 지니게 된다."[3] 하지만 이처럼 미래를 송두리째 저당 잡(히)는 사태가 단지 개인적인private/individual 차원에 국한된다고 이해해서는 안 된다. 왜냐하면 종교로 성립한 자본주의는 부의 축적을 절대적이고 유일무이한 교리로 삼는데, 이 교리는 오직 시간의 압착을 통해서만 실현 가능하기 때문이다. (빈곤, 불평등, 공정거래 따위의 허술한 어휘는 불경하고 비인간적인 이교도만이 사용하는 것이다.) 그렇기 때문에 이런 진술이 가능하고 또 타당해진다. "화폐는 결코 제어되거나 제약될 수 없다." 이 명제를 제출한 뉴욕의 마르크스주의자 데이비드 하비는 이렇게 부연한다. "화폐는 그저 중앙은행으로 하여금 화폐 공급에 숫자 0을 더하게 함으로써—중앙은행이 양적 완화를 통해 하는 일이 바로 이것이다—가치의 확대에 대한 무한한 필요에 부응할 수 있다. 이는 악무한, 통제를 벗어나 제멋대로 뻗어가는 나선이다."[4]

4.

화폐는 뚜렷한 형체를 가진 악의 세력이 결코 아니다. 그것은 선악의 피안에서 근대 세계의 모든 관계를 창출하고 파괴할 수 있는 무정형apeiron의 위력이다. 우리는 이 힘을 소유한 실체를 결코 특정할 수 없으며, 이 부지不知의 존재를 신deus이라 명명하는 것은 가능하긴 하지만 한갓된 짓이다. 화폐는 차라리 언제 어디서든 나타나고 순식간에 사라질 수 있는 (무無의 기호로서의) 0이다. 그리

3 데이비드 하비, 『자본주의와 경제적 이성의 광기』, 김성호 옮김, 창비, 2019, p. 283. 원문과 대조하여 번역을 수정했다.

4 같은 책, pp. 278~79.

고 이 0의 증강 및 소멸은 내재화된 (악)무한의 폐허를 지시한다. 다시 하비의 설명이다. "어떠한 물질적인 금 기반gold base의 제약도 없는 상태에서, 세계의 화폐 공급은 악무한이다. 그것은 그저 일련의 숫자다. 현대 자본주의는 무한 축적과 복합 성장의 악무한에 갇혔다."[5] 이 광활한 감옥은 분명 자본 종교의 제의에 의해 자체 생산된 것이리라. 물론 이 표상 공간 안에서 자본가의 인격은 많은 경우 악으로 규정될 수 있고, 또 그렇게 규정할 근거는 경험적으로 허다하다. 대표적으로 19세기 유럽 사회와 경제에 대한 마르크스의 묘사를 보자.

> 금융 귀족이 법률을 제정하고 국가 행정을 도맡았으며, 조직된 온갖 공권력을 행사하고 정보와 언론을 통해 여론을 지배했기 때문에 동일한 타락, 똑같이 파렴치한 사기, 생산을 통해서가 아니라 다른 사람이 이미 획득한 재산을 가로챔으로써 부자가 되려는 병적인 열망이 위로는 궁정에서부터 아래로는 보르뉴 카페에 이르기까지 모든 곳에서 되풀이되었다.[6]

바로 이 획일적인 "되풀이"가 자본주의 종말론의 골자를 이룬다. 0의 명멸에 의해 쉴 새 없이 요동치는 투기의 역장에서는 최상위

5 같은 책, p. 278.
6 칼 마르크스, 『프랑스 혁명사 3부작』, 임지현 · 이종훈 옮김, 소나무, 2018, pp. 49~50.

의 금융 귀족 역시 금세 부서지고 사그라지는 한낱 포말에 불과하다. 언제 어디서든 그리고 어떤 방법으로든 “동일한 타락”과 “똑같이 파렴치한 사기”가 가능하기 때문이다. 다시 말해 다른 모든 사람처럼 초국적 거대 자본가 역시 한순간에 이교도로 전락할 수 있는 것이다. 뉴욕 증권거래소에서 날마다 행해지는 제의는 간단없이 이교도를 생산함으로써 나날이 더욱 완전해지고 무궁해진다.

5.

20세기 프랑스의 논객 자크 데리다가 1993년 캘리포니아에서 마르크스주의를 상대로 벌였던 푸닥거리는, 말하자면, 볼테르의 『철학편지』와 벤야민의 종교 비판 양자를 해체적으로 계승하는 작업이다.

> 오늘날 “예루살렘의 전유” 전쟁은 범세계적인 전쟁이다. 이러한 전쟁은 도처에서 일어나고 있으며, 그것이 바로 세계이고, 세계의 “이음매가 어긋나out of joint” 있음이 지닌 독특한 모습이다. 그런데 [……] 중동의 폭력을 메시아적인 종말론들의 분출로서, 신성 동맹들 [……] 사이의 무한한 조합으로서 그 근원적인 전제들로부터 규정하는 데서 마르크스주의는 필수 불가결하면서 동시에 구조적으로 불충분한 것에 머물러 있다. 마르크스주의는 여전히 필수적이지만, 이는 우리가 마르크스주의를 새

로운 조건들 및 이데올로기에 대한 다른 사고에 맞춘다는 것을 조건으로 하며, 기술 경제적 인과성과 종교적 환영들 사이의 새로운 접합과, 사회 경제적 권력 내지 국가—그 자체 역시 결코 자본으로부터 완전히 독립적이지는 않은(하지만 결코 자본 **그 자체**le capital, 자본주의 **그 자체**le capitalisme란 더 이상 존재하지 않고, 존재했던 적도 없으며, 단지 국가적이거나 사적인, 현실적이거나 상징적인, 하지만 항상 유령적인 힘들과 연결되어 있는 자본주의들만이 존재할 뿐이다. 또는 오히려 환원 불가능한 적대들로 얼룩진 **자본화들**만이 존재할 뿐이다)—를 위해 법적인 것이 종속되는 양상을 분석할 수 있도록 마르크스주의를 적응시키는 것을 조건으로 한다.[7]

이로부터 30여 년이 지난 지금 마르크스주의는 여전히 갱신되지 못하고 있고, 세계 시간Weltzeit의 탈구脫臼 현상은 계속 악화일로를 걷고 있다. 탈구된 세계 시간은 "환원 불가능한 적대"를 양산할 수밖에 없다. 그렇지만 이것은 근본적으로 고금의 모든 문제의 출처라고 할 수 있다. 데리다가 (다소 뒤늦게) 마르크스(주의)와 대결하면서 구축한 이른바 "유령론hantologie"은 추측건대 바로 이 문제 지점을 타격하기 위한 기획이었다고 생각된다. 뉴욕 증권거래소에서 매일같이 개최되는 '평화 집회'와 예루살렘을 차지하려 도

7 자크 데리다, 『마르크스의 유령들』, 진태원 옮김, 그린비, 2014, pp. 129~30. 강조는 원저자.

처에서 벌어지는 '유혈 전쟁'은 하나의 동일한 사태Sachverhalt의 서로 다른 두 가지 현상 형식Erscheinungsform이다. 그것은 무슨 사태인가? 우리는 그 답을 알고 있다. 하지만 아마도 이렇게 바꿔 표현할 수 있으리라. 창조와 구원의 이접disjuncture, 혹은 계시의 이중 구속double-bind. 이는 탈구된 세계 시간의 지속을 구원사Heilsgeschichte의 관점에서 정치신학의 용어로 번역한 것이다. 동일한 견지에서 감히 주장하건대, "시간이 탈구되어 있다"는 셰익스피어의 문장은 성서의 다음 구절에 대한 패러디에 지나지 않는다.

> 이 묵시는 정한 때가 있나니 그 종말이 속히 이르겠고 결코 거짓되지 아니하리라. 비록 더딜지라도 기다리라. 지체되지 않고 정녕 응하리라.[8]

임박한 종말은 더디게 오지만, 굼뜬 종말은 돌연 도래할 수 있다. 시간을 탈구시키는 것은 가능한 종말론의 가공할 핍진성이다.

6.

최후 종말의 상상계로부터 결코 자유로울 수 없는 인류는 다만 기다릴 수밖에 없다. 하지만 무엇을? 종말 그 자체를 기다린다는 것은, 엄밀히 말해서, 어불성설이다. 우리가 기다리는 것은 구원 혹

8 구약성서, 「하박국」 2장 3절. 개역한글 성서의 번역을 따랐다.

은 정의justice, 아니면 둘 다라고 해야 옳을 것이다. 종말은 어디까지나 구원의 성취여야 하고 또한 정의의 실현이어야 한다. 그렇지 않으면 그것은 전적으로 무의미하다. 그런데 종말을 구원 및 정의와 결속시켜주는 하나의 이름이 존재한다. 그 이름은 바로 메시아Messiah다. 잘 알려져 있다시피, 이 형상figura은 데리다 유령론의 본체에 해당한다. 유령론의 주창자는 이렇게 주장한다.

> 기대의 지평 없는 기대, 아직 기다리지 않는 또는 더 이상 기다리지 않는 것에 대한 기다림, 유보 없는 환대, **도착하는 이**가 불러일으키는 절대적인 놀라움에 대해 미리 제시된 환영의 인사. 우리는 이러한 도착하는 이에 대해 어떤 반대급부도 요구하지 않고, 영접의 권력과 어떤 길들임의 계약(가족, 국가, 영토, 지연이나 혈연, 언어, 문화 일반, 인류 자체)을 맺도록 요구하지도 않으며, 모든 소유권, 모든 권리 일반을 포기하는 **정당한** 개방, 도래하는 것에 대한, 곧 기다릴 수도 없는 것 **그 자체**이며 따라서 미리 인지할 수도 없는 사건에 대한, 타자 자체로서 사건에 대한, 항상 희망에 대한 기억 속에서 빈자리를 남겨두어야 하는 그녀 또는 그에 대한 메시아적인 개방만을 제시해야 한다. 이러한 메시아적 개방이야말로 유령성의 장소 그 자체다.[9]

9 자크 데리다, 『마르크스의 유령들』, pp. 140~41. 강조는 원저자.

요컨대 "메시아적 개방"은 파탄 난 인간적 시간, 즉 런던/뉴욕의 화기애애한 거래와 예루살렘의 잔학무도한 살해가 긴밀히 공조하여 내처 결딴내고 있는 세계-무대를 복구할 수 있는 (아마도) 유일한 방책이다. 그러나, 데리다 자신도 서둘러 인정했듯이, 이 방책은 (악)무한과 불가능의 폭풍우가 몰아치는 바다 위에서 위태롭게 항해 중인 한 척의 작은 범선에 불과하다. 모든 증권거래소의 독실한 신자는 아마도 이 범선(의 모형)을 근사한 장식품으로 애용할 수 있을 것이다.

7.

데리다가 요청한 "메시아적 개방"은 메시아주의에 대한 일종의 메타비판이다. 미국의 유대인 정치철학자 마이클 왈저Michael Walzer에 따르면, "메시아주의는 서양 정치의 위대한 유혹이다. 그 원천과 자극은 출애굽 행군에서 드러나는 끝없음이다."[10] 출애굽Exodus이란 무엇인가? 한마디로 신화에서 정치로의 이행이다. 다시 말해 억압과 미몽의 광야를 떨치고 나와 투쟁과 음모의 미로 속으로 들어가는 것이다. 이집트 황제를 이긴 모세의 기적을 직접 목격한 히브리 민족은 향후 다윗과 솔로몬의 예외적인 영광에 참여할 수 있었고, 이 독일무이한 경험은 후세 유대인의 가슴에 메시아를 향한 열망의 불을 지폈다. 왜냐하면 안타깝게도 이들은 출

10 마이클 왈저, 『출애굽과 혁명』, 이국운 옮김, 대장간, 2017, p. 159.

애굽 이전 상태로 되돌아갔기 때문이다. 모세는 분명 메시아의 원상Urbild이라 할 수 있지만, 그 자신은 메시아가 아니었다. 그는 약속의 땅 가나안에 들어가지 못했고, 따라서 그곳을 이스라엘 신의 뜻에 따라 통치되는 나라로 완성할 수 없었다. 그렇기는 해도 모세는 시나이산에서 신으로부터 직접 계시를 받았고, 이 계시는 역사상 가장 강력한 법nomos의 이념을 탄생시켰다. 과연 모세의 법은 가장 급진적인 신법Theonomie이라 할 수 있다. 후대의 랍비에 의해 '할라카halakha'라는 명칭을 얻은 이 법을 철저히 준수하거나 반대로 완전히 일신하기 위해 끊임없이 서로 반목한 이력이 곧 유대 민족의 역사라고 해도 과언이 아닐 것이다. 그리고, 주지하다시피, 이 역사는 오늘날에도 면면히 이어지고 있다. 하지만 모세가 인도한 약속의 땅이 이른바 '젖과 꿀이 넘쳐흐르는' 영원한 지복의 세계가 아니라는 사실이 마침내 판명 났을 때, 그러니까 또 다른 이집트—바빌론과 로마—가 나타나 재차 그들을 굴복시켰을 때, 급기야 유대인은 역사 자체로부터의 탈출을 감행하기에 이른다. 이때 우리가 주목해야 할 인물이 예언자 에스라Ezra다. 이 예언자는 가히 모세에 필적할 만큼 중요하다. 그 이유는 무엇일까? 그가 모세의 계시라는 영점zero point을 초월적 우주론의 수직축과 민족적 심리학의 수평축으로 구성된 좌표계coordinate system로 확장시키는 데 성공했기 때문이다. 바꿔 말하자면, 에스라는 이스라엘 민족에게서 정치적 해방/독립의 가능성을 (영구히) 박탈하고 그 대가로 그들에게 유일신에 의해 선택된 유일 민족이라는 자부심,

즉 지상의 모든 역사적 현실을 초극하는 선민사상을 심어준 것이다. 19세기 말 시온주의Zionism가 발흥하고 곧이어 정치적으로 융성하기 전까지, 유대 세계에서 에스라의 업적에 대한 본격적인 설의設疑는 좀처럼 제기되지 않았다. 선민사상은, 비유하자면, 유대인의 마음에 새겨진 토라Torah라고 할 수 있다. 이 사상은 오직 '그분'만이 자신들을 다스릴 수 있다는 유대 신권정치theocracy 이념의 본산이다. 그리고 이 이념은 수천 년 전부터 지금까지 여일하게 유대 민족을 응집시키는 정신적/정치적 구심점 역할을 하고 있다. 결코 현실화될 수 없는 신권정치의 이념이 에스라의 손에 의해 현실 정치 및 권력의 역학 관계 안에 공고히 자리 잡을 수 있게 된 것이다.[11] 바로 이 역설이 메시아주의를 태동시켰다. (여기서 구체적으로 상론할 수는 없지만, 메시아주의와 시온주의 사이에 극복 불가능한 심연이 존재하는 이유는 바로 신권정치 이념 때문이다.) 유대인에게 신권정치와 선민사상은 역사와 외세의 온갖 압제를—대개는 정신적으로, 때로는 정치적으로—물리칠 수 있게 해주는 최후의 비기祕器였으며, 유대 역사에서 메시아주의는 이 비기를 공세적으로 사용할 때면 어김없이 나타나는 일종의 부작용에 가까운 것이었다.[12]

11 Gershon Weiler, *Jewish Theocracy*, Leiden: E. J. Brill, 1988, pp. 113~30 참조.

12 Amos Funkenstein, *Perceptions of Jewish History*, Berkeley: University of California Press, 1993, p. 134 참조.

8.
더 나아가 우리는 나사렛 예수를 메시아로 숭배하는 기독교 신앙, 더 정확히 말하자면 '카이사르의 것'과 '하느님의 것'을 준별하는 바울 사상의 맹아 역시 에스라의 예언에서 찾을 수 있다. 모세가 파종하고 에스라가 배양한 유대 신권정치의 이념은 그러나 바리사이파 '배교자'에 의해 세계 권력Weltmacht에 대항하는 혁명의 정치신학으로 급변하게 된다. 이것은 유대 철학자 야콥 타우베스Jacob Taubes의 해석이다. 그가 보기에 바울은 세상의 "그 어떤 개혁주의 랍비나 자유주의 랍비보다 훨씬 더 유대교적인 사람"이었다.[13] 그러니까 바울은 모세의 계보를 고스란히 잇는 적통 유대인이라는 것이다. 하지만 또한 타우베스는 바울이 "로마, 즉 세계-제국의 심장부인 로마 공동체 전체에 편지를 쓴 것은 그의 정치적인 천재성"의 발로였다고 평가한다.[14] 다음은 신약성서의 「로마서」와 그 저자에 대한 타우베스의 평가다.

> 잘못 읽힐 수도 있고 또 누구 손에 들어가게 될지도 알 수 없는 상황에서 로마 공동체에 이런 편지를 보낸 것은 정치적 선전포고였다는 사실을 강조하고 싶습니다. 검열관들은 바보가 아닙니다. 그런 식의 말들로 편지의 서두를 채워놓다니요. 경건하거

13 야콥 타우베스, 『바울의 정치신학』, 조효원 옮김, 그린비, 2012, p. 35.
14 같은 책, p. 44.

나 고요한 어조, 혹은 중립적인 어조로 쓸 수도 있었을 텐데, 이에 대한 고려는 전혀 없습니다. 따라서 저의 테제는 이렇습니다. '이러한 의미에서 「로마서」는 정치신학이며, 카이사르에 대한 정치적 선전포고다.'

바울은 [법과 종교라는] 동일한 문제에 대해 완전히 다른 어떤 것으로, 다시 말해 항의로, 가치의 탈가치화로 대답했던 사람입니다. 즉 지배자[황제]는 노모스가 아니라, 노모스 때문에 십자가에 매달린 사람[예수 그리스도]이라고 말한 겁니다. 이건 정말이지 엄청난 것이죠. 그리고 이에 비하면 다른 모든 시시한 혁명가들은 아무것도 아닙니다![15]

'열세번째 사도'의 등장과 더불어 유대 신권정치의 이념은 (세계) 제국과 (영구) 혁명을 아우르는 '정치적인 것das Politische' 자체의 핵심 사안으로 등극한다.[16] 그러니까 바울의 정치신학은, 철학자 알랭 바디우의 표현을 빌리자면, 말 그대로 세계를 두 동강 낸 것이다. 아닌 게 아니라, 세계사적 관점에서 이 변화는 그야말로 결정적이다. 무엇보다 우리가 통상 '기독교Christentum'라는 명칭으로 가

15 같은 책, pp. 45, 63.

16 타우베스의 보고에 따르면, 언젠가 칼 슈미트를 찾아가 직접 대화를 나누었을 때, '정치적인 것'의 개념을 창안한 이 법학자는 그의 견해에 십분 동의했다고 한다. 같은 책, pp. 124~25 참조.

리키는 보편적인 종교운동 및 제도 복합체는 다름 아닌 이 변화에 의해 탄생했기 때문이다. 그런가 하면 데리다의 "메시아적 개방" 역시 타르수스Tarsus 출신의 유대교 이단자가 없었다면 출현할 수 없었을 사상이다. 벤야민 지파 출신의 사도와 베를린 태생의 "청년 벤야민"에게 그러했듯, 알제리 출신의 유대 사상가에게도 분명 "메시아적인 것은 실재적인 것"이었으리라.[17]

9.

「종교로서의 자본주의」를 쓴 바로 그해에 벤야민은 훗날 그의 저작 중 가장 난해하다고 평가받게 될 짧은 텍스트를 집필한다. 그것은 「신학적-정치적 단편」이다. 타우베스가 「로마서」 8장의 "가장 정확한 거울쌍"[18]이라 일컬은 이 글에서 우리는 이런 문장들을 마주치게 된다.

> 세속적인 것의 질서는 행복의 이념으로부터 기운을 얻을 수 있다. 이 질서가 메시아적인 것과 맺는 관계는 역사철학의 본질적인 학습극學習劇, Lehrstück 가운데 하나이다. 더 정확히 말하자면 이 관계에 의해 모종의 신비주의적인 역사관이 제시되는데, 이 역사관의 문제는 하나의 이미지를 통해 설명할 수 있다. 만약

17 같은 책, p. 175.
18 같은 책, p. 165.

하나의 화살표가 세속적인 것의 힘Dynamis이 작용하는 목표 지점을 가리키고, 다른 화살표가 메시아적 강렬함Intensität의 방향을 가리킨다면, 행복을 추구하는 자유로운 인류는 당연히 이 메시아적 방향으로부터 멀어지려 할 것이다. 하지만 자신의 방향에 따라 움직이는 하나의 힘이 반대 방향의 힘[반작용]을 초래할 수 있는 것처럼, 세속적인 것의 세속적인 질서 역시 메시아 왕국의 도래를 초래할 수 있다. 그러니까 세속적인 것은 비록 메시아 왕국의 범주는 아니지만 엄연한 하나의 범주이며, 그것도 가장 적확한 범주들 가운데 하나로서 메시아 왕국의 지극히 고요한 접근을 암시한다.[19]

이 지점에서 우리는 볼테르의 런던 스케치를 상기할 필요가 있다. (파산한 사람을 제외한) 모두가 흡족한 그곳, 즉 증권거래소는 "세속적인 것의 세속적인 질서"가 실로 탁월하게 구현되는 장소라 할 수 있다. 그곳은 "인간의 편의를 위해 모든 나라의 대표가 모여" 있는 곳이기 때문이다. 일찍이 바울이 창조한 세계 균열은 오늘날 자본주의 종말론에 의해 말끔히 봉합된 듯 보인다. 그러나 실제로 이 봉합은 (거의) 최종 단계에 다다른 (듯 보이는) 세계 내전의 부대 효과라고 보는 편이 옳을 것이다. 왜냐하면 "종교로서

19 발터 벤야민, 「신학적·정치적 단편」, 『역사의 개념에 대하여/폭력비판을 위하여/초현실주의 외』, p. 130. 원문과 대조하여 번역을 수정했다.

의 자본주의"가 창조해낸 "전체로서의 국가-금융 연계"에 의해 국가 주권에 기초한 국제법이 사실상 무력화되었기 때문이다.[20] 미상불 이제는 "진정한 제한을 가함이 없이 전쟁을 폐지시키는 것은 [……] 아마도 가장 나쁜 종류의 [……] 파괴전만을 초래"할 거라는 칼 슈미트의 예언성 경고가 당당히 진리의 지위를 차지하는 상황이 되었다.[21]

10.

거듭 말하거니와, 자본주의 종말론의 본질은 시간을 압착하는 데 있다. 과거는 급속도로 폐기되고, 미래는 무섭도록 빨리 채굴되며, 현재는 성립하는 순간 증발한다. 이런 시간 체계 안에서는 누구도 타자와 미래를 믿을 수 없다. 다시 말해 자본주의는 믿음과 도전의 가능성을 원천 봉쇄하고, 오직 타성과 도박의 무한 연쇄만을 허락하는 것이다. 현대의 프랑스 이론가 루이 알튀세르는 언젠가 홉스의 『리바이어던』을 분석하는 과정에서 슈미트의 정치신학에 육박하는 통찰에 다다른 바 있는데, 이는 곧 자본주의 종말론의 핵심을 포착하는 통찰이기도 하다.

문제는 공격하는 것이다. **불신하는 인간은 공격하는데, 왜냐하**

20 데이비드 하비, 『자본주의와 경제적 이성의 광기』, p. 319.

21 칼 슈미트, 『대지의 노모스』, 최재훈 옮김, 민음사, 1995, p. 296.

> **면 그는 장래를 선취하기 때문이다. 그는 스스로 공격하면서 타자의 공격을 선취한다.** 전쟁은 인간적인 것이 되었다. **따라서 모든 인간적 전쟁은 본성상 예방적인 전쟁이다.** 이렇게 되면 더 이상 재화가 쟁점이 아니며, 인간은 지배하기 위해, 적수를 굴복시키기 위해 싸운다. 물질적 재화는 유보되는데, 왜냐하면 진정한 전쟁의 쟁점이 아니기 때문이다. 장래의 계산이 쟁점으로서의 재화에서 적수의 능력으로 이동하게 만든다.[22]

"장래의 선취"에 능통한 인간이든 미래를 저당 잡힌 인간이든, 전쟁에 함몰된다는 점에서는 동일하다. 이처럼 "타자의 공격을 선취"하기 위해 벌어지는 예방 전쟁은 자본주의 종말론의 현실태 actus로서, 이로부터 자유로울 수 있는 존재는 모든 미래를 박탈당한 존재, 즉 이교도뿐이다. 말할 것도 없이 이 전쟁은 슈미트가 "가장 나쁜 종류의 파괴전"이라 부른 것, 즉 세계 내전으로 비화하는 데 최적의 조건을 갖추고 있다. 왜냐하면 무엇보다 이 전쟁은 평화롭고 자유로운 분위기에서 수행되기 때문이다. 그리고 이 전장에서는 제아무리 심각한 종말이라도 출현하는 즉시 무한소 단위로 깔끔하게 압축-처리된다. 이제 종말은 단지 맹랑한 음모가 되었다.

22 루이 알튀세르, 『알튀세르의 정치철학 강의』, 진태원 옮김, 후마니타스, 2019, p. 546. 강조는 원저자.

10. 문헌학의 파레시아
—상아탑의 (재)건축을 위하여

평생 쉼 없이 애쓴 결과, 소크라테스만이 유일하게
자신이 무지하다는 사실을 깨달았다.
이제는 고등학생조차 모두 그 사실을 안다.
이게 어떻게 그리 쉬운 것이 되어버렸을까?
—앨런 블룸

1. 무지와 비판

1978년 5월 27일, 파리 소르본 대학에서는 20세기의 소크라테스가 강연을 하고 있었다. 우리에게 알려진 그의 필명은 미셸 푸코다. 이날 그의 강연 주제는 "비판"이었는데, 이 단어는 그가 이룬 모든 업적을 축약하는 가장 적절한 말이라 할 수 있다.

> 성서, 법 권리, 학문, 그리고 성서, 자연, 자기와의 관계, 또 권위, 법률, 독단적 권위가 비판의 적용 지점입니다. 우리는 통치화와 비판의 상호 작용, 이 둘의 관계가 어떻게 문헌학, 성찰, 사법적

> 분석, 방법론적 반성 등과 같이 서양 문화사에서 중대한 현상들을 야기했는지 알게 됩니다. 하지만 무엇보다도 우리는 권력, 주체, 진실을 서로 연결시키거나 이 중 하나를 다른 두 가지와 연결시키는 관계망이 본질적으로 비판의 진원지라는 것을 알 수 있습니다.[1]

주어진 모든 연결을 의심하고 그 압박에 불복종하는 일이야말로 비판의 핵심이라는 푸코의 가르침은, 지극히 아이러니하게도, 대학이라는 문제적 연결사連結詞를 통해 박학하고 무지한 뭇 학생의 영혼에 깊숙이 주입되었다. 반세기 전까지는 그런 일이 가능했고, 실제로 종종 일어났다. 그러나 이제는 모든 학생이 대학은 더 이상 문제적이지도 매개적이지도 않다는 사실을 너무나 잘 안다. 물론 오늘날에도 대학은 연결하고 있다. 그러나 이 연결의 대상은 인적자원과 자본-기계일 뿐, 무지한 소크라테스와 박학한 고등학생이 아니다.

1 미셸 푸코, 『비판이란 무엇인가?/자기수양』, 오트르망 심세광·전혜리 옮김, 동녘, 2020, p. 47.

2. 대학의 마지막 불씨

서두르면서, 하지만 끈덕지게, 상아탑을 (재)건축해야 한다. 짧지 않은 내력을 가진 이 요청은 원체 절박했으나, 오늘날에는 가히 백척간두의 위기로 내몰렸다 해도 과언이 아니다. 하지만 혹자에게는 당장 이런 의문이 떠오를 것이다. '상아탑은 애초부터 쓸모없는 것이 아니었는가? 도대체 아무런 쓸모도 없는 것을 무엇 때문에 (다시) 만들어야 한다는 말인가?' 추측건대 이처럼 냉소적인 시선을 견지한 사람이 아니라 해도, 상아탑을 (재)건축해야 한다는 주장에 대해서는 고개를 갸우뚱거릴 공산이 크다. 대관절 상아탑의 존재 이유는 무엇이며, 어디서 그것을 찾을 수 있을까? 이 물음에 답하기 위해서는 우선 두 가지 경우를 나눠서 생각할 필요가 있다. 상아탑을 처음으로 건축해야 하는 경우와 재건축해야 하는 경우다. 후자라면 상아탑이 이미 존재한다는 사실이—부지중이건 의식적으로건—자연스러운 전제 조건으로 성립할 것이며, 반대로 전자라면 상아탑은 지금까지 전혀 존재한 적이 없었다는 다소 뜻밖의 결론을 논의의 출발점으로 삼아야 한다. 따라서 문제는 이런 것이다. '상아탑은 존재했는가, 혹은 (여전히) 존재하는가?' 그러나 이 질문에 대한 답은 즉석에서 누구나 쉽게 제시할 수 있을 것이다. 상아탑은 존재했고, 지금도 엄연히 존재한다. 그렇다면 그 증거는 무엇인가? 법적-사회적 제도로서 버젓이 현존하고 있는 수다한 대학이 그 증거다.

그렇다. '상아탑'은 대학의 별칭이다. 모두가 이 비유trope를 알고 있으며, 또한 자명한 것으로 받아들인다. 그런 까닭에 가령 대학의 위기는 곧잘 '상아탑의 위기'라는 표현으로 환칭換稱되는 것이다. 하지만 바로 여기에 모종의 함정 혹은 인식론적 맹점이 숨어 있다. 그 유래를 따져볼 때, 상아탑은 세속의 관심사를 완전히 떠나 학문과 예술의 어떤 경지에 이르기 위한 노력을 경주하는 공간을 뜻한다. 오랜 세월에 걸쳐 '쓸모없다'는 조롱의 화살이 거의 주기적으로 상아탑을 향해 쏟아져온 것은 바로 이 때문이다. 이에 반해 현시대의 대학은 예컨대 '산학협력단'이라는 내부 기관의 명칭과 이 기관이 대학 내에서 차지하는 위압적인 위상에서 잘 알 수 있듯이, (거의) 모든 노력을 속세의 사업에 투자하고 있다. 물론 대학이 경제적 이익을 추구하는 것 자체를 비난할 필요는 없다. 하지만 오직 그러한 추구에만 몰입하려 한다면, 대학은 상아탑이라는 별칭을 거부하거나 적어도 포기해야 마땅하다. 만약 대학이 상아탑이라는 명칭을 끝내 고집하면서 동시에 산학협력단을 자신의 핵심 기구로 육성시키려 한다면, 그러한 분열적인 지향은 파멸적인 결과를 초래할 개연성이 아주 높다. (실제로 그러한 조짐은 벌써 뚜렷이 감지되고 있다.) 오늘날 대학의 위기는 본질상 경제적인 위기이며, 이것은 (근본적인 의미에서의) 상아탑과는 아무런 상관 없는 일이다. 이것은 결코 사소한 구별이 아니다. 상아탑에 대한 세간의 인식(이라기보다는 차라리 통념)이 얼마나 부정적인지와 무관하게, 다시 말해 그러한 흐름에 초연하면서, 대학은 할 수 있는 한 가장 엄숙하고 절박한 태도로 그 명칭을 받아들여야 한다. 만약 그럴 수 없거나 혹여 그렇게 하고 싶지 않다면, 정직하게 그 이름과 깨끗이 결별하는 편이 옳을 것이다. 그렇지만 결코 부정할 수 없는 역사가 있다. 그것은 한때나마 대학이 상아탑의 근거지 혹은 (적어도) 근처로서 제대로 기능했다는 사실이다. 물론 그 기능은 지극히 미약하고 산발적인 양태로만 발휘되었으며, 그마저도 지금은 거의 가동 중단 상태에 가깝다. 요컨대 상아탑은 분명 존재했고 지금도 존재한다. 하지만 그것의 현재 외양은, 비유를 허락한다면, 꺼져가는 마지막 불씨를 간신히 붙잡고 있는 잔불과도 같다. 그러니까 상아탑의 (재)건축은 이 불씨를 지키고 더 나아가 (가능한 한) 크게 키우는 일과 다르지 않다.

잠시나마 혹은 간헐적으로 대학을 상아탑으로서 존립하게 해주었던 '마지막 불씨'를 나는 '문헌학Philologie'이라는 이름으로 부르려 한다. 바꿔 말하자면 상아탑의 존재 이유는 (1차적으로 그리고 최종적으로) 문헌학에서 찾을 수 있고 찾아(져)야 한다. 누구나 쉽게 예측할 수 있듯, 여기서 도입된 문헌학의 개념은 고문서나 희귀 문헌 혹은 고전 작품을 수집-편집-주해하는 일련의 고루한 실천과는 거의 아무런 관련이 없다. (물론 그러한 실천은 그것대로 지속되어야 한다.) 그보다는 차라리 이 개념을 축자적으로 해석하는 편이 나을 것이다. 즉 해당 단어의 그리스어 어원을 보자면, 문헌학Philologie은 '로고스logos에 대한 사랑philia'을 가리킨다. 또한 이 말의 동아시아 번역 형태를 분석하자면, 문헌학文獻學은 말 그대로 '글을 바치는 법을 배우는 일'이다. 따라서 이 개념에서 핵심 사안은 결국 '로고스란 무엇인가'라는 참으로 고전적인—그래서 식상하고 진부하게 느껴지는—물음이다. 나아가 로고스에 대한 성찰을 전개하는 과정에는 '어떤 존재에게 어떤 글을 어떻게 바칠 것인가'라는 근본적-상황적 고민이 시종일관 활시위처럼 팽팽하게 당겨져 있어야 한다.

여기서 글이란 사사로운 감정 토로에서 중차대한 공적 의견 표명까지, 다시 말해 일기와 선언의 양극단 사이에서 명멸하는 온갖 발화-언표를 두루 포괄하는 언어활동을 가리킨다. (입말과 글말의 차이는 제쳐두도록 하자.) 즉 문헌학은 한편으로는 기초존재론Fundamentalontologie과, 다른 한편으로는 상황 윤리situation ethics와 긴밀히 연동되는 정신-언어활동이다. 이러한 의미에서의 문헌학은 따라서 미셸 푸코가 운위했던 '비판'에 아주 가까운, 아니 사실상 그것에 오롯이 포개어지는 행위라고 할 수 있다. 다시 말해 이 글에서 소개하려는 문헌학은 "자신이 알지도 못하고 또 도달할 수도 없는 어떤 미래 혹은 어떤 진실을 위한 수단이자 방법이며, 자신이 잘 관리할 수 있기를 바라지만 법을 제정할 능력은 없는 영역을 향한 시선"을 줄기차게, 그리고 집요하게, 던지는 일이다.[2] 그러니까 이것은 대학 내에 공식적으로 설립된 기존의 분과 학문 및 이들 간의 (준準-제도적) 교섭/통섭 속에서 (혹은 곁에서) 잠행

2 같은 책, pp. 40~41.

하는 방식이 아니면 실현될 수 없는 기획이며, 본질상 대항-실천이다. 더는 이익 단체와 구별할 수 없게 된 언론이 무한대의 공론장을 창조하고 또 연일 갱신하는 최첨단의 매체 기술과 노골적-적대적으로 공존하면서 가짜 뉴스의 창출에 몰두하고 있는 오늘날, 대항-실천으로서의 문헌학(의 가능성)을 보장해줄 수 있는 공간은 대학 바깥에서는 찾을 수 없는 듯 보인다. 요컨대 대학은 문헌학을 포용하고 보호할 수 있는 최후의 방벽이며, 만약 그렇지 않다면 그렇게 되어야만 한다. 거꾸로 상아탑의 (재)건축은 문헌학의 생존 및 성장에 달려 있다.

이어서 소개할 세 가지 문헌학적 투쟁은 실제로 상아탑의 (재)건축을 가능하게 만든 역사적 사례다. 이 사례들을 통해 우리가 지켜야 할 것이 무엇이며, 또 해야 할 일이 무엇인지에 대한 지침을 세울 수 있기를 소망한다.

3. 프로이트, 최후의 고요함

1987년 독일 하이델베르크 대학에서 생애 마지막이 될 강연을 펼치던 야콥 타우베스는, 이야기의 막바지에 이르러 지크문트 프로이트의 한 저작에 대해 이런 언급을 남긴다.

이 글이 1930년대에 쓰여진 여타의 책과 달리 아주 유려한 문체

> 로, 내면의 자유를 누리면서 쓰여졌다는 사실에 각별히 주목해 주시길 부탁드립니다. 하이데거나 슈미트가 이 시기에 쓴 글을 한번 읽어보세요. 온통 흥분해서 난리를 치고 그러죠. 이에 비해 프로이트의 이 최후의 고요함, 이 투명한 문체를 한번 보세요. 이 테제들 자체에 대해서도 이야기할 게 더 있을 겁니다. 제가 한 가지 꼭 짚어보고 싶었던 점은, 이 시기에 독일어의 고향은 도대체 어디였을까, 하는 것이지요.[3]

여기서 타우베스가 말하는 프로이트의 글은 『인간 모세와 유일신교 *Der Mann Moses und die monotheistische Religion*』다. 본격적으로 유대 민족을 박해하기 시작한 독일/오스트리아의 권세가를 피해 영국에서 망명 중이던 프로이트는 오랜 번민 끝에 이 책을 출간한다. 정신분석학의 창시자는 무엇 때문에 그토록 괴로워했는가? 그것은 문제의 그 글이 유대 민족의 창시자로 숭앙받는 지도자 모세를 이집트인, 다시 말해 비非유대인으로 규정하고 있기 때문이다. 이는 곧 자신이 속한 유대 민족의 역사적-집단적 정체성을 정면으로 부정하는 행위였다. 더욱이 그 글이 공표된 시점(1939년)과 당시 유럽의 정치적 상황(나치즘과 파시즘의 전횡)을 고려할 때, 그 책을 기어이 출간한 일은 프로이트가 전 세계의 유대인에게 자신을 민족 반역자라 불러달라고 자처하는 것과 다를 바 없었다. 게다가 이집

3 야콥 타우베스, 『바울의 정치신학』, 조효원 옮김, 그린비, 2012, pp. 214~15.

트 민족은 모세가 등장하던 시점에 유대(≒히브리) 민족을 다스리고 있었으므로, 그 주장의 정치적 함의는 더욱 위험한 뉘앙스를 내포할 수밖에 없었다. 누구보다 프로이트 본인이 이 사실을 잘 알고 있었다. 그럼에도 불구하고 그는 전 세계를 향해 모세는 이집트인이었다고 소리 높여 외쳤던 것이다. 이것은 실로 엄청난 문헌학적 투쟁이라 하지 않을 수 없다. 앞서 언급한 정치적-사회적 맥락을 제쳐두더라도, 그것은 유대교와 기독교라는 두 보편 종교의 근간을 뒤흔들려는 대담한 도전이었기 때문이다. 미국의 유대인 역사가 요세프 하임 예루샬미Yosef Hayim Yerushalmi가 지적한 대로, 본래 역사 소설historischer Roman로 구상되었던 이 '학술 논문'이 "변명, 망설임, 반복으로 점철되어" 있는 것은 거의 당연한 소치였다.[4]

그런데 이처럼 불완전하고 불안한 형식 속에 논쟁적인 주장을 담은 프로이트의 이 글을 두고, 타우베스는, 정말로 기이하게도, "최후의 고요함"을 담은 "유려"하고 "투명한 문체"로 쓰였다고 평가한다. 이 평가 자체에도 논란의 여지가 없지 않지만, 일단 여기까지는 (소극적으로나마) 동의할 수 있다고 하자. 진짜 문제는 이어지는 물음에서 등장한다. 하이델베르크 대학에 모인 청중—아마도 대부분 독일인이었을 것이다—을 향해 타우베스는 이렇게 묻는다. '나치즘의 시대에 독일어의 고향은 어디였을까요?'

4 요세프 하임 예루샬미, 『프로이트와 모세』, 이종인 옮김, 즐거운상상, 2009, p. 44.

사실 이것은 질문이 아니다. 타우베스의 주장은 히틀러를 향해 충성을 맹세하고 찬양을 바치던 뭇 독일인—하이데거와 슈미트는 이들의 대표로서 소환되었다—의 글이 아니라, 늙은 실향민 프로이트의 글이야말로 그 시기 "독일어의 고향"이었다는 것이다. 이것은 매우 충격적인 진술이며, 격렬한 해석 투쟁을 유발하고도 남을 만한 테제다. 이 주장을 제출함으로써 타우베스는 한편으로 아리안 민족 신화의 잔재를 말끔히 제거하려는 시도를 한 셈이며, 다른 한편으로 유대 민족의 선민사상을 완전히 무너뜨리려 했던 프로이트의 모험을 속개한 것이다. 제 민족을 절멸시키려 한 아리안 민족의 후예 앞에서, 그 철천지원수의 정신적 모태인 독일어의 고향을 자기 민족의 배신자가 쓴 글에서 찾을 수 있다고 주장한 유대인 철학자. 프랑스어, 영어, 히브리어를 비롯한 여러 언어를 즉석에서 구사하는 데 전혀 어려움이 없었던 타우베스가 이 주장을 할 때 사용한 언어 역시 독일어, 더 정확하게는 프로이트의 독일어였다. (물론 타우베스의 독일어가 프로이트의 그것에 필적할 만한 "최후의 고요함"을 담고 있는 것 같지는 않다. 오히려 그의 언어는 사뭇 역설적이게도 슈미트의 독일어에 훨씬 더 가까워 보인다.)

프로이트와 타우베스의 독일어 안에서 우리는 문헌학의 불씨가 크게 타오르는 장면을 발견한다. 다시 말해 먼 후대이자 (불청객 같은) 독자인 우리—유대인과 비유대인을 아우르는—모두에게 바쳐진 두 사람의 말과 글은 로고스에 대한 사랑으로서의 문헌학의 전범을 보여준다. 프로이트의 정신분석학이 한 세기가 넘는 세월에 걸쳐 전 세계 거의 모든 대학의 가장자리에서 꾸준히 존재감을 드러내고 있다는 사실은 결코 우연이 아니다. 바꿔 말해 프로이트 정신분석학의 근저를 이루는 문헌학적 투쟁은 대학 안팎의 여러 학문 분과를 가로지르는 움직임을 가능하게 한 저력이라 말할 수 있다. 그리고, 상대적으로 미미한 움직임이지만, 타우베스 최후의 강연이 21세기 초 인문학 담론의 지각변동을 견인하는 중요한 역할을 담당하고 있다는 사실 역시 의미심장하다. 문헌학은 언어에 대한 사랑이다. 그러나 이 사랑은 언론이 항구적으로 설파하는 공감과 자비의 형식을 비껴가면서, 오직 증언과 저항의 실천 속에서만 실현되고 현시된다. 그리고 상아탑으로서의 대학은 오로지 이 사랑에 의해서만 구축되고 보수補修될 수 있다. 상아탑은 언제나, 끝까지, 오롯이 언어 안에서 그리고 언어에 의해 축성祝聖/築城되는 것이다.

예루샬미가 프로이트에게 (뒤늦게) 보낸 가상 편지에서 우리는 다음 구절을 읽을 수 있는데, 이를 통해 우리는 상아탑의 부지敷地가 어디인지, 어디여야 하는지 깨닫게 된다.

> 정신분석 운동은 역사적으로 유대적인 것이었습니다. 1934년 3월 8일, 선생님의 따님인 안나는 어니스트 존스에게 편지를 보내 정신분석학자들이 독일에서 달아나는 현상을 가리켜 "이것은 새로운 형태의 디아스포라"라고 말했습니다. 그리고 흥미롭게도 안나는 이런 말을 덧붙였습니다. "당신은 디아스포라의 뜻

을 아시지요? 예루살렘 신전이 파괴된 후 유대인이 온 세상으로 이산된 것을 말합니다."[5]

생애 마지막 강연에서 타우베스가 프로이트의 언어를 "독일어의 고향"으로 선포했던 장소, 즉 하이델베르크 대학은 독일 최고最古 대학의 명성을 자랑했으나 히틀러 세력에 의해 철저히 유린당한 다음, 제2차 세계대전 종전 이후 재건 과정에서 하이데거의 유대인 제자 칼 뢰비트Karl Löwith를 불러들인 곳이다. 다시 말해 그곳은 쫓겨난 유대인이 돌아와 독일(!) 철학을 가르치던 (일종의) 하이퍼-디아스포라였던 것이다.

4. 아우어바흐, 밑바닥의 움직임

프로이트의 임종을 전후하여 이스탄불에 체류 중이던 한 유대인은 이런 기록을 남겼다.

진실성에 대한 성서의 주장은 호메로스의 것보다 한결 절실할 뿐 아니라 폭군적이기도 하다. 그것은 다른 모든 주장을 배제한다. 성서 이야기의 세계는 역사적으로 진실한 현실임을 주장하

5 같은 책, p. 253.

는 것으로 만족하지 않는다. 그것은 그것이 유일한 현실 세계이며 전제권을 떠맡은 세계라고 고집한다. 모든 다른 장면, 쟁점, 의식 등은 이 세계에서 독립하여 나타날 권리가 없다. 그리고 이 모든 것, 모든 인류의 역사는 이 세계의 테두리 안에서 제자리가 주어지고 거기에 종속될 것임이 기약되어 있다. 성서 이야기는 호메로스 이야기처럼 우리의 비위를 맞추지 않는다. 우리를 즐겁게 해주고 매혹시키기 위해 우리에게 알랑거리지 않는다. 그들은 우리를 굴종시키려 한다. 만약 우리가 굴종을 거부하면 우리는 역적이 된다.[6]

여기서 언급된 성서는 더 정확히 말하자면 '히브리' 성서다. 그리고 구약성서의 절대적 주권성을 적시하는 이 목소리는 현대 비교문학의 창시자 에리히 아우어바흐Erich Auerbach의 것이다. 본디 로망스 문학 연구자였던 그를 비교문학의 창시자로 만들어준 저서가 바로 저 문장들을 담고 있는 『미메시스』(1946)다. 타우베스의 제자였던 종교사회학자 리하르트 파버Richard Faber는 언젠가 제 스승에 대한 소중한 기억 가운데 하나로 이런 일화를 들려준다. "1968년 무렵 어느 강의에서 타우베스는 사회학자 아르놀트 겔렌Arnold Gehlen의 『근원 인간과 후기 문화*Urmensch und Spätkultur*』를 자신이 읽은 책 가운데 최악이라고 말하며 바닥에 내동댕이치는 듯한 시

6 에리히 아우어바흐, 『미메시스』 2판, 김우창·유종호 옮김, 민음사, 2012, p. 59.

늉을 했고, 그런 다음 반대로 자신이 가장 아끼는 책이라며 아우어바흐의 『미메시스』를 집어 들고서 마치 유대 경전인 토라라도 되는 양 품에 꼭 안고 키스했다."[7]

그러나 타우베스가 아우어바흐의 주저를 특별히 존숭한 것은 그 책이 다른 모든 진리 주장을 기각하는 구약성서의 절대적 우위를 유보 없이 옹호했기 때문이 아니다. 이유는 다른 데 있다. 즉 타우베스는 예일 대학 로망스어 문학 교수가 주창한 "스타일 혼합Stilmischung"의 원리에 매혹됐던 것이다. "스타일 혼합"이란 무엇인가? 그것은 "스타일 분리Stiltrennung"의 대당이다. 둘 다 아우어바흐가 직접 고안해낸 신조어다. 먼저 "스타일 분리"란 "일상생활의 리얼리즘이 숭고한 것, 비극적인 것 속으로 침투하도록 허용"하지 않는 작품 구성 원리를 뜻한다. 다시 말해 그것은 비루한 것과 고귀한 것을 철저히 갈라놓는 구성을 일컫는다. 반대로 "스타일 혼합"은 "숭고한 것, 비극적인 것, 문제가 있는 것"이 "바로 일상적이고 평범한 것 속에서 형성"되도록 만드는 구성 원리다.[8] 그리고 이 원리에 따라 창조된 대표적인 작품이 바로 구약성서다. 아우어바흐의 설명을 들어보자. "호메로스의 인물들은 싸움과 평화를 위해서는 에누리 없고 분명하게 표현할 수 있는 이유를 가지

7 Richard Faber, "Humilitas sive Sublimitas," in Martin Treml and Karlheinz Barck eds., *Erich Auerbach: Geschichte und Aktualität eines europäischen Philologen*, Berlin: Kadmos, 2007, p. 326 참조.

8 에리히 아우어바흐, 『미메시스』, pp. 68~69.

고 있지 않으면 안 되며 그것은 거침없는 전투 속에서 풀려나간다. 그러나 구약성서 인물들의 경우에는 항시 타오르는 질투, 일상적인 것과 정신적인 것 사이의 관계, 아버지의 축복과 신의 축복 사이의 관계 등이 갈등과 때로는 독으로 침투되어 있는 일상생활을 빚어낸다. 여기서는 신의 숭고한 영향력이 너무나 깊숙이 일상적인 것 속에 뻗쳐 있기 때문에 숭고한 것과 일상적인 것의 두 영역은 사실상 분리되어 있지 않을 뿐 아니라 기본적으로 분리할 수가 없게 되어 있다."[9] 요컨대 "스타일 혼합"은 신성의 숭고함이 일상의 범속함과 오롯이 합치되는 (초)현실적 장면, (비)허구적 사건을 가리키는 개념이라 할 수 있다.

그러나, 누구나 추론할 수 있듯이, 신의 숭고한 영향력이 비단 구약성서의 세계에만 국한될 리는 없다. 다시 말해 유대인 아우어바흐는 신약성서를 적극적으로 수용했다. 로마 병사에게 체포된 예수를 은밀히 뒤쫓은 베드로에 대해 비교문학자는 이렇게 진술한다. "불 곁에 서 있는 그를 향하여 한 하녀는 그가 예수의 무리의 한 사람이라고 말한다. 그는 이를 부인하고 눈에 띄지 않게 불 곁을 빠져나가려고 한다. 그러나 하녀는 그를 지켜보고 있었던 듯 바깥뜰까지 그를 따라 나와 같은 말을 되풀이하고, 주변에 있던 몇몇 사람이 이 말을 듣게 된다. 그는 되풀이하여 부인하지만, 그의 갈릴리 사투리가 표가 나고 사태가 위태로워진다."[10]

9 같은 책, pp. 69~70.

베드로는 역사상 가장 위대한 메시아의 수제자였다. 그러나 그는 대단치도 않은 위기에 봉착하자마자 너무 쉽게 자신의 주군을 부인하고 배신한다. 한낱 시골 어부에 불과했던 자신을 첫번째 제자로 삼아준 거룩한 신의 아들을 말이다. 그럼에도 불구하고 부활한 예수는 그를 책망하지 않았다. 예수의 묵인 혹은 용서 덕분인지 몰라도, 주군의 승천을 직접 목격한 이후 베드로는 비길 데 없는 초인적 카리스마를 지닌 사도로 변신하여 예루살렘 교회를 이끄는 수장이 되었고, 이후 로마에서 순교로 생을 마감했으며, 사후에는 후대 기독교인들에 의해 초대 교황으로 추대되기에 이른다. "그는 가장 높고 깊고 비극적인 의미에서 인간의 전형을 대표한다."[11] 아우어바흐는 이렇게 결론짓는다. "그러한 배경에서 나온 비극의 주인공, 그러한 약점을 가진, 바로 그 약점에서 가장 높은 힘을 얻는 영웅, 그와 같은 진자의 흔들림은 고대의 고전문학의 숭엄한 스타일과는 양립할 수 없는 것이다."[12]

이렇게 질문할 수 있다. 아우어바흐가 구약성서와 신약성서에서 나란히 발견한 '스타일 혼합'은 어떤 의미에서 '문헌학적 투쟁'이라 할 수 있는가? 이 질문에 대답하기는 어렵지 않다. 프로이트가 모세에 대한 연구를 통해 시도했던 바로 그 일을 아우어바흐는 "스타일 혼합"의 관점에서 서구 문학 전체를 개관함으로써 성

10 같은 책, pp. 92~93.

11 같은 책, p. 93.

12 같은 책, p. 95.

취하려 했다. 즉 그의 『미메시스』는 히틀러의 문헌학자들이 날조한 아리안 이데올로기에 맞서, 유대교와 기독교의 역사적-본질적 연속성을 (재)확립하고 이를 통해 보편적 휴머니즘의 영토를 지키려 한 고투의 산물이다.[13] 아우어바흐의 휴머니즘은 인종을 막론하고 높은 신분의 인물이 겪는 비극적 운명에 대해 비판적인 거리를 취한다. 대신 그것은 "밑바닥의 일반적인 움직임"에 관심을 쏟는다. 그에 따르면, "이 밑바닥의 움직임은 처음에는 거의 표면의 아래에만 잠겨 있다가, 점차(「사도행전」은 이런 변화의 단초를 보여준다) 역사의 전경에 나타나고, 급기야 무한한 의미를 갖는 것이 되고 모든 사람의 관심사임을 주장하게 된다."[14] 이렇게 말하면서 아우어바흐가 염두에 둔 것은 그러나 마르크스의 계급투쟁이 아니었다.

대신 그가 주목한 것은 "예표figura" 개념이었다.[15] 만년의 프로이트가 자신의 모세론을 마지막으로 탈고하던 바로 그때, 즉 1939년에 아우어바흐는 「예표」라는 제목의 긴 논문을 발표한다. 예표란 무엇인가? 예표는 상징과 알레고리 사이에 존재하는 언어 형

13 Avihu Zakai, *Erich Auerbach and the Crisis of German Philology: The Humanist Tradition in Peril*, Cham: Springer, 2017, pp. 37~48; David Weinstein and Avihu Zakai, *Jewish Exiles and European Thought in the Shadow of the Third Reich*, Cambridge: Cambridge University Press, 2018, pp. 193~264 참조.

14 에리히 아우어바흐, 『미메시스』, p. 95.

15 『미메시스』의 한국어판 번역자들은 "figura"를 '비유'로 번역했는데, 아우어바흐가 명시한 의도를 고려했을 때 부적합한 선택이라 생각된다.

식이다. '상징'이 내재와 초월의 무시간적-보편적 관계를 상정하는 기호라면, '알레고리'는 현세적 사물, 사건, 인물 들 사이에서 모종의 예기치 않은 관계를 별안간 창조하는 언어활동이라 정의할 수 있다. 따라서 상징이 다분히 초문화적-초시대적 지향을 표출하는 데 반해, 알레고리는 문화적 특수성, 시대적 제한성, 개별적 자의성을 기본 특징으로 갖는다. (물론 이 구분이 항상 뚜렷하진 않다.) 이들과 달리 '예표'는 유대-기독교적 해석의 지평을 전제하는 한에서만 운위될 수 있는 개념이다. 즉 그것은 구약성서에서 묘사된 사건이 신약성서의 사건을 예고하며, 거꾸로 후자가 전자의 완성을 의미하는 사태를 지시한다. 간단히 말해 예표는 약속과 성취의 관계를 표현하며, 이 관계는 오직 유대-기독교적 신의 섭리를 신뢰하는 한에서만 실현될 수 있다(예표 문학의 대표적인 사례로 아우어바흐가 꼽는 것은 단테의 『신곡』이다).[16]

회당의 율법을 신봉하지 않았고 또한 교회의 세례를 받지도 않았던 유대인 아우어바흐는 아리안 문헌학의 야만적인 공세에 직면하여, 유대교-기독교의 연합을 서구 휴머니즘의 근간을 이루는 정신적 유산으로 (재)창조하려 분투했다.[17] 『미메시스』와 「예

16 Erich Auerbach, *Gesammelte Aufsätze zur romanischen Philologie*, Tübingen: Narr Francke Attempto Verlag, 2018, pp. 55~90 참조.

17 아리안 이데올로기의 젖줄 가운데 하나로 그리스 애호를 들 수 있는데, 이와 관련하여 아우어바흐가 호메로스와 구약성서를 대비시킨 것은 꽤 시사적이다. 근대 독일의 그리스 애호 전통에 대해서는 Suzanne L. Marchand, *Down from Olympus: Archaeology and Philhellenism in Germany, 1750~1970*, Princeton:

표」는 그러한 문헌학적-이데올로기적 투쟁이 낳은 위대한 걸작이다. 프린스턴 대학 출판부에 의해 영역된 『미메시스』가 출간 직후부터 미국 인문학계에 비교문학 돌풍을 일으켰다는 사실은 괄목할 만하다. (그런데, 기이하게도, 통상적이고 협소한 의미에서의 문헌학적 업적을 전혀 내지 못한 아우어바흐는 오늘날까지도 미국의 진지한 독자에게 유럽을 대표하는 문헌학자로 여겨지고 있다.)[18] 그러나, 정신분석학이 그러하듯, 전 세계적으로 비교문학은 아직(도) 곁다리 학문para-discipline, 그러니까 "밑바닥 움직임"에 불과하다.

5. 하마허, 문헌학을 위하여

정신분석학의 창시자와 비교문학의 창시자가 개시한 문헌학적 투쟁의 전통을 독창적으로 계승한 독일인이 있다. 그의 이름은 베르너 하마허Werner Hamacher다. 지난 2017년 작고한 이 문학이론가는 비판이론의 본산인 프랑크푸르트 대학에 비교문학과를 창설한 인물이다. 1960년대 말에 그는 베를린 자유대학의 페터 손디Peter Szondi에게 사사했으며, 이어 프랑스로 건너가 자크 데리다와 함께 공부했다. 하마허는 폴 드 만과 자크 라캉의 저서를 독일어로 옮

Princeton University Press, 1996 참조.

18 Hans Ulrich Gumbrecht, *The Powers of Philology: Dynamics of Textual Scholarship*, Urbana: University of Illinois Press, 2003, pp. 1~2 참조.

졌으며, 1984년부터 1998년까지 미국 존스홉킨스 대학에 재직하면서 라이너 네겔레Rainer Nägele, 데이비드 웰베리David Wellbery 등과 함께 1990년대 미국의 인문학 담론을 선도했다. (예컨대 그가 기획한 스탠퍼드 대학 출판부의 "자오선Meridian" 총서는 지금도 여전히 미국 인문학계에서 커다란 파급력을 자랑하고 있다.) 특히 프란츠 카프카와 발터 벤야민, 그리고 파울 첼란 연구에서 세계적인 명성을 쌓은 학자인 하마허는 말년에 이르러 '문헌학'의 이념에 대한 발본적-급진적 성찰에 자신의 모든 노력을 쏟았다. 이러한 그의 노력은 2009년과 2010년에 연달아 출간한 두 권의 소책자를 통해 빛을 보게 된다. 바로 『문헌학을 위하여*Für Philologie*』와 『문헌학을 향한 95개 테제*95 Thesen zur Philologie*』다.[19] 유대계 프랑스인 스승이 창안한 해체론의 본질을 가장 잘 꿰뚫어 보았으면서도 동시에 그 기획에 가장 불충했던 제자 하마허에게, 문헌학이란 데리다의 탈구축Deconstruction을 갱신하고 초극하는 작업을 의미했다.

두 권의 소책자 중 후자는, 누구나 쉽게 예상할 수 있는바, 종교개혁자 마르틴 루터를 둘러싼 (부당한) 권위에 도전하(려)는 책이다.[20] 문헌학자 하마허가 제출한 95개 테제 가운데 상아탑의 폐

19 이 두 소책자는 『문헌학, 극소』(조효원 옮김, 문학과지성사, 2022)라는 제목의 단행본으로 묶여 번역 출간되었다.

20 Peter Fenves, "The Category of Philology," in Gerhard Richter and Ann Smock eds., *Give the Word: Responses to Werner Hamacher's 95 Theses on Philology*, Lincoln: University of Nebraska Press, 2019, pp. 171~80 참조.

허 속에서 살아가는 오늘의 우리에게 가장 통절한 울림을 갖는 테제 두 개를 소개한다.

81.

통용되는 매체 이론은 하나같이 언어가 존재하지 않아도 매체는 존재할 수 있다고 가정한다. 언어란 여러 매체 가운데 하나라는 것이다. 그렇지 않다. 언어가 존재하지 않으면, 다른 어떤 매체도 존재할 수 없다. 언어는 모든 매체의 매체다. 매체들은 모두 나름의 특수한 방식에 따라 언어적이다. 이는 표정, 제스처, 건물의 공간 배치, 단지의 건물 배열, 색채 구성, 형상, 그림 액자, 모든 예술의 기술적 구성 등을 아우른다. 모든 매체는 취소Widerruf에 기초한다. 그것들은 자신이 파괴될 수 있고 이해받지 못하거나 오용될 수 있음을, 목적을 이룰 수 없음을, 목표에 다다를 수 없음을 아는 상태에서 출발한다. **궁극 원인**causa finalis이 아니라 **궁극 원인의 결여**causa finalis defecta가 그것들을 규정하고 또한 **비**규정*in*determiniert한다. 매체가 기능하는 것은 오직 기능하지 **않을**nicht 수 있는 덕분이다. 모든 매체는 자신의 미래가 아닌 미래, 즉 자신이 구성하거나 기획한 것이 아닐 수도 있는 미래, 자신이 상정하거나 접수하지 못할 수도 있는 미래와 관계한다. 자신의 아니Nicht와 관계하는 것이다.

매체가 언어로서 존재하는 이유는 자신의 실패를 예측하려 시도하면서, 또한 이 시도가 겪는 실패와 더불어 놀기 때문이다. 그것들은 제 가능성이 파괴되거나 해체될 수 있다는 사실과 더불어 작동한다. 이렇게 말해야 한다. 매체들은 자신의 비-작동성Nicht-Operationalität과 더불어 작동한다. 매체들은 자신의 비매체성Immedialität을 매체화한다mediieren.

'매체 연구media studies'가 자신과 자신의 대상이 [공히] 이처럼 탈조脫造, Distruktur로 이뤄져 있다는 사실을 인식할 경우, 그것은 문헌학이 된다.

90.

문헌학은 세계와 언어를 조작하려는 산업에 맞서 세계와 언어를 위해 세계 내전을 벌인다. 다시 말해 문헌학은 입막음에 맞서 싸우는 것이다. 따라서 문헌학은 자신이 가진 산업화 경향에 대해서도 싸울 준비를 하고 있어야 한다. 이 경향이 가진 가장 치명적인 형식, 마치 수면제나 마취 주사 같은 형식은 바로 저널리즘이다.[21]

1983년 30대 중반의 청년 하마허는 타우베스의 회갑 기념 논문집에 「해석의 약속Das Versprechen der Auslegung」이라는 제목의 글을 게재한 바 있다. 이미 이 글에서 우리는 하마허 특유의 문헌학적 지향을 읽어낼 수 있다. 그는 이렇게 적는다. "예언Divination 속에서 해

21 베르너 하마허, 『문헌학, 극소』, pp. 95~96, 107. 강조는 원저자.

석은 [기존에] 확립된 언어 체계 측에도, 반대로 이 체계를 개별적으로 적용하는 측에도 서지 않는다. 그것은 양측을 갈라놓는 바로 그 지점 위에 선다. **타자의** 담론의 작인作因, Agentin으로서 예언은 해당 담론에 의해 개시된 개체화Individualisierung의 과정을 관습의 체계에 비추어 다만 조심스럽게 이어나가며, 이와 동시에 그 담론의 독특성das Singuläre을 보편적인 담론으로 취합하려는 시도를 감행한다. 예언적 매개 운동이란 모든 기술Technik이 허탕 치는 곳으로 달려갈 수밖에 없으므로, 이 운동에서는 정확하게 규정할 수 있는 일체의 기술이 아무 소용 없다. 이 운동의 소실점은 역사의 끝에서 아무런 강제 없이 타자의 담론을 일자의 담론으로 이행시키는 메시아적 순간이다. 이 순간을 도래하게 하는 일은 그러나 해석의 권능Macht으로는 역부족이다. 그 순간을 사유하는 것은 이론가의 능력 밖의 일이다."[22]

이 "역부족"과 "능력 밖의 일"을 거듭 기억하는 것은 오늘날, 그리고 영원히, 이 세계의 "가장 치명적인 형식"에 대항하려는 문헌학자의 최우선 임무다. 우리 문헌학자는 밑바닥에서 움직여야 한다. 그것이 곧 하이퍼-디아스포라로서의 상아탑을 (재)건축하는 일이다. 그 과정에서 혹시 21세기의 소크라테스가 탄생할지 누가 알겠는가.

22 Werner Hamacher, "Das Versprechen der Auslegung," in Norbert Bolz and Wolfgang Hübener eds., *Spiegel und Gleichnis: Festschrift für Jacob Taubes*, Würzburg: Königshausen + Neumann, 1983, p. 253.

11. 자유주의의 자유의지

1.

자유주의는 거짓말의 자유를 포용한다. 이것은 원칙에 대한 진술인 동시에 현실에 대한 묘사다. 자유주의는 비단 거짓말을 허용할 뿐 아니라, 허다한 경우 그것을 추동하고 준동케 한다. 그렇게 하지 않을 수 없다. 그렇다는 것은 자유주의가 이념으로서 작동하는 기저에 주체subject와 개인individual—더 정확하게는 주체로서의 개인—에 대한 모종의 믿음이 굳건히 (그러나 불가피한 방식으로) 자리 잡고 있다는 뜻이다. 왜냐하면 가장 폭넓은 통념적 의미의 거짓말은 오로지 실체substance로서의 개인 혹은 (개인의 집합으로서의) 집단이 그 혹은 그들과 (어떤 방식으로든) 구별되는 다른 개인 혹은 집단을 상대로 해야만 성립할 수 있기 때문이다. (그러나 여기에는 한 개인이 자신을 속이는 경우, 즉 자기기만self-deception도 포함된다. 특정한 현재에 실존하는 한 개인은 과거 및 미래의 모든 자기 자신과 준별되는 존재이기 때문이다.) 자립적 실체를 자처하는 개인이 상대와 자신을 속일 수 있는 권리를 한껏 구가하는 것, 이것은 자유주의의 본질에 대한 하나의 가능한 (그리고 합법칙적인) 규정이다. 그러므로 자유주의는 개인의 위선(≒위악)과 기만을 은밀한 근본 교리로 삼는 믿음 체계라고 할 수 있다. 이 믿음은 대략 세기 전환기를 즈음하여 한국 지성계에 출현한 온갖 종류의 기발한 '-되기' 및 '가로지르기'가 각양각태의 증강현실 매체와 연합해 전래의 인식-해석 지평을 샅샅이 헤집어놓은 이후인 지금도—참으로 놀랍게도—조금도 무너지지 않은 채 완강히 버티고 있는 듯 보인다. 미상불 자유주의라는 이 독특한 신념 체계는 전혀 한계를 모르는 탄력성과 모든 경계를 무시할 수 있는 침투력을 지닌다. 이 체계가 산출한 효과, 즉 타자와 자기를 속일 수 있고 또 속여도 얼마든지 괜찮을 거라는, 아니 사실은 그러는 편이 더 좋을 거라는 생각은 자유로운 주체적 개인에게 가히 신적인 무한성의 광휘를 부여한다. 자의自意/恣意에 따라 거짓말하는 개인은 무한히 자유롭다. 요컨대 거짓말할 수 있는 모든 개인의 자유의지의 총합을 우리는 자유주의라 부를 수 있을 것이다.

2.

자유주의 덕분에 정당성을 획득한 개별적 자유의지의 초월성을 실증하는 사례는 이를테면 '법 앞에서의 자기부정'에서 찾아볼 수 있다. 법은 잘못을 저지른 (것으로 추정되는) 개인—또는 법인juristic person—에게 (범법) 행위에 대해 '기억나지 않는다'고, 심지어 '그런 짓은 하지 않았다'고 (당당하게 혹은 비굴하게) 말할 수 있는 자유를 원칙적으로 허락한다. 그의 잘못(과 동일시되는 어떤 행위 또는 사건)으로 인해 실질적인 (차원에서 추산 가능한) 피해를 입은 개인이나 집단은, 그 개인/법인이 행사할 수 있는 망각과 부인의 자유를 악마적인 것으로 규탄할 수 있고 분명 그것은 충분히 합당한 항의일 테지만, 그럼에도 불구하고 자유주의에 기초한 법은 그 악마와의 제휴를 결코 철회하지 않을 것이다. 그럴 수 없다. 그도 그럴 것이 만약 그러한 철회가 가능하다면, 모든 법은 즉결심판으로 축소되고 말 것이기 때문이다. 이는 말하자면 피라미 악마 한 마리를 잡기 위해 거대한 사탄의 제국을 건설하려는 시도와 다를 바 없다. 한편 현대 세계의 숱한 역사적 장면이 여실히 증명하는 바, 개인의 사상과 신념을 통제하(려)는 전체주의 체제에서 악마는 아마도 전혀 다른 얼굴을 하고 나타날 것이다. 다시 말해 그는 법의 안팎에서 거짓말의 자유를 거개 억압하면서, 모든 개인에게 오직 특정한 내용의 거짓말만을 하도록 강제하는 검열관으로 출현할 공산이 매우 크다. 그러나 이 경우에도 '법 앞에서의 자기부정'은 거뜬히 성립한다. 다만 그 방향이 다를 뿐이다. 거짓말의 차원에서 자유주의와 전체주의는 마치 음양처럼 서로 등을 맞대고 있다. 마음만 먹으면 얼마든지 거짓말할 수 있는 세계와 살아남기 위해서는 기필코 거짓말해야 하는 세계. 이 두 세계 간의 거리는 생각보다 멀지 않다. 하지만 양자를 매개하는 변증법, 즉 거짓말의 심연은 한없이 깊다. 왜냐하면 거짓말은 단순히 어떤 단명單明한 진실의 반대를 표현하는 언어가 아니기 때문이다. 존재론적 본질의 차원에서 거짓말은 완전한 진리의 원천적 불가능성을 현시하는 무궁한 원리에 가깝다. 만약 우리 시대에 어떤 존재신학ontotheology 혹은 부정신학이 여전히 (또는 새로이) 성립할 수 있다면, 그 단초는 거짓말이 제공하는 가능성에서 찾을 수 있을 것이다.

3.

자유주의도 전체주의도 알지 못했던 어떤 초현실적-잠시暫時적 세계에서 행해진 하나의 거짓말은 온건한 지성이 표상할 수 있는 한에서 가장 극단적인 방식으로 처단되었다. 우리는 그 세계를 '초대 기독교Urchristentum 시대'라고 부른다.

> 그 많은 신도들이 다 한마음 한뜻이 되어 아무도 자기 소유를 자기 것이라고 하지 않고 모든 것을 공동으로 사용하였다. 사도들은 놀라운 기적을 나타내며 주 예수의 부활을 증언하였고 신도들은 모두 하느님의 크신 축복을 받았다. 그들 가운데 가난한 사람은 하나도 없었다. 땅이나 집을 가진 사람들이 그것을 팔아서 그 돈을 사도들 앞에 가져다 놓고 저마다 쓸 만큼 나누어 받았기 때문이다. 키프로스 태생의 레위 사람으로 사도들에게서 '위로의 아들'이라는 뜻인 바르나바라고 불리는 요셉도 자기 밭

을 팔아 그 돈을 사도들 앞에 가져다 바쳤다. 그런데 아나니아라는 사람은 그의 아내 삽피라와 함께 자기 땅을 판 다음 의논한 끝에 그 돈의 일부는 빼돌리고 나머지만 사도들 앞에 가져다 바쳤다. 그때에 베드로가 그를 이렇게 꾸짖었다. "아나니아, 왜 사탄에게 마음을 빼앗겨 성령을 속이고 땅 판 돈의 일부를 빼돌렸소? 팔기 전에도 그 땅은 당신 것이었고 판 뒤에도 그 돈은 당신 마음대로 할 수 있었던 것이 아니오? 그런데 어쩌자고 그런 생각을 품었소? 당신은 사람을 속인 것이 아니라 하느님을 속인 것이오!" 이 말이 떨어지자 아나니아는 그 자리에 거꾸러져 숨지고 말았다. 이 말을 들은 사람마다 모두 두려워하였다. 젊은이들이 들어와 그 시체를 싸가지고 내어다 묻었다. 세 시간쯤 뒤에 그의 아내가 그동안에 무슨 일이 일어났는지도 모르고 들어왔다. 베드로가 그 여자를 불러 놓고 "당신들이 땅을 판 돈이 이게 전부란 말이오?"하고 묻자 "예, 전부입니다"하고 대답하였다. "어쩌자고 당신들은 서로 짜고 주의 성령을 떠보는 거요? 자, 당신의 남편을 묻고 돌아오는 사람들이 지금 막 문 밖에 왔소. 이번에는 당신을 메고 나갈 차례요" 하고 베드로가 말하였다. 그러자 그 여자도 당장 베드로의 발 앞에 거꾸러져 숨지고 말았다. 그때 그 젊은이들이 들어와 보니 그 여자도 죽어 있었으므로 떠메고 나가 그 남편 곁에 묻었다. 온 교회는 물론이고 다른 사람들도 이 말을 듣고는 모두 몹시 두려워하였다.[1]

베드로의 심문과 판결은 곧장 즉결 처형으로 이어졌다. 그러나 이 사건은 전체주의적 인민재판과는 아무런 관련이 없다. 사도의 언표 행위와 그 결과로 인해 유발된 공중의 두려움 역시 미만彌滿한 억압과 감시에 대한 두려움과는 전혀 차원을 달리한다.

4.

이탈리아 사상가 니콜로 마키아벨리는 『군주론』에서 "일견 미덕으로 보이는 일을 하는 것이 자신의 파멸을 초래하는 반면, 일견 악덕으로 보이는 다른 일을 하는 것이 결과적으로 자신의 안전을 확보하고 번영을 가져오는 경우가 있"다고 주장했다.[2] 그러나 아나니아와 삽피라의 두 가지 행위, 즉 자발적 헌금과 소극적 기만은 마키아벨리의 구분을 무화시키는 듯 보인다. 두 사람은 초대교회 공동체의 미덕에 참여하기 위해 자진해서 재산을 처분하여 공동체를 위해 사도에게 헌납하지만, 바로 그 미덕을 실천하는 중에, 그것도 바로 그 실천 속에서 "악덕으로 보이는 다른 일"을 소심하고 은밀하게 감행한다. 베드로가 말한 대로 아나니아와 삽피라의 땅은 원래 그들의 소유였고, 따라서 그것을 처분한 뒤 생긴 돈 역시 그들이 임의대로 사용하거나 보유하더라도 전혀 문제될 게 없었다. 다시 말해 애초에 그들은 공동체에 전 재산을 헌금으

1 신약성서, 「사도행전」 4장 32절~5장 11절. 공동번역 성서의 번역을 따랐다.

2 니콜로 마키아벨리, 『군주론』 3판 개역본, 강정인·김경희 옮김, 까치, 2008, p. 107.

로 낼 이유도, 굳이 액수를 속여가며 횡령을 기도할 필요도 없었다. 요컨대 아나니아와 삽피라의 거짓말은 요상해도 너무 요상한 거짓말, 지나치게 어설픈 거짓말인 것이다. 여기서 우리는 이런 의문을 품을 수 있다. '혹시 두 사람은 그들이 속한 공동체의 분위기에 휩쓸려 마지못해 헌금을 결심했던 게 아닐까?' 바꿔 말해 공동체 전체가 두 사람에게 "하느님의 크신 축복"을 미끼 (혹은 무기) 삼아 그들 눈에 "미덕으로 보이는 일"을 하도록 은근히 혹은 노골적으로 강요했고, 그들은 이 (유형 혹은 무형의) 압력에 다만 굴복했던 게 아닐까? 만약 이 가설이 옳다면, 그러니까 그들이 실제로 마지못해 재산을 처분했다면, 우리는 텍스트가 표면적으로 유도하는 1차적 해석과는 전혀 다른 결론을 도출할 수 있다. 즉 두 사람의 이른바 '성령 기망 행위'는 헌금 일부를 빼돌린 데서가 아니라, 오히려 헌금을 결심하고 실천에 옮긴 최초의 행위와 더불어 이미 성립했던 것이다.

5.

앞의 성서 구절을 단지 피상적으로만 읽은 독자라면, 문제의 부부가 획책한 엉성하고 애매한 횡령 행위에 대해 베드로가 지나치게 가혹한 판결을 내렸다고 생각하기 쉬울 것이다. 하지만 만약 우리의 가설이 타당하다면, 즉 아나니아와 삽피라 두 사람은 사실 그리스도에 대한 믿음이 없었고 그저 주변 분위기—우리는 이것을 '축복의 이데올로기'라 부를 수 있다—에 휩쓸려 신실한(=평범한)

척하기 위해 억지로 헌금을 낸 것이라면, 이는 확실히 성령을 기만한 행위라고 할 수 있으며, 따라서 사도의 판결의 가혹함에 대해서도 다시 생각해볼 여지가 생긴다. 다시 말해 두 사람의 급사急死는 단순히 일신상의 편의를 도모하려는 욕심에서 비롯된 가벼운 거짓말 때문이 아니라, 믿는다는 것이 무엇인지도 모른 채 그저 대세를 따르려 한 치명적인 경솔함이 초래한 응분의 결과일 수 있는 것이다. 하지만 이 주장에 대해서도 반론이 제기될 수 있다. '설령 경솔한 판단에 따른 위선이었다고 쳐도, 정녕 그것이 그 자리에서 곧장 죽일 만큼 커다란 잘못이란 말인가? 대관절 성령이 누구/무엇이길래 그렇게까지 할 수 있단 말인가?' 그럴 수 있다. 왜냐하면 그것은 다름 아닌 절대적-배타적 유일신의 정신이고 권능이기 때문이다. 그렇다고 할 때, 아나니아와 삽피라의 '신자 흉내'는 자신의 "이름을 망령되이 일컫지 말라"는 신의 명령을 거역한 행위에 해당한다고 볼 수 있다. 믿지 못했거나 믿지 않았음에도 불구하고 남들처럼 믿는 척을 했으니 말이다. 그렇지만 만약 이 해석을 계속해서 밀고 나간다면, 그 길의 끝에서 우리가 맞닥뜨리게 될 결론은 다음과 같다. '기독교로 대표되는 유일신 신앙은 사실상 전체주의의 기원이며, 나아가 있을 수 있는 최악의 전체주의 사상이다.' 왜냐하면 그런 식으로 표상된 기독교는 억지로 거짓말을 하게 만드는 여느 전체주의보다 훨씬 멀리 나아가기 때문이다. 그런 기독교는 자유로운 개인을 용납하지 않으며, 독립적인 주체의 출현을 억압한다. 그것은 완벽한 믿음, 즉 거짓말의 가능성을 완전히 제거하고 완벽히 차단한 (따라서 사실상 불가능한) 심리 상태를 요구하는 종교 제도, 아니 통치성governmentality의 표본이다.

6.

이런 식의 전개에 거부감—또는 적어도 불편함—을 느끼는 독자라면, 아마도 이런 의구심을 가질 수 있을 것이다. '어째서 사도는 아나니아와 삽피라에게 뉘우칠 기회를 단 한 번도 주지 않았을까?' 이 의문은 냉혹한 사도의 전력을 상기해보면 한층 강화-증폭된다. 베드로에게는 하룻밤 사이에 무려 세 번이나 예수를 부인한 과거가 있는 것이다. 그럼에도 불구하고 부활한 예수는 그를 만났고, 다시 말해 그에게 가히 절대적인 특권을 주었고, 그 덕분에 베드로는 이제 불과 몇 마디 말로 사람의 목숨을 빼앗을 수 있는 가공할 권력을 갖게 되었다. 도대체 왜 거짓말한 베드로는 죽임당하지 않았는가? 대관절 어떤 근거로 그의 부인否認은 성령 기망의 혐의조차 받지 않았는가? 자신이 삶을 바쳐 믿고 따르던 신을 세 차례나 부정한 베드로의 배신이, 기껏해야 평범한 믿음을 가장假裝-앙망仰望하고 이를 위해 원래 자신의 소유였던 돈의 일부를 착복했을 따름인 부부의 잘못보다 더 가볍다고 할 수 있을까? 베드로의 부인은 '법 앞에서의 자기부정'과 얼마나 어떻게 다른가? 정녕 우리는 그에게서 '악마적인 것'의 흔적을 전혀 찾을 수 없는가? 이 물음에 최종적으로 답할 수 있는 지성은 아마 이 세계 내에는 존재하지 않으리라. 하지만 우리는 계속해서 이렇게 질문해볼 수 있다. '아나니아와 삽피라의 죽음은 정말로 파멸이었을까? 혹시 그들은 마음 깊은 곳에서 (그런 식의 빠른) 죽음을 원했던 것이 아닐까?' 사도들의 가르침과 기독교 교리의 규정을 따른다면, 예수를 믿는 자에게 이 세계에서의 삶은 아무리 좋게 보더라도 영원한 천국을 위한 준비 단계에 불과하지 않은가. 그렇다면 그들로서는 이 세계를 하루라도 빨리 떠나는 편이 좋지 않았을까? 그뿐만이 아니다. 초대 기독교는 근본적으로 "다시 오실" 예수, 그러니까 이 세계의 종말Eschaton을 맹렬하게 고대하던 공동체가 아니었는가? 더 나아가 이런 상상도 가능하다. 유대교 전통, 즉 히브리 성서를 모르지 않았을 아나니아와 삽피라는 혹시 "헛되고 헛되니 모든 것이 헛되다"는 「전도서」의 세계관에 깊이 침윤돼 있던 것이 아닐까? 그들의 초대교회 공동체 입회는 그런 생각의 연장선상에서 이뤄진 일일지도 모른다. 마찬가지 맥락에서 두 사람이 손수 마련한 헌금에서 구태여 일정 금액을 빼돌린 것은 어쩌면 에세네파Essenes 사람들처럼 고행과 은둔의 삶을 살아가기 위한 준비의 일환이었을지도 모른다. (참고로 초대교회 공동체와 에세네파의 생활 방식은 본질적으로 다르지 않았다.) 요컨대 우리는 부부의 죽음이 과연 "미덕으로 보이는 일"로 인한 파멸인지, 아니면 "악덕으로 보이는 다른 일"을 한 덕분에 맞은 번영인지 결코 알 수 없다. 아나니아와 삽피라의 이야기는 더없이 기이한 방식으로 마키아벨리의 주장을 분쇄한다.

7.

하지만 우리는 마키아벨리의 언표가 군주를 수신자로 삼았음을 상기해야 한다. 그러니까 만약 그가 앞의 성서 구절을 읽었다면, 그의 관심은 분명 공동체의 지도자인 베드로를 향했을 거라는 말이다. 아나니아와 삽피라의 운명에 대해 마키아벨리가 관심을 기울였을 가능성은 희박하다. 반대로 몇 마디 말로 부정한 회원을 처형한 사도의 모습에서 마키아벨리는 어쩌면, 아니 틀림없이, "현명한 군주"의 모습을 발견하고 미소 지었을 것이다. 왜냐하면 그는 "너무 자비롭기 때문에 무질서를 방치해서 그 결과 많은 사람이 죽거나 약탈당하게 하는 군주보다 소수의 몇몇을 시범적으로 처벌함으로써 기강을 바로잡는 군주가 훨씬 더 자비"롭다고 믿었기 때문이다.[3] 아나니아와 삽피라의 죽음 이후 모든 사람이 (베드로에 대해) 느낀 두려움은 곧 공동체의 기강이 바로잡혔음을 암시한다고 마키아벨리는 해석했을 것이다. 그러나 유일 성령의 권능을 위임받은 사도와 마키아벨리의 군주 사이에는 극복 불가능한 차이가 존재한다. 그것은 전자가 모든 거짓을 속속들이 꿰뚫어 볼 수 있는 반면, 후자는 모든 개인의 거짓에 대해 속수무책이라는 점이다. 왜냐하면 마키아벨리의 군주와 마찬가지로, 그의 백성 역시 자유롭게 거짓말할 수 있기 때문이다. 그런 의미에서 우리는 자크 데리다의 다음 진술을 마키아벨리의 군주를 향한 발언

3 같은 책, p. 112.

으로 각색해 읽을 수 있다.

> 비록 누군가가 진실을 말하지 않았다는 사실을 증명할 수 있더라도, 엄밀한 의미에서 누군가가 거짓말했다는 것을 증명한다는 것은 구조적인 이유로 언제나 불가능합니다. '내가 말한 것은 참이 아니다. 분명히 내가 틀렸지만, 나는 속이려고 하지 않았다. 선의였다'라고 주장하는 사람을 상대로 우리는 아무것도 증명할 수 없습니다. 혹은 '그렇게 말했지만, 그것은 내가 말하려던 바가 아니다. 진심으로, 나의 내면 깊은 곳에서 그것은 내 의도가 아니었다. 거기엔 오해가 있다'면서 말해진 것, 말하는 것, 말하기-원하는 것, 언어와 수사학, 그리고 맥락의 차이를 강조할 수도 있습니다. 이 같은 주장에 이의를 제기하려고 할 때 아무것도 증명할 수 없습니다.[4]

물론 이 말을 들은 후에도 군주는 거리낌 없이 개인을 처벌할 수 있다. 그러나 증명되지 않은 거짓말을 근거로 개인을 처벌하는 사례가 축적될 경우, 이는 결국 통치의 정당성을 심각하게 침식하는 결과로 이어지게 된다. 요컨대 마키아벨리의 군주는 자유롭게 거짓말할 수 있는 권리를 오직 혼자서만 누려야 한다. 그렇지 않을 경우, 그는 군주로서 살아갈 수 없게 된다. 다시 말해 그는 자신의

4 자크 데리다, 『거짓말의 역사』, 배지선 옮김, 이숲, 2019, pp. 25~26.

거짓말로 다른 모든 사람의 거짓말을 원천 봉쇄해야 한다. 당연한 말이지만, 그것은 불가능하다. 의도는 모든 검증 권력의 피안에 서식하기 때문이다. 「사도행전」의 이야기를 우리가 초현실적이라고 느끼는 이유도 바로 여기에 있다. 그렇기에 마키아벨리의 『군주론』이 세속 근대의 출현을 예고하는 책이라는 점은 사뭇 의미심장하다. 본질상 이 책은 근대적 자유의지의 만개를 예비한 책이라고 할 수 있다. 역사상 가장 의뭉스러운 인물 중에서도 둘째가라면 서러울 영악한 개인이 집필한 책, "여러 가지 유형의 노골적인 실수"들로 가득한 『군주론』은 거짓말의 심연 위에 떠 있는 일종의 무지개다.[5]

8.

그렇다면 혹시 우리는 유사한 견지에서 아나니아와 삽피라를 자유주의의 도래를 위해 피를 뿌린 순교자라고 볼 수 있을까? 그러니까 그들의 소심한 횡령을 사회의 지배 이데올로기에 맞선 개인의 소극적 저항으로 해석할 수 있지 않을까? 짐작건대, 일견 이 질문은 지독히 시대착오적인 해석의 소치로 여겨질 듯하다. 하지만 자유주의의 본질이 근본적으로 거짓말의 자유에서 유래한다는 점을 고려하면, 시대착오의 혐의는 벗겨지거나 적어도 부차적인 문제로 밀려날 것이다. 베드로의 질문에 대해 부부는 한결같이

5 레오 스트라우스, 『마키아벨리』, 함규진 옮김, 구운몽, 2006, p. 50.

이렇게 답한다. "예, 전부입니다." 이것은 1차적으로 거짓말이지만, 우리는 이것을 일종의 아첨으로 해석할 수도 있다. 즉 아나니아와 삽피라는 (그들에게는 군주와 다름없던) 지도자의 마음을 흡족하게 만들기 위해 저렇게 대답했을 수 있다는 말이다. 물론 이 아첨은 실패했고, 우리가 보았듯이 그 결과는 더없이 참담했다. 그러나 이는 어디까지나 베드로가 초인적 권능을 가진 존재였기 때문이다. 만약 저 대답을 들은 이가 15세기 피렌체 공국의 군주였다면, 사태는 전혀 다르게 전개되었을 것이다. 마키아벨리는 이렇게 적었다. "인간이란 너무 자기 자신과 자신의 활동에 만족하고 자기기만에 쉽게 빠지기 때문에, 아첨이라는 질병으로부터 자신을 보호하기란 지극히 어렵습니다. 더욱이 아첨으로부터 자신을 보호하기 위해서 노력할 때 군주는 경멸당하는 위험에 빠지기도 합니다."[6] 반복하건대, 베드로와 초대교회 공동체는 우리에게 너무나 아득한 초현실surreality이다. 아첨과 경멸로부터 완벽하게 자유로울 수 있는 사람은 신이거나 신에 버금가는 존재일 수밖에 없다. 반대로 자유주의는 아첨과 경멸로부터의 자유를 누구에게도 허용하지 않는다. 바꿔 말해 자유주의는 신성을 모조리 축출한 체제다. 따라서 자유주의의 자유의지는 완벽한 믿음을 향해서는 발현될 수 없다는 본원적 한계를 지닌다. 그리하여 이제 남은 것은 아첨과 아첨에 대한 아첨, 아첨에 대한 아첨을 향한 경멸, 그리

6 니콜로 마키아벨리, 『군주론』, p. 155.

고 경멸을 초극하려는 경멸 혹은 경멸을 무마하려는 아첨뿐이다.

9.

프랑스 철학자 미셸 푸코에 따르면, "아첨의 반대는 파레시아"다.[7] 파레시아는 무엇인가? 푸코의 대답은 다음과 같다.

> 파레시아라는 개념은 어원적으로는 '모두 말하기'를 의미합니다.[8]

이 정의를 우리의 맥락과 접속시켜 사유를 이어나가려면, 이렇게 질문해야 한다. '모두 말하기'에는 거짓말도 속하는가? 아마도 푸코는 아니라고 답할 것이다. 그가 보기에 거짓말이 포함된 파레시아는 '나쁜 파레시아'일 것이기 때문이다. 나쁜 "파레시아는 자신이 말하는 바에 신중하지 않고, 마음에 있는 것을 무분별하게 모두 말하는" 것을 가리킨다.[9] 하지만 우리는 이렇게 다시 물을 수 있다. 거짓말하는 사람은 대개 자신이 말하는 바에 대해 극도로 주의를 기울이지 않는가? 마음에 있는 것을 극도로 신중하게 가려 말해야만 거짓말을 할 수 있지 않은가? 푸코는 이번에는 파레시아를 행하는 자, 즉 "파레시아스트Parrhesiastes"의 정의를 내세울 공산이 크다. "파레시아스트는 진실되다고 **생각하는** 바를 말하는

7 미셸 푸코, 『담론과 진실』, 오트르망 심세광·전혜리 옮김, 동녘, 2017, p. 56.
8 같은 책, p. 29.
9 같은 책, pp. 93~94.

걸까요, 아니면 실제로 **진실인** 바를 말하는 걸까요? 답은 이렇습니다. 파레시아스트는 자신이 말하는 바가 진실되다고 믿기 때문에 진실된 바를 말하며, 그것이 진짜로 진실이기 때문에 그것을 진실이라고 믿습니다. 파레시아스트가 솔직하거나 자기 의견이 무엇인지를 솔직하게 말하기 때문만이 아니라, 자신의 의견이 진실이기 때문에, 진실임을 알고 있는 것을 말하기 때문입니다. 파레시아에서는 신념과 진실이 정확히 일치합니다."[10] 요컨대 파레시아에는 거짓말의 자리가 없다. 다시 말해 파레시아스트에게 거짓말은 말이 아니다. 이것이 파레시아가 아첨의 반대로 규정되는 근거다. 아첨의 위험에 직면한 군주에게 마키아벨리는 이렇게 충고했다. "당신 자신을 아첨으로부터 보호하는 유일한 방법은 진실을 듣더라도 당신이 결코 화를 내지 않는다는 것을 널리 알리는 것입니다."[11] 마치 이 말에 화답이라도 하듯, 푸코는 이렇게 주장한다. "그러므로 파레시아는 군주가 반드시 제공해야 하는 자유입니다. 그리고 군주가 타인들에게 제공한 이 자유는 권력의 위임과 같은 것으로 이해되어서는 안 됩니다. 그것은 권력에의 참여도 아닙니다. 군주의 통치에 그토록 필요한 파레시아스트에게 군주가 부여하는 자유는 무엇과 관계된 것일까요? 그 자유가 적용되는 영역은 어디일까요? 그것은 정치도, 국가의 관리도 아닙니다.

10 같은 책, pp. 94~95. 강조는 원저자.

11 니콜로 마키아벨리, 『군주론』, p. 155.

군주가 타인들에게 제공한 그 자신의 권력의 일부분도 아닙니다. 군주는 타인들에게 군주 자신의 영혼에 권력을 행사할 자유를 주는 것입니다. 그러므로 정치적 파레시아가 행사되는 지점은 정치적 행위의 영역이 아니라 군주의 영혼입니다."[12]

10.

그렇지만, 누구나 알 듯, 군주도 "군주의 영혼"도 더 이상 존재하지 않는다. 더 정확히 말해서, 이제는 모든 자유로운 개인이 제각기 그리고 제멋대로 군주를 자임한다. 그러니까 이 세계에는 무한히 많은 군주와 제왕적 영혼이 도처에서 암약할 수 있다. 이는 모든 사적인 것이 정치적 행위의 영역과 완전히 뒤섞여버렸기 때문이다. 그렇다는 것은 우리의 세계에서는 파레시아가 전면화되었고, 이 때문에 오히려 불가능해졌다는 뜻이다. 파레시아스트는 (있을 수) 없다. 이제는 오직 파레시아(스트)를 참칭하는 아첨(꾼)만 우글거린다. 오늘날의 아첨에서는 신념과 진실이 남김없이 부합한다. 그리하여 가장 뛰어난 아첨꾼이 가장 존경받는 파레시아스트로 등극한다. 모두가 아름답고 영광스러운 파레시아스트를 선망하고 그렇게 되기를 갈망한다, 마치 "위로의 아들"처럼. 이 욕망은 촉망받던 그 개인의 거짓말이 발각되고 이른바 '공식적으로' 확인되었을 때 가장 파괴적으로 분출된다. 모두가 알듯이, 그

12 미셸 푸코, 『담론과 진실』, p. 45.

결과는 인민재판이다. 사정이 이렇다면, 가령 베드로를 넘어 노골적으로 재림 예수를 자처하는 거짓 메시아가 끊임없이 등장하는 현상은 오히려 빙산의 일각에 불과하다. 그들은 거짓말하는 개인의 자유의지가 만들어낸 일종의 오락거리에 불과한 것이다. 정말 중요한 문제는 가장 표면적인 일상 속에 도사리고 있다. 삶의 모든 현장에서 아첨이 파레시아의 옷을 입고 출현-출연하기 때문이다. 거의 모든 개인이 매 순간 자발적으로 그 옷에 현혹당한다. 푸코가 규정한 "파레시아의 기능의 본질," 즉 "세계 속에서 어떤 주체에게 그의 자리가 어디인지를 지시하는 일"은 이제 오직 아첨을 통해서만 실현된다.[13] 간혹 그것이 아첨임을 꿰뚫어 볼 경우에도, 곧장 반론이 목소리를 높인다. '아첨이 왜 나빠? 아첨은 아름다운 거야.' 그러면 투명한 인식은 이내 휘발된다. 자유주의의 자유의지는 파레시아의 가능성을 끝까지 압살하려 한다. 아름다운 아첨은 마침내 '그런 일을 한 적 없다'는 악마적인 부인과 오롯이 한 몸을 이룬다. 그리고 이 육체는 더없이 황홀한 향기와 끝없이 구역질을 유발하는 악취를 동시에 풍긴다.

11.

평론가 김현을 생각한다. 한국에서 가장 먼저 누구보다 열심히 푸코의 저작을 탐독했던 '구멍'의 지식인. 언젠가 그는 일기에 "강제

13 같은 책, p. 57.

로 떠밀려가는 변기의 생"이라는 최승호의 시구를 필사한 뒤, 이렇게 적었다. "끔찍하다. 하지만 너는 똥이 아닌가. 나도 똥이다."[14] 이것은 파레시아가 아니다. 하지만 정말 그럴까? 혹시 파레시아는 오직 시대착오적인 방식, 이를테면 일기 읽기를 통해서만 가능한 것은 아닐까? 아무래도 어리석은 질문일 듯하다. 아마도 가능하지 않을 것이다. 해마다 자유주의적 자유의지의 최대치를 갱신하는 '대지의 지식인'을 향한 아름다운 '파레시아'들이 진한 진실의 향기를 뿜어내는 오늘날, 그저 어설픈 똥 냄새만을 풍기는 김현의 노트를 읽는 것은 결국 시대착오anachronism 이상도 이하도 아니다. 그러나 어떤 개인에게는 시대착오가 시간을 견디는 유일한 방법일 수 있다. 그들은 아마도 (그 말의 모든 의미에서) 주체가 (아직) 아닐 것이며, 또한 '법 앞에서의 자기부정'으로부터도 자유롭지 못할 것이다. 마치 고백록이 결국 거짓의 기록이라는 혐의에서 자유롭지 못한 것처럼. 하지만 거짓인지 아닌지를 판별하지 못하더라도, 아니 오히려 그럴 수 없기에 그들은 읽고 또 읽는다, 이런 끔찍한 고백을.

> 모든 요괴들은 인간의 분신들이다. 요괴라고 불리는 것들은 자기 정체성이 위기에 처할 때 나타난다. 그것은 이것과 저것의 차이를 지우고 이것과 저것의 경계를 지운다. 나는 남이 되고

14 김현, 『행복한 책읽기』, 문학과지성사, 2007, p. 98.

남이 내가 된다. 내가 나인 줄 알고 있었는데, 내가 아닐 때, 나는 요괴다. 네가 너인 줄 알고 있었는데, 네가 아닐 때, 너는 요괴다. 우리가 우리인 줄 알고 있었는데—우리를 가두는 우리?—우리가 아닐 때, 우리는 요괴다.

밖은 따뜻한데, 안은 춥다. 그것도 요괴스런 일이다…… 왜냐하면 안은 따뜻하고 밖이 추운 게 보통이기 때문이다. 안은 보호받고 있기 때문에 따뜻하고, 밖은 보호받지 못하기 때문에 춥다. 그런데, 요즈음은 밖은 계속 따뜻한데 안은 춥다. 내 마음의 풍경 같다.[15]

30여 년 전 김현의 "요즈음"은 지금도 이어지고 있다. 그런 탓에 시대착오적인 모든 마음의 풍경은 그의 일기를 필사하는 중이다. 필경, 그렇게 하지 않을 수 없으리라.

15 같은 책, p. 99.

12. 두 명의 독일인과 세 명의 유대인
—바람과 역설과 아브라함에 대하여

유대인의 신은 세속화되었다.
유대인의 신은 세계의 신이 되었다.
—칼 마르크스

유대인은 세계사에서 가장 유별난 민족이다. [……]
유대인은 세계사에서 **가장 큰 재앙을 초래한** 민족이다.
—프리드리히 니체

모든 행위는 '부정하는' 행위다.
—알렉상드르 코제브

1.

역사상 가장 유명한 계시록이 집필된 곳은 파트모스Patmos섬이다. 그리스도의 제자로 추정되는 저자 요한은 자신의 (유일무이한) 글쓰기를 통해 지중해 한구석 좁은 바다 위의 이 작은 섬을 거대한 올림포스와 우뚝한 시나이산에 필적하는 장소로 탈바꿈시켰다.

만약 우리가 오랜 통념을 따라 올림포스를 신화의 고향으로, 시나이산을 계시의 근원으로 각각 규정할 수 있다면, 아마도 파트모스 섬은 (모든) 종말론의 본산이라 칭해야 마땅할 것이다. 로마 제국으로부터 유폐당한 한 유대인이 그리스어로 기록한 거대하고 기괴한 환상 덕분에, 그리스의 저 조그마한 섬은 단순한 기독교 순례 성지 가운데 한 곳을 넘어 광활한 우주적 상상력을 거느리는 위대한 상징이 되기에 이르렀다. 그리고 십수 세기 후, 이 상징은 독일 땅과 독일어 안에서 커다란 공명을 얻게 되는데, 이는 무엇보다 프리드리히 횔덜린의 시 「파트모스」 덕분이다. 세간에도 많이 알려져 있는 이 시의 첫 네 행이다.

가까이 있다
그리고 끄잡기 어렵다, 신은.
그러나 위험이 있는 곳에는 또한
구원자도 자라고 있다.[1]

지극히 간단한 단어로 구성된 이 네 줄은 모든 번역자를 절망에 빠지게 만드는 원작의 극단적 예시라고 할 수 있다. 어떻게 해도 원래의 뜻과 뉘앙스를 (제대로) 살렸다는 확신을 품을 수 없기 때

1 프리드리히 횔덜린, 「파트모스: 홈부르크의 방백에게 바침」, 『횔덜린 시 전집 2』, 장영태 옮김, 책세상, 2017, p. 252. 원문과 대조하여 번역을 수정했다.

문이다. 누구든 어김없이 지각하게 되는 이 시의 폭압적인 번역 불가능성은 어쩌면 원작자의 계략이 보기 좋게 성공한 결과일지도 모른다. 사실 그 자신 번역가로서 횔덜린은 번역 불가능성의 문제와 극한의 사투를 벌였다(이 점에 관해서라면, 홀로 플라톤을 번역함으로써 당대와 이후를 풍미한 신학자 프리드리히 슐라이어마허Friedrich Schleiermacher 정도를 그와 동렬에 놓을 수 있을 것이다). 추측건대 횔덜린은 미래의 독자가 자신의 싸움을 계속 이어가기를 바랐을 것이다. 왜냐하면 이 독일 시인의 싸움은 어떤 한가로운 문학적 작고作苦가 아니라, 역사적 시간의 지속 및 유럽 문명의 정당성이라는 광대한 문제에 깊이 연루된 일종의 존재-신학적onto-theological 투쟁이었기 때문이다. 이는 가장 근본적이고 심오한 의미에서 기독교적인 투쟁이라 할 수 있는데, 왜냐하면 횔덜린이 파악한—비단 그의 인식 속에서만 그랬던 것은 아니다—기독교 안에서는 헬레니즘 철학과 이스라엘 계시 그리고 로마법의 정신이, 말하자면, 엄청난 3자 결투를 벌이고 있기 때문이다. 이 세 이념 간의 어지러운 합종연횡 관계는 확실히 극한의 번역 불가능성으로 표상될 수 있고, 또 그렇게 되어야 한다.

청년 시절 헤겔의 절친한 동무였던 이 시인-번역가가 죽고 약 반세기 후 태어난 독일 유대인 발터 벤야민은 횔덜린을 가장 괴롭혔던 문제, 즉 번역 불가능성이라는 사태의 중대성을 제대로 꿰뚫어 본 극소수 인물 가운데 하나다. 이 비평가가 쓴 「번역자의 과제」라는 글에는 이런 문장들이 실려 있다. "횔덜린의 소포클레스 비극 번역에서는 에올리언 하프Äolsharfe를 스치는 바람처럼 언어가 의미를 아주 살짝만 스칠 정도로 언어들이 깊은 조화를 이루고 있다. 횔덜린의 번역은 번역 형식의 원상Urbild이다. [……] 바로 그렇기 때문에 그의 번역 속에는 다른 무엇보다 모든 번역의 가공할 근원적 위험이 도사리고 있다. 즉 그와 같이 확장되고 철저하게 장악된 언어는 출입문을 봉쇄하여 번역자를 침묵 속에 가둬버릴 수 있는 것이다."[2] 번역가의 침묵은 번역 불가능성에 대한 항거의 노력이 종내 수포로 돌아갔음을 의미한다.

하지만 벤야민은 침묵에 갇히기 전의 횔덜린이 시를 통해 구현한 "완벽한 수동성"에 대해 큰 관심을 쏟은 바 있다. 1915년 그가 쓴 최초의 비평문 「프리드리히 횔덜린의 시 두 편: 「시인의 용기」—「수줍음」」은 그 관심의 또렷한 흔적이다. 이 글을 읽는 독자는 기묘한 단언과 맞닥뜨리게 된다. "시인은 생에 맞닿은 경계 외에 다른 것이 아니며, 제 안에 생의 법칙을 보유하고 있는 엄청난 감각적 힘들과 이념으로 둘러싸인 무차별성Indifferenz이다." 무차별성, 우리는 이 단어를 정당하게 '번역 (불)가능성'으로 바꿔 읽을 수 있다. 벤야민의 눈에 비친 횔덜린은 번역 불가능성의 폭풍 속으로 자신을 완전히 내던진 시인이었다. 이것은 분명 "완벽한 수동성"의 행위라고 할 수 있다. 그래서 벤야민은 횔덜린을

2 발터 벤야민, 「번역자의 과제」, 『언어 일반과 인간의 언어에 대하여/번역자의 과제 외』, 최성만 옮김, 길, 2008, p. 141. 원문과 대조하여 번역을 수정했다.

"모든 관계의 건드릴 수 없는 중심"을 체득한 시인으로 규정한다.[3]

만약 횔덜린의 시와 번역에 대한 벤야민의 해석을 확대-적용하는 행위가 허락된다면, 우리는 이렇게 진술할 수 있을 것이다. '「파트모스」는 횔덜린이 침묵에 빠지기 전 이 땅에 남긴 최후의 증언, 혹은 언어의 문이 닫히기 직전 하늘로 송부한 마지막 탄원서다.' 이 가설의 타당성을 뒷받침해주는 것은 다른 무엇보다 "파트모스"라는 제목 자체다. 다시 말해 우리는 이 시를 횔덜린이 「요한의 묵시록」에 부친/붙인 일종의 주석으로 간주할 수 있다. 아닌 게 아니라 굳이 정치-신학적 관점을 참조하지 않더라도, "모든 관계의 건드릴 수 없는 중심"으로서 오롯이 존재했던 고독한 시인이 평생토록 궁구했을 문제가 신과 세계의 상호 관계, 즉 계시 외에 다른 무엇일 수 있겠는가? (참고로 이 계시는 시나이산으로부터 멀리 떨어져 있지만, 그렇다고 해서 곧장 올림포스나 판테온으로 향하는 것은 아니다.) 무엇보다 저 네 행에 기입되어 있는 (번역 불가능한) 모든 말—'가까이' '그리고' '끄잡기 어렵다' '신' '위험' '또한' '그러나' '구원자' '자라고 있다'—이 그러한 가능성을 강하게 암시하고 있다. 요컨대 그리스 비극의 번역자 횔덜린은 유일무이한 시의 안경을 쓰고 계시록의 행간을 탐색한 주석가이기도 했던 셈이다. 『일방통행로』에서 벤야민은 이렇게 말한다. "주석과 번역

3 발터 벤야민, 「프리드리히 횔덜린의 시 두 편: 「시인의 용기」—「수줍음」」, 『서사·기억·비평의 자리』, 최성만 옮김, 길, 2012, p. 146. 원문과 대조하여 번역을 수정했다.

이 텍스트와 맺고 있는 관계는 양식과 모방이 자연과 맺고 있는 관계와 동일하다. 즉 동일한 현상을 상이한 관찰 방법으로 바라보는 것이다. 주석과 번역은 성스러운 텍스트의 나무에게는 영원히 살랑거리는 나뭇잎에 불과하며 세속적인 텍스트의 나무에게는 제대로 익어 떨어지는 과실이다."[4]

번역가 횔덜린은 파트모스의 사도가 남긴 가장 기괴한 성서 텍스트에 대한 주석을 (번역 불가능한) 시(의 형식으)로 썼다. 그런가 하면 비평가 벤야민은 저 튀빙엔의 광인이 제 숨결로 연주한 독특한 하프 음악에 대한 주석을 지극히 세속적인 문체 속에 아로새겼다.[5] 횔덜린의 음악 속에서 벤야민이 발견한 것은 "성스러운 냉철함heilig nüchtern"이라는 표현으로 집약될 수 있는 어떤 정신의 삶이다. 그러나 그는 이 삶이 그리스 정신에 의해 지배되지 않는다고 확언한 다음, 이 점이야말로 결정적인 사실이라고 첨언한다. 왜냐하면 그 삶은 모종의 "동양적 [……] 요소를 통해 지양되고

4 발터 벤야민, 『일방통행로』, 조형준 옮김, 새물결, 2007, pp. 32~33.

5 참고로, 주석에 대한 미셸 푸코의 관점은 벤야민적 의미의 주석에는 적용될 수 없는 것으로 보인다. 『담론의 질서』에서 푸코는 이렇게 주장한다. "주석은 담론에 일정한 역할을 부여함으로써 담론의 우연을 내쫓아버린다. 주석은 텍스트 자체와는 다른 것을 말할 수 있게 해주지만, 이는 오직 그 다른 것이 그 텍스트 자체이며, 어떤 의미에서는 그 텍스트를 완성한다는 조건 아래에서만 그렇다"(미셸 푸코, 『담론의 질서』, 허경 옮김, 세창출판사, 2020, p. 40). 그러나 해당 텍스트의 내용이 만약 계시의 비밀arcanum이라면, 텍스트의 완성은 섣불리 운위할 수 있는 계제가 아니게 된다. 주석의 문제와 관련하여 벤야민의 관점은 무엇보다 계시를 향해 있다.

상쇄"되기 때문이라는 것이다.[6] 여기서 "동양적orientalisch"이라는 표현이 갖는 함의가 "유대적jüdisch"이라는 단어의 그것과 남김없이 합치한다는 점에는 의문의 여지가 없을 듯하다.[7] 다시 말해 파트모스의 요한처럼 베를린의 벤야민 역시 한 명의 유대인이었던 것이다. 하지만 독일어로 글을 썼던 현대 유대인은 기독교의 구세주를 따르지 않았다. 그럴 수 없었다. 왜냐하면 요한이 섬겼던 메시아의 이미지는 수천 년 서구 역사의 부침 속에서 터무니없이 증폭되거나 무람없이 왜곡되기를 끝없이 반복했기 때문이다. '역사적 예수'에 대한 탐구에 착수한 19세기의 (소위) 실증적 문헌학자들은 사태를 더욱 악화시켰을 따름이다. 더욱이 콘스탄티누스 황제의 후원 아래 기독교가 제국 종교로 발돋움하면서 유럽 전역을 지배하게 된 이후로, 유대교는 세계 도처에서 (예수가 아닌, 언젠가 정말로 도래할) (거짓) 메시아를 (경계하는 동시에) 고대해왔다. 말할 것도 없이, 벤야민은 유럽 기독교와 게토 유대교가 맺어온 착종 관계에 대해 날카롭게 인식하고 있었다.

그러나 이보다 더 중요한 요인이 있다. 그것은 바로 국가Staat의 등장이다. 근대 국가는 철학과 계시와 법을 모두 집어삼킨 거

6 발터 벤야민, 「프리드리히 횔덜린의 시 두 편: 「시인의 용기」—「수줍음」」, pp. 147~48.

7 벤야민이 활동하던 시기 유럽에서 중국 문화로 대표되던 동양적인 것과 유대적인 것 사이에 존재했던 관련성에 대해서는 Steven Aschheim, *Brothers and Strangers*, Madison: The University of Wisconsin Press, 1982, pp. 3~57 참조.

대한 괴물이며, (어쩌면 생산적일 수도 있었을) 이들 3자 간의 번역(불)가능성을 가장 폭력적인 방식으로 억압한 세력이다. 벤야민은 일찍부터 이 사실을 간파했다. 그가 횔덜린 시의 전반적인 분위기를 주재하는 "성스러운 냉철함"에 주목하면서 그것의 본질을 "동양적"인 것으로 규정한 까닭이 여기에 있다. 다시 말해 벤야민은 모종의 "유대적"인 것 속에서 국가에 대항할 수 있는 정신적 무기를 찾으려 했던 것이다. 당대 최고의 유대 사상가 중 하나로 꼽히던 마르틴 부버Martin Buber에게 보낸 편지에서 청년 벤야민은 이렇게 단언한 바 있다. "저는 유대 사상에 대한 저의 신념이 비유대적이라고 생각하지 않습니다."[8] 그러나 유대교 및 유대인의 전통과 관련하여 벤야민이 섭렵한 지식은 부버의 그것에 견주면 크게 뒤떨어지는 수준이었다. 그뿐 아니라 이어지는 논의에서 분명히 드러날 테지만, 벤야민의 역사철학적 신념 속에는 (넓은 의미에서의) '유대적인 것' 일체에 대한 부정(≒탈구축)을 촉발하는 잠재력이 충만해 있었다. 하지만 동시에 바로 그런 독특한 비-비-유대성non-non-Jewishness 덕분에 벤야민의 산문은 모든 "문자의 사슬을 폭파"할 수 있는 힘을 얻게 되었다고 볼 수 있다.[9]

지금까지 우리는 우선 계시에서 시로, 즉 파트모스의 요한에

8 발터 벤야민, 「마르틴 부버에게 보내는 편지」, 『언어 일반과 인간의 언어에 대하여/번역자의 과제 외』, pp. 271~73 참조.

9 발터 벤야민, 「「역사의 개념에 대하여」 관련 노트들」, 『역사의 개념에 대하여/폭력비판을 위하여/초현실주의 외』, 최성만 옮김, 길, 2008, p. 368.

서 튀빙엔의 횔덜린으로 비약했으며, 곧바로 다시 시에서 산문으로, 다시 말해 튀빙엔의 주석가에서 베를린의 비평가로 건너뛰었다. 우화의 형식을 빌려 지금까지의 논의를 요약하자. 그리스어를 쓰던 고대 유대인이 뿌린 겨자씨는, 1500년 이상의 세월이 흐른 후 그리스어를 번역할 줄 알았던 근대 독일인에게 이르러 커다란 나무로 자랐고, 이 나무가 맺은 과실은 다시 한 세기 후 독일어로 사유하던 현대 유대인의 손에 떨어졌다. 이것은 말하자면 파트모스로 상징될 수 있는 서구 구원사의 축약본이다. 이 축약본을 통해 시와 번역이 계시에 대해 맺고 있는 특수한 긴장 관계는 정치와 종교 사이를 가르는 거대한 심연Abgrund 속으로 빨려 들어가게 된다.

2.

벤야민은 이른바 '베를린 하스칼라Berlin Haskalah,' 즉 유대 계몽주의 jüdische Aufklärung가 한 세기 이상의 흥망성쇠를 겪은 후 시온주의에 의해 역사의 무대 뒤편으로 밀려난 시기에 독일 제국의 수도에서 태어난 유대인이다.[10] 그런데, 주지의 사실이지만, 현대 시온주의는 19세기 세속화의 바람을 타고 신학-종교적 차원에서 인종-문화적 차원으로 약진하며 크게 세를 불린 반反유대주의Antisemitismus에 대한 저항의 일환으로 성립한 이념-운동이었다. 가령 벤야민

10 '베를린 하스칼라'의 기원과 내력에 대해서는 David Sorkin, *The Berlin Haskalah and German Religious Thought*, London: Vallentine Mitchell, 2000 참조.

의 유년 시절 베를린 대학 강단에서는 이런 목소리가 쩌렁쩌렁하게 울려 퍼지고 있었다. "유대 족속은 재능이 풍부한 민족이 보여줄 수 있는 가장 비극적인 사례를 제공한다. 그들은 자신의 국가를 지키지 못했고, 그래서 지금도 온 땅에 흩어져 살고 있다. 그들의 삶은 불구다. 왜냐하면 누구도 두 민족에 동시에 속할 수는 없기 때문이다."[11] 이 목소리는 소위 '프로이센 학파Prussian school'를 대표하는 역사학자 하인리히 폰 트라이치케Heinrich von Treitschke의 것이다. 유대인에 대한 그의 비방이 전제하고 있는 것은 민족 통일체로서 국가가 다른 모든 이념에 우선한다는 신념이다. 트라이치케는 철혈 재상 비스마르크가 이룩한 프로이센 제국(이른바 소독일)을 누구보다 열렬히 숭배한 학자-정치가였고, 그의 입장에서 반유대주의를 표명하는 것은 정당한 애국 활동의 일환이었다.

이보다 반세기 전인 19세기 중반, 청년 마르크스는 유대인 해방 문제를 둘러싸고 (한때 청년 헤겔파의 동지였던) 신학자 브루노 바우어Bruno Bauer와 열띤 논쟁을 벌였다. 자신의 종교와 전통을 고수하면서 동시에 독일 시민권도 손에 넣으려 했던 이른바 "동화된 유대인assimilierte Juden"을 상대로 신학적 비판을 감행한 바우어를 향해, 유대인 마르크스는 날선 말로 응수했다. "유대인 문제는 국가의 사정에 따라, 즉 유대인이 살고 있는 국가의 상황에 따라 다르게 파악된다. 그 어떤 정치적 국가도 존재하지 않는, 그 어떤 국

11 Heinrich von Treitschke, *Politics*, New York: A Harbinger Book, 1963, p. 31.

가도 국가로서 존재하지 않는 독일에서 유대인 문제는 순수하게 **신학적인** 문제다. 유대인은 국가와 **종교적**으로 대립해 있는 가운데 자신을 발견한다. 국가는 기독교를 자신의 토대로 공인한다. 이 국가는 **직책상** 신학자이다. 여기에서 비판은 신학에 대한 비판이다. 비판은 기독교적 신학과 유대교적 신학으로 양분된 비판이다. 따라서 우리가 신학 안에서 제아무리 **비판적으로** 움직인다 하더라도, 우리는 여전히 신학 안에서 움직일 뿐이다."[12] 하지만 프로테스탄트 신학 안에서 움직이던 비판가 바우어도, 반대로 모든 신학을 혁파하고 "종교의 비밀을 현실의 유대인에서" 찾으려 했던 혁명가 마르크스도, 독일 민족의 영웅이 되고자 한 비스마르크(와 그의 추종자)의 야망을 저지하지는 못했다.[13] 다시 말해 19세기의 최종 승자는 결국 신학이나 혁명이 아닌 국가였다는 말이다. 물론 이 국가는 유대인을 합법적인 국민으로 인정하지 않는 국가였다.

그런데 트라이치케가 세상을 버릴 무렵, 독일-오스트리아 문화계에는 실로 원대한 포부를 지닌 유대 지식인 한 명이 등장한다. 그의 이름은 테오도어 헤르츨Theodor Herzl이다. 훗날 (현대) 시온주의의 아버지로 추앙받게 될 이 작가는 베를린 대학의 역사학자가 옹립한 독일 민족주의 이데올로기를 거꾸로 뒤집어, 이를 유대 민족의 결집 및 유럽으로부터의 탈출exodus을 선동하는 논설의

12 칼 마르크스, 『유대인 문제에 관하여』, 김현 옮김, 책세상, 2015, p. 27. 강조는 원저자.

13 같은 책, p. 66.

근거로 사용했다. 『유대 국가』에서 그는 이렇게 주장한다. "우리는 하나의 민족이다.—역사 속에서 언제나 그랬듯이 우리의 적들은 우리가 그것을 의지하지 않는데도 불구하고 우리를 하나의 민족으로 만들고 있다. 핍박 속에서 우리는 단결하며, 거기서 우리는 갑자기 우리의 힘을 발견한다. 그렇다, 우리는 국가, 그것도 모범적인 국가를 형성할 수 있는 힘을 지니고 있다. 우리는 그것을 위해 필요한 모든 인간적이고 실질적인 수단을 소유한다."[14] 한마디로 유대 민족 역시 국가를 가질 수 있고, 또 가져야 한다는 것이다. 크게 보아 헤르츨의 구상은 실현되었다고 말할 수 있다. 그 과정의 구체적이고 세세한 모순과 갈등을 차치하면, 어쨌든 이스라엘 국가는 탄생했기 때문이다. 그러나 독일 유대인 벤야민은 이스라엘 건국을 보지 못했고, 심지어 예루살렘 땅을 밟아보지도 못했다. 독문학 교수로서 예루살렘의 히브리 대학 강단에 서는 꿈을 잠시나마 꾸긴 했지만 말이다. 그의 선배 마르크스처럼, 벤야민도 결국 독일 땅이 아닌 타국에서 쓸쓸히 세상을 등지고 말았다.

—

실제로 이스라엘 국가의 국민이 된 것은 벤야민의 평생지기 게르숌 숄렘이었다. 벤야민이 「번역자의 과제」를 집필하던 무렵, 불과

14 테오도어 헤르츨, 『유대 국가』, 이신철 옮김, 도서출판 b, 2012, p. 44.

20대 중반의 나이에 숄렘은 조국 독일을 떠나 팔레스타인에 정착했다. 당시로서는 정말 대담한 결단이었다. 하지만 숄렘은 헤르츨과 그의 추종자가 추진한 정치적 시온주의의 구상에 동의하지 않았고, 이스라엘 국가의 정치적 정당성을 인정하지도 않았다. 벤야민처럼 그도 국가(라는 정치적 형식)에 대항하려 했고, 이를 위한 무기를 '유대적인 것'에서 찾고자 했다. 그러나 '유대적인 것'의 본질에 대한 두 사람의 견해는 크게 갈렸다. 여타의 많은 사안에 있어서 서로 깊이 공감하고 나아가 입장을 공유하던 두 사람이 유독 첨예하게 부딪친 지점은 마르크스주의에 관한 문제였다. 길고 복잡한 이야기를 다소 거칠게 간추리자면, 벤야민은 마르크스의 사상을 유대적인 신념에 접목할 수 있다고 믿었고 또 실제로 그렇게 하려 했지만, 숄렘은 그러한 시도를 단호하게 일축했다. 사상의 차원에서 숄렘의 가장 커다란 적수로 꼽히는 철학자 야콥 타우베스에 따르면, 「역사의 개념에 대하여」와 관련하여 벤야민이 유고로 남긴 노트 속에는 자신의 유대 마르크스주의를 비판한 숄렘을 향한 (은밀한) 반박 시도가 담겨 있다고 한다.[15] 타우베스가 구체적으로 지목한 부분은 이 구절이다.

이렇게 상상해볼 필요가 있다. 즉 미래를 탐구하는 마법적 의식

15 Jacob Taubes, *Der Preis des Messianismus*, Würzburg: Königshausen & Neumann, 2006, pp. 28~29 참조.

을 거행할 때, 우리는 시간이 자신의 품에 무엇을 감추고 있는지 묻게 되는데, 이때 시간은 균질하지도 공허하지도 않은 것으로 표상된다. 이 점을 유념할 때, 우리는 기억Eingedenken 속에서 과거가 어떻게 현전하는지를 가장 잘 보게 된다. 다시 말해 과거를 있는 그대로 보게 되는 것이다. 주지하다시피 유대인에게는 미래를 점쳐보는 일이 금지되어 있었다. 역사에 대한 그들의 신학적 표상의 정수Quintessenz를 볼 수 있게 해주는 [실천적 행위로서] 기억은 마법을 노예처럼 부리는 미래를 탈마법화한다. 하지만 그렇다고 해서 이러한 표상이 미래를 공허한 시간으로 만들진 않는다. 오히려 매 순간이 메시아가 들어올 수 있는 작은 문이다. 그 문을 움직이게 만드는 경첩이 기억이다.[16]

사뭇 의미심장하게도, 이 단락 바로 앞에 있는 테제에는 이런 문장들이 적혀 있다. "마르크스는 자본의 '역사' 자체가 광범위하게 이론을 떠받치는 철골 구조로서 제시될 수 있다는 점을 인식했다. 그것은 과거의 아주 특정한 계기들과 함께 마르크스 자신의 시대가 역사 속에 등장하게 만든 정세를 포착하고 있다. 그것은 현재의 개념을 메시아적 시간의 파편들이 박혀 있는 '지금시간'으로서 포함하고 있다."[17] 지금껏 여러 논자가 주장했듯이, 벤야민은 그저 1차

16 발터 벤야민, 「「역사의 개념에 대하여」 관련 노트들」, pp. 384~85. 원문과 대조하여 번역을 수정했다.

17 같은 글, p. 383. 원문과 대조하여 번역을 수정했다.

원적으로 혹은 단선적으로 마르크스의 사상을 수용하거나 계승한 것이 결코 아니다. 그는 마르크스를 초극하려 했다. 그것도 마르크스가 그토록 열심히 벗어나려 했던 '신학'을 통해서 말이다.[18]

그럼에도 불구하고 두 사람의 지향이 보여주는 연속성은 누구도 부인할 수 없을 정도로 선명하다. 가령 청년 벤야민이 남긴 유명한 단편 「종교로서의 자본주의」에는 섬뜩한 묵시록적 진술이 들어 있다. "종교는 더 이상 존재의 개혁이 아니라 존재의 붕괴라는 것, 이 사실이 자본주의를 역사적 미증유의 사건으로 만든다. 절망이 곧 종교적인 세계 상황이 될 만큼 커져버려, 이로부터 구원을 기대해야 할 지경이 되었다. 신의 초월성은 무너졌다. 그러나 신은 죽지 않았다. 그는 인간의 운명에 편입되었다."[19] 단언컨대 이 진술은 "세속화"된 "유대인의 신은 [곧] 세계의 신"이라는 마르크스의 언명을 염두에 두지 않으면 결코 올바르게 이해될 수 없다. 마르크스는 화폐가 곧 유대인의 신, 유대적 생의 본질이라고 믿었다. 따라서 그것은 해체되어야 한다. 그와 다르지 않게, 벤야민은 신의 초월성을 무너뜨린 것은 화폐의 힘이라고 생각했다. 그리고 신과 더불어 세계의 내재성마저 깡그리 무너졌다. 이는 제1차 세계대전과 그에 따른 미증유의 파국을 생생히 목도한

18 벤야민의 신학이 기독교 신학인지 아니면 유대 신학인지는 알 수 없다. 사실 그에게는 그러한 구분이 무의미했는지도 모른다.

19 발터 벤야민, 「종교로서의 자본주의」, 『역사의 개념에 대하여/폭력비판을 위하여/초현실주의 외』, p. 123.

벤야민으로서는 지극히 자연스러운 결론이었다. 베를린 태생의 이 세속 유대인은 "종교로서의 자본주의"를 비판하는 작업을 통해 자신이 지닌 "유대 신념"의 정당성을 입증하려 했다. 이것은 동시에 마르크스의 유지를 창조적으로 (혹은, 관점에 따라서는, 파괴적으로) 계승하는 일이었다.

그러므로 우리는 존재의 붕괴로서의 자본주의-교敎에 대한 벤야민의 설명을 마르크스의 다음 주장과 연계시켜 음미해볼 필요가 있다.

> 우리는 유대인 문제에 대한 신학적 이해와 단절하고자 한다. 우리는 유대인 해방의 자격에 대한 문제를 '유대교 지양을 위해 어떤 특수한 사회적 요소가 극복되어야 하는가'라는 문제로 전환한다. 왜냐하면 오늘날 유대인 해방의 자격이란, 오늘날 세계 해방과 유대교가 갖는 관계이기 때문이다. 이 관계는 필연적으로 오늘날의 노예화된 세계에서 유대교가 차지하는 특수한 위치로부터 기인한다.
>
> 우리는 현실적이고 세속적인 유대교를 고찰하는 것이지, 바우어처럼 **안식일의 유대인**Sabbatsjuden을 고찰하는 것이 아니다. 우리는 오히려 **일상의 유대인**Alltagsjuden을 고찰한다.[20]

20 칼 마르크스, 『유대인 문제에 관하여』, p. 65. 강조는 원저자.

여기서 관건은 "안식일의 유대인"과 "일상의 유대인"을 구별하는 일이다. 바로 이 구별이 '유대적인 것'의 본질을 둘러싸고 벤야민과 숄렘이 벌인 논쟁의 핵심 쟁점이기 때문이다. 구도를 단순하게 정리해보자면, 벤야민은 마르크스의 입장을 지지하여 "일상의 유대인"에 주목한 반면, 숄렘은 (의식했건 그렇지 않건) 바우어의 노선을 따라 "안식일의 유대인"만을 유대인으로 간주했다고 할 수 있다. 다만 그 의도가 반대였을 뿐이다. 숄렘은 일찍부터 독일 민족과 기독교적인 독일 문화를 깊이 경멸했다. 그리고 이 감정은 유대 민족과 유대 전통에 대한 그의 강한 애착과 정확히 반비례한다. 하지만 이 반비례 관계는 모종의 도착적인 성격을 내장하고 있는데, 이는 무엇보다 그가 최후까지 독일어로 읽고 쓰는 작업을 포기하지 않았다는 사실을 통해 여실히 증명된다.[21]

'독일적인 것Deutschtum/das Deutsche'에 대한 숄렘의 양가적인 감정을 잘 보여주는 사례가 있다. 1961년 2월 그는 부버가 필생의 과업으로 여기고 수십 년 동안 매진해온 일, 즉 히브리 성서의 독일어 번역 작업을 마침내 완료한 것을 성대하게 축하하는 자리에서 심히 어그러진 언사를 쓰고 말았다. "대관절 이 번역은 누구를 염두에 둔 것이며, 누구에게 영향을 미치려고 하는 걸까요? 역사적으로 보자면, 이것은 더 이상 손님으로서 유대 민족이 독일 민족

21 Noam Zadoff, *Gershom Scholem: From Berlin to Jerusalem and Back*, Waltham: Brandeis University Press, 2018, pp. 157~88 참조.

에게 주는 **선물**Gastgeschenk일 수가 없습니다. 그것은 차라리—이 말을 하는 것이 저로서도 쉬운 일은 아닙니다—이루 말할 수 없는 파국으로 인해 이미 파탄에 이른 관계를 표시하는 묘비라고 해야 할 것입니다. 당신이 번역한 이 성서를 읽을 유대인은 더 이상 존재하지 않습니다."[22] 당시 그 자리에 있던 좌중 모두가 이 말에 아연실색했음은 두말할 필요가 없을 것이다.[23] 하지만 그들은 숄렘의 판단이 의표를 찔렀다는 사실마저 부정할 수는 없었다. 숄렘이 보기에 성서 번역가로서 부버는 독일어를 망각한 "일상의 유대인"에게서 진정한 "안식일의 유대인"을 찾는 우를 범한 셈이다.

하지만 숄렘이 19세기 헤겔 좌파 사상가가 제출한 거친 주장을 20세기 유대인의 관점에서 단순히 뒤집어서 반복한 것은 아니다. 만약 그랬다면 그는 결코 벤야민과의 우정을 지속할 수 없었을 것이다. 사실 숄렘의 사유는 벤야민에 결코 뒤지지 않을 정도로 복잡하고 방대하며 무엇보다 모순투성이다. 미상불 숄렘 사상의 전모를 요약하여 소개하는 일은 두꺼운 책 한 권을 쓰는 일 이상의 노력과 수고를 필요로 한다.[24] 그러므로 여기서는 다만 그의

22 Gershom Scholem, *The Messianic Idea in Judaism*, New York: Schocken Books, 1995, p. 318. 강조는 원저자.

23 Paul Mendes-Flohr, *Martin Buber: A Life of Faith and Dissent*, New Haven: Yale University Press, 2019, p. 305 참조.

24 David Biale, *Gershom Scholem: Kabbalah and Counter-History*, Cambridge: Harvard University Press, 1979; David Biale, *Gershom Scholem: Master of the Kabbalah*, New Haven: Yale University Press, 2018; Daniel Weidner, *Gershom Scholem: politisches,*

말과 글에서 발견되는 가장 극적인 역설 한 가지를 지적하는 것으로 만족하기로 하자. 숄렘은 공공연히 "종교적 아나키스트"를 자처했다. 그러나 동시에 그는 자신이 유대교의 유일신(인격신)과 그의 계시에 대한 견결한 신앙을 지니고 있다고 늘 주장했다. 심지어 숄렘은 (기독교와 이슬람을 위시한) 모든 종교적인 사유와 실천이 젖줄을 대고 있는 원천은 오직 시나이산일 수밖에 없다고 믿었다.[25] 하지만 다시, 그는 유대 민족에게 주어진 **근원 계시**Ur-Offenbarung의 내용은 가장 근본적인 의미에서 '무無'일 수밖에 없다고 생각했다. 이러한 모순의 공존 혹은 연속으로부터 우리는 숄렘이 신봉한 '유대적인 것'의 본질에 대한 이미지를 그려볼 수 있다.

숄렘은 거의 배타적일 정도로 철저하게 유대 신학jüdische Theologie의 관점에서 유대인 문제에 접근했다. 하지만 그가 천착하고 표방한 유대 신학은 정통 유대교의 입장에서 볼 때 지극히 이단적인 사유의 묶음에 지나지 않았다. 숄렘에 의해 집대성된 이단적인 유대 사상의 흐름은 통상 '카발라Kabbalah'라는 명칭으로 불린다.

3.

유대교 신앙과 유대적 실존의 정당성을 카발라 전통에서 찾으려

esoterisches und historiographisches Schreiben, München: Wilhelm Fink, 2003; Noam Zadoff, *Gershom Scholem* 참조.

25 Harold Bloom ed., *Gershom Scholem*, New York: Chelsea House Publishers, 1987, p. 216 참조.

한 숄렘의 시도는 사실 위험하기 짝이 없는 것이었다. 적어도 정통 유대교의 신봉자가 보기에는 그랬다. 왜냐하면 그는 자신의 카발라 연구를 통해서 유대 전통의 역린에 해당하는 메시아주의Messianismus를 단지 살짝 건드리는 데 그치지 않고, 실로 대담하게 그것을 (극단적인 방식으로) 재활성화하는 데까지 나아갔기 때문이다. 이는 무엇보다 유대 역사상 가장 커다란 추문을 일으킨 17세기의 (거짓) 메시아에 대한 탐구에 숄렘이 실로 어마어마한 시간과 공력을 들였다는 사실을 통해 입증된다. 이 역사적-문헌학적 연구의 결과가 바로 『사바타이 츠비: 신비주의 메시아』다. 숄렘이 (독일어가 아닌) 히브리어로 집필한 이 연구서의 영어 번역본은 무려 1천 쪽에 달한다.[26] 사뭇 의미심장하게도, 이 책의 제사로는 이런 인용문이 적혀 있다. "역설은 진리의 한 가지 특징이다." (참고로 이것은 독일 철학자 빌헬름 딜타이Wilhelm Dilthey의 아포리즘이다.) "역설"은 "심연"과 더불어 숄렘이 가장 즐겨 사용한 단어 가운데 하나다.[27] 실제로 숄렘의 여러 저작을 두루 톺아보면, 그의 사유는 정말로 역설과 심연으로 미만彌滿해 있다는 느낌을 지우기 어렵다.

26 Gershom Scholem, *Sabbatai Ṣevi: The Mystical Messiah, 1626~1676*, Princeton: Princeton University Press, 1973.

27 Lina Barouch, *Between German and Hebrew: The Counterlanguages of Gershom Scholem, Werner Kraft and Ludwig Strauss*, Berlin: Walter de Gruyter, 2016, pp. 68~69 참조.

과연 숄렘은 역설의 사상가였다. 하지만 그는 자신의 역설이 온전히 '유대적인 것'의 영역 안에 머무르기를 원했던 것 같다. (물론 이 역시, 관점에 따라서는, 일종의 역설로 보일 수 있다.) 뿐만 아니라 숄렘은 흔히 기독교의 창시자로 일컬어지는 나사렛 예수에 대해서는 기회가 닿을 때마다 격한 반감을 표시했다. 그러나 그는 유대 민족과 전 세계를 구원한다는 거창한 명분 아래 로마 가톨릭으로 개종했던 18세기의 (거짓) 메시아 야콥 프랑크Jacob Frank(1726~1791)에 대해서는 유달리 (야릇하고) 강렬한 형태의 공감을 표명한 바 있다.[28] 마치 두 사람 사이에 도무지 메울 수 없는 간극이라도 존재한다는 듯 말이다. 이것은 낭만주의적 기연주의機緣主義, Occasionalismus의 한 버전으로 보일 법한 특성이라고도 할 수 있다. 숄렘의 이러한 기질을 일찍부터 간파한 프란츠 로젠츠바이크Franz Rosenzweig는 일찍이 그를 "니힐리스트nihilist"로 규정했다. 하지만 숄렘은 극한의 니힐리즘마저도 "역설"의 유희 속으로 끌어들일 수 있는 비범한 능력의 소유자였다. 그래서 혹자는 그를 두고 역사학자historian의 가면을 쓴 형이상학자metaphysician라는 표현을 쓰기도 했는데, 이는 적확한 통찰이라 하지 않을 수 없다.[29] 왜냐하면 무엇보다 숄렘 스스로가 자신을 일종의 "형이상학적 광대metaphysical clown"로 여겼기 때문이다.[30]

28 Gershom Scholem, *The Messianic Idea in Judaism*, p. 127 참조.

29 Moshe Idel, *Old Worlds, New Mirrors: On Jewish Mysticism and Twentieth-Century Thought*, Philadelphia: University of Pennsylvania Press, 2010, p. 89 참조.

계시와 역사 그리고 역설에 사로잡힌 숄렘이 자신의 (유대) 신학적 모순을 가장 첨예하게 그리고 아름답게 드러낸 장소가 있다. 그 장소란 어느 기묘한 이야기Erzählung—하시디즘적 하가다Chassidische Haggadah—에 의해 창조된 "일상적인alltäglich" 신비의 공간이다. 이 이야기는 그가 존경하던 작가 슈무엘 아그논Shmuel J. Agnon에게서 직접 들었지만, 아그논이 창작한 것은 아니다. 숄렘은 그 이야기를 자신의 책에 이렇게 요약해서 옮겼다.

> 어려운 과제에 직면할 때면 바알 솀Baal Shem은 숲속의 정해진 한 장소로 가서 불을 피우고 명상하며 [신께] 기도를 올렸다. 그러면 그가 하고자 했던 일은 이루어졌다. 한 세대 후, 메제리츠Meseritz의 '설교자Maggid'가 동일한 과제에 직면했다. 그는 숲속의 그 장소로 가서 이렇게 말했다. "우리는 더 이상 불을 피울 수 없다. 하지만 우리는 [바알 솀이 올렸던 것과 같은] 기도를 올릴 수 있다." 그러자 그가 원했던 일이 실현되었다. 다시 한 세대가 흐르고, 사소프Sassov의 랍비 모셰 라이프Moshe Leib 역시 동일한 과제를 수행해야 했다. 그도 숲으로 들어가서 이렇게 말했다. "우리는 더 이상 불을 피울 수 없으며, 또 그 비밀스러운 기도에 대해서도 알지 못한다. 하지만 우리는 숲속 그 장소가 어딘지 안다. 그곳에 모든 것이 있다. 그러므로 분명 그걸로 충

30 Noam Zadoff, *Gershom Scholem*, p. xv 참조.

> 분할 것이다." 정말로 그걸로 충분했다. 하지만 또 한 세대가 흐르고 리신Rishin의 랍비 이스라엘Israel이 그 과제를 수행하라는 부름을 받았을 때, 그는 자신의 성에서 황금의자에 앉은 채 이렇게 말했다. "우리는 불을 피울 수도 없고, 그 기도를 올릴 수도 없으며, 그 장소가 어딘지도 알지 못한다. 하지만 우리는 그 역사가 어떻게 이루어졌는지 이야기할 수 있다." 그리고 이야기꾼은 이렇게 덧붙인다. "랍비 이스라엘이 한 이야기는 앞선 세 사람의 행위가 불러온 것과 동일한 효과를 보았다."[31]

우리는 이 이야기를 숄렘이 카프카와 관련하여 제시한 수수께끼, 즉 "계시의 무"에 대한 주석으로 읽을 수 있다. 왜냐하면 이 특이한 하가다는 '의미는 지니지 않지만 효력을 발휘하는' 기도에 관한 이야기이기 때문이다. 나아가 이 이야기의 중핵은 '위반을 통해 실현되는 계명'과 은밀하게 잇닿아 있다. 그리고 바로 여기가 숄렘의 '유대적인 것'이 벤야민의 유대 신념과 격렬하게 부딪치는 지점이다. 즉 숄렘의 관점에 따르면, 유대교의 계시 전통으로부터 아무리 멀어진 유대인이라 하더라도 그가 유대인의 역사를 기억하고 또 이야기할 수 있다면, 그것만으로도 그에게는 "안식일의 유대인"이 될 자격이 주어진다. 바꿔 말하자면 "계시의 무"는 숄

31 Gershom Scholem, *Major Trends in Jewish Mysticism*, New York: Schocken Books, 1995, pp. 349~50.

렘의 유대인에게는 일순간에 "모든 것"으로 역전될 수 있는 개념이다. 이와 달리 벤야민의 눈에 비친 현대 유대인은 기독교인이나 무신론자와 하등 다를 바 없이 계시로부터 가뭇없이 소외된 존재다. 다시 말해 근본적으로 그에게는 시나이산과 올림포스와 파트모스 모두가 베를린이나 파리 혹은 모스크바와 조금도 다를 것이 없었다. 그런 이유에서 벤야민은 하가다의 자리에 모든 경계를 초월할 수 있는 동화를 등장시킨다.

> 최초의 진정한 이야기꾼은 현재도 그렇듯이 앞으로도 동화의 이야기꾼일 것이다. 좋은 조언이 떠오르지 않을 때 동화는 언제나 조언을 해줄 줄 알았다. 또한 시련이 가장 혹독했을 때 가장 가까이에서 도움을 준 것도 **동화**였다. 이때 시련은 신화Mythos가 만들어낸 시련이다. [……] 동화는 바보의 형상을 통해 어떻게 인류가 신화에 맞서 '바보인 척했는지'를 보여주고, 막내의 모습을 통해 인류가 신화의 원초적 시간으로부터 점점 더 멀어짐에 따라 어떻게 그의 기회가 커졌는지를 보여주며, 두려움을 배우기 위해 떠난 사람의 모습을 통해 우리가 두려움을 느끼는 사물들의 정체를 꿰뚫어 볼 수 있다는 것을 보여주고, 영리한 사람의 모습을 통해 신화가 던지는 물음들을 마치 스핑크스의 물음처럼 간단히 풀 수 있다는 것을 보여주며, 동화 속의 어린아이를 돕는 동물들의 모습을 통해 자연은 신화에만 복종하는 것이 아니라 오히려 인간과 어울리기를 더 좋아한다는 사실을 보

여준다. 동화가 태곳적에 인류에게 가르쳐주었고 또 오늘날에도 아이들에게 가르쳐주고 있는 가장 현명한 조언이 있다면, 그것은 신화적 세계의 폭력에 꾀List와 무모함Übermut으로 대처하는 것이다.[32]

동화에 대한 믿음은 벤야민 역사철학의 근간을 이루는 요소 중 하나다. 이 믿음의 기초 위에서 그는 숄렘의 카발라적 해석과 대립했다. 그래서 그는 카프카를 제대로 이해하기 위해서는 "계시의 무"보다 오히려 "유대 신학의 희극적 측면"에 주목해야 한다고 주장했다. 즉 벤야민은 동화의 관점에서 카프카의 작품에 접근했던 것이다. 이때 벤야민에게 일종의 징검다리 역할을 해준 작가가 있다. 그의 이름을 우리는 이미 알고 있다. 요한 페터 헤벨. 이 18세기 프로테스탄트 목사가 남긴 독특한 작품들에 벤야민은 아낌없는 경탄을 보냈다. 그가 보기에 헤벨은 "위대하지만 결코 충분히 평가받지 못한 거장"이었다.[33] "헤벨적인 해학"은 횔덜린을 존경한 베를린의 비평가가 동화의 세계에서 카프카의 『성』으로 비약하려 했을 때 가장 커다란 도움을 준 것으로 짐작된다. 우리는 헤벨의 작품에서 "꾀"와 "무모함"이 거의 완벽한 역설처럼 결합하

32 발터 벤야민, 「이야기꾼: 니콜라이 레스코프의 작품에 대한 고찰」, 『서사·기억·비평의 자리』, p. 448. 강조는 원저자.

33 발터 벤야민, 「요한 페터 헤벨」, 『서사·기억·비평의 자리』, p. 188. 원문과 대조하여 번역을 수정했다.

는 장면을 목격할 수 있다. 예컨대 「가장 안전한 길」이라는 제목의 단편을 보자.

> 술에 취한 사람도 때로는 깊은 생각 혹은 훌륭한 발상을 할 수 있다. 여기서 이야기하는 사람처럼 말이다. 이 사람은 시내에 나갔다가 귀가하는 중이었는데, 평소 다니던 길이 아니라 그 길을 따라 흐르는 개울물 속을 걷고 있었다. 그때 곤경에 처한 자나 술에 취한 자를 잘 도와주는 어느 친절한 신사가 나타나서 그를 구해주려고 손을 내밀었다. "이보시오, 당신 지금 개울물 속에서 걷고 있다는 걸 모르시오? 걷는 길은 이쪽입니다." 취객은 대꾸했다. "평소라면 물론 마른 땅 위를 걷는 게 더 편할 테지요. 하지만 이번에는 좀 과하게 마셨기에……" 신사가 말했다. "그러니까 말입니다. 제가 당신을 개울에서 건져드리리다." 취객이 대꾸했다. "그러니까 말입니다. 저를 좀 내버려두세요. 개울을 걷다가 넘어지면 길 위로 구르게 되지요? 하지만 만약 제가 길에서 넘어지면 개울에 빠질 거 아닙니까." 그는 그렇게 말하고는 검지로 이마를 두들겼다. 마치 제 머릿속에는 취기 말고 남들이 미처 생각하지 못하는 무언가가 더 들어 있다는 양.[34]

34 요한 페터 헤벨, 「가장 안전한 길」, 『예기치 않은 재회: 독일 가정의 벗, 이야기 보물상자』, 배중환 옮김, 부산외국어대학교 출판부, 2003, p. 94. 원문과 대조하여 번역을 수정했다.

비록 벤야민이 이 단편을 구체적으로 언급한 적은 없지만, 우리는 동화의 특징에 대한 그의 설명을 이 이야기에도 무리 없이 적용할 수 있다. 물론 이 단편에서 '시련'은 '계몽의 신화Mythos der Aufklärung'가 만들어낸 시련이라 해야 정확할 테지만 말이다. 여기서 한 걸음 더 나아가 우리는 이 이야기에 구현된 "헤벨적인 해학"이 카프카의 이야기에서 발견되는 "유대 신학의 희극적 측면"과 긴밀히 내통하고 있다는 가정까지 해볼 수 있다.

"남들이 미처 생각하지 못하는 무언가"를 더 알고 있는 (척하는) 헤벨의 취객은 카프카에게로 가서 야훼가 '부르지 않았음에도 불구하고 길을 떠난 아브라함'으로 변신한다. 카프카에 따르면, 이 아브라함은 "기꺼이 전적으로 희생하려 했고 그 일에 대해 처음부터 끝까지 제대로 직감하고 있었지만, 다만 자기를 부른 게 맞는지, 그러니까 추하게 늙은 노인[자기 자신]과 꾀죄죄한 그의 아들이 정말 [신께] 부름을 받았는지 다만 그것을 믿지 못했던" 인물이다. 이 "다른 아브라함"에게서 우리는 말하자면 '카프카적 해학'이 유감없이 발현되는 장면을 목격한다. '믿지 못한' 아브라함의 처지에 대해 카프카는 이렇게 말한다. "이것은 마치 한 해를 마치면서 가장 우수한 학생에게 상이 수여되는 순간을 기다리며 모두가 잠자코 있는 와중에 [하필이면] 맨 뒤쪽 더러운 의자에 앉아 있던 꼴찌가 [제 이름을] 잘못 알아듣고 벌떡 일어나 앞으로 나아가려는 꼴을 보고, 순간 반 학생 전체가 웃음을 터뜨리는 상황과 같다." 하지만 유대인 카프카의 희극적 상상력은 여기서 그치지 않는다. '꼴찌-아브라함'에 대한 그의 마지막 말이다. "그런데 어쩌면 그것은 잘못 들은 것이 아니고, 그의 이름은 실제로 불렸을 수 있다. 어쩌면 가장 우수한 학생에게 상을 주는 동시에, 꼴찌에 대한 처벌도 같이 하는 것이 선생의 의도였을지 모르기 때문이다."[35]

혹시 히브리 대학의 "형이상학적 광대"라면 심지어 카프카의 '꼴찌-아브라함'에게서마저 "계시의 무"가 작동하고 있다고 주장했을지도 모르겠다. 하지만 그와 달리 베를린의 비평가는 자신이 "도중에 돈키호테로 변해버릴까 두려워한" '꼴찌-아브라함'에게서 "유대 신학의 희극적" 정수를 발견했을 가능성이 크다.[36] 그런데 '꼴찌-아브라함'은 어쩌면 돈키호테가 아니라, (그보다 먼저) 파트모스의 요한으로 변했(었)던 것인지도 모른다. 그러니까 파트모스의 요한 역시 예수가 자신을 부르지 않았는데도 불구하고 계시록을 썼을 수 있다는 말이다. 아니, 실제로 기독교의 구세주는 요한을 불렀을 수 있다. 하지만 설령 그렇다 해도, 그것이 정녕 그에게 상을 주기 위해서였는지 아니면 벌을 내리기 위해서였는지 여부는 영원한 수수께끼로 남을 것이다. 만약 카프카가 마치 창세기를 읽듯이 「요한의 묵시록」을 탐독했더라면, 필경 그는 이러한 가능성에 대해서도 끝없이 사변했을 것이다. 왜냐하면 그의

35 프란츠 카프카, 「로베르트 클롭슈톡 앞[마틀리아리, 1921년 6월]」, 『카프카 전집 7: 행복한 불행한 이에게』 개정판, 서용좌 옮김, 솔, 2017, pp. 610~12 참조. 원문과 대조하여 번역을 수정했다.

36 같은 책, p. 612. 원문과 대조하여 번역을 수정했다.

머릿속에는 언제나—시대를 불문하고—남들이 미처 생각하지 못하는 무언가가 더 들어 있는 듯 보이기 때문이다.

마찬가지로 만약 벤야민이 헤벨의 「가장 안전한 길」을 읽고 나서 카프카의 다음 구절을 펼쳐 보았다면, 아마도 그는 두 사람 사이에 어떤 초현실적인 친화력을 상정했을 것이다. 아닌 게 아니라, 아래 구절은 『성』의 작가가 헤벨(의 취객)을 향해 직접 건네는 말처럼 들리기도 한다.

> 당신이 어떤 상태에 있는지 당신을 처음 봤을 때부터 사실 알고 있었소. 그것은 이런 열병이 아니오, 단단한 땅 위에서 느끼는 뱃멀미 같은 열병 말입니다. 일종의 나병 아닙니까? 당신은 너무 열이 올라 사물들의 진정한 이름에 만족할 수도, 그것들에 배불러할지도 몰라서, 이제 급히 우연한 이름들을 그것들에게 마구 쏟아붓고 있는 것은 아닌지요. 오로지 빨리, 오로지 빨리! 그러나 당신이 그것들로부터 도망치자마자, 당신은 다시 그것들의 이름을 잊어버리지요. 당신이 '바벨탑'이라고 명명했던 들판의 포플러나무는—왜냐하면 당신은 그것이 포플러나무라는 것을 알려고 하지 않았기 때문인데—다시 이름 없이 흔들리지요. 그리고 당신은 그것을 '술 취한 노아'라고 명명하게 될 겁니다.[37]

37 프란츠 카프카, 『카프카 전집 2: 꿈같은 삶의 기록』, 이주동 옮김, 솔, 2004, pp. 137~38.

이렇게 해서 우리는 마침내 파트모스에서 바벨로 건너왔다. 이곳에서 우리 모두는 "단단한 땅 위에서 느끼는 뱃멀미"를 경험하게 된다. 그리고 이는 결국 우리가 카프카의 '꼴찌-아브라함'과 조금도 다를 것 없는 존재라는 뜻이다. 분명 누구도 이 사실을 부정할 수 없을 것이다. 다시 말해, 우리, 모든 '일상의 유대인' 혹은 잠재적인 '꼴찌-아브라함'은 근본적으로 '행위'할 수 없는 존재다. 우리는 다만 존재할 수 있을 뿐이다. 혹시 이것은 '가장 안전한 길'일까, 아니면 '가장 큰 재앙'일까? 아마도 우리는 끝내 답을 알 수 없을 것이다. 동시대의 어느 벤야민 주석가가 말한 것처럼, "우리는 언어의 끝없는 혼란 속에 내던져진 채, 끝내 그 사실을 망각한 채로, 바벨탑 속에" 머무르고 있는지도 모른다.[38] 그러나 언젠가 때가 되면, 우리 중 누군가가 마치 바보인 척 혹은 취객인 척하며 전례 없는 엄청난 "꾀"와 "무모함"을 발휘할 수도 있을 것이다. 횔덜린이 이미 말하지 않았는가. "위험이 있는 곳에는 또한 구원자도 자라고 있다"고.

38 대니얼 헬러-로즌, 『에코랄리아스: 언어의 망각에 대하여』, 조효원 옮김, 문학과지성사, 2015, p. 289.

13. 말하는 천재

역사의 질서는 질서의 역사에서 나온다.

—에릭 뵈겔린

질서는 존재하는 모든 것에 적용될 수 있는 범주다. 따라서 질서는 순수한 형이상학적 사변으로도, 폭넓은 실증주의적 관찰로도 완전히 포착될 수 없다. 자연 및 사물 세계의 질서와 인간 사회의 질서는 아주 상이하며, 이 양자(혹은 삼자)의 관계에도 모종의 특수한 질서가 존재한다. 존재 범주 안에서 본질상 질서는 언제나 복수複數로 존재한다. 수많은 질서가 있다는 말이다. 그러나 그 모든 질서를 포괄하는 궁극의 질서가 있는데, 그것은 존재와 무 사이에서 움직이는 질서, 즉 존재로 발산되었다가 다시 무로 수렴되는 질서다. 질서의 궁극은 무의 질서, 다시 말해 무질서다.

1. 질서와 극한, 극한의 질서

1971년 3월 24일, 은유학의 창시자 한스 블루멘베르크가 『정치신학』의 저자에게 보낸 편지에는 한 가지 결정적인 진술이 들어 있다.

> 우리의 입장 차이를 하나의 공식으로 간략히 할 필요가 있다면, 저는 이렇게 말하겠습니다. 제가 이렇게 하는 까닭은 더 명확한 공식을 만들기 위해서입니다. 저에게는 "이 모든 것이 어떻게 유지될 수 있는가?"라는 질문에서 비로소 사태가 분명해진다면, 당신에게는 "극한의 상황이 펼쳐지는 곳은 어디인가?"라는 질문에서 그렇다는 것입니다.[1]

한 세대 아래의 유대인 철학자가 보낸 이 도발적인 편지에 노년의 법학자는 이런 답장을 보낸다.

> 공식을 만들어서 적의 입장을 명확하게 [정리]하는 당신의 기술을 책에서도 보면서 저는 종종 경탄했습니다. 그 덕분에 저의 입장 또한 본질적인 이득을 얻었습니다. 즉, 오늘날 통용되는 의미의 '세속화'란 막스 베버와 에른스트 트뢸치Ernst Troeltsch에 의해 관철되었다는 사실을 깨닫게 된 겁니다. 반면 저에게 그 말은 무엇보다 (오늘날에도 여전히 실제적인 법률로 작동하는) 『교회법전*Codex Iuris Canonici*』에서 유래하는 것입니다(641조 43항:

1 Alexander Schmitz and Marcel Lepper eds., *Hans Blumenberg-Carl Schmitt Briefwechsel*, Frankfurt a. M.: Suhrkamp, 2007, p. 106.

세속의 특권을 내세움obtento saecularizationis indulto 그리고 세속으로 되돌림ad saeculum regressus). 막스 베버의 "카리스마적 정당성"이나 "세계 내적 금욕" 따위는 오직 프로테스탄트 목사관 같은 곳에서만 이해될 수 있는 생각입니다.

"이 모든 것이 어떻게 유지될 수 있는가?"와 "극한의 상황이 펼쳐지는 곳은 어디인가?"라는 안티테제에 저는 오랫동안 붙들려 있을 것 같습니다.[2]

철학자가 무엇이 세계의 질서를 지탱하는가를 묻는다면, 법학자는 질서의 가능성 자체를 오직 질서의 극한에서 타진한다. 블루멘베르크는 어떤 형태로든 질서의 존립과 존속을 전제하는 반면, 슈미트는 그렇게 하지 않는다. 슈미트는 극한을 망각한 상태에서는 결코 질서가 생겨날 수 없다고 생각한다. 그에게 질서란 곧 극한(으로부터)의 질서이기 때문이다. 어쨌든 확실한 사실은 두 사람이 같은 문제를 두고 씨름한다는 점이다. 다만 해결을 위한 방향이 서로 다를 뿐이다. 공간적인 비유를 쓰자면, 블루멘베르크가 질서의 심연을 똑바로 응시하기 위해 꾸준히 파 내려간다면, 슈미트는 질서의 예외로 하늘을 뚫기 위해 솟구친다고 말할 수 있다. 철학자와 법학자의 공통 논점은 법학자의 입에서 명시적으로 발화되었다. 그것은 세속화, 즉 '세속 근대'의 질서다. 그런데 두 사람이 '세속

2 같은 책, p. 111.

근대의 질서는 가능한가'에 대해 논쟁을 벌이게 된 배경에는 칼 뢰비트가 쓴 문제작 『역사의 의미』(1949)가 놓여 있다. (참고로, 슈미트는 이 책이 출간되자마자 곧바로 탐독했으며, 블루멘베르크가 『근대의 정당성』[1966]을 집필한 것은 본디 이 책을 논박하려는 의도에 서였다.) 『역사의 의미』 서론에서 뢰비트는 이렇게 말한다. "우리는 고대적 고대인이 아니며, 또한 고대 기독교인도 아니다. 우리는 근대인이다. 즉 우리는 저 두 가지 전통이 다소 비일관적인 방식으로 혼재된 존재다. 그리스 역사가들은 위대한 정치적 사건을 중심으로 한 실용적인 역사를 기록했다. 반면 기독교 교부들은 히브리 예언과 기독교 종말론에 힘입어 천지 창조, 성육신, [역사의] 완결 consummation과 같은 초역사적 사건들에 초점을 맞춘 역사 신학을 전개했다. 그런가 하면, **근대인들은 신학적 원리들을 세속화시키고 나아가 그것들을 점점 더 많은 종류의 실제적 사실들에 적용함으로써 역사철학을 정립했다.**"[3] 그러나 사실 뢰비트의 이 진술은 그보다 훨씬 전에 슈미트가 『정치신학』(1922)에서 했던 도발적인 선

3 칼 뢰비트, 『역사의 의미』, 이한우 옮김, 문예출판사, 1990, p. 39. 강조는 인용자. 원문과 대조하여 번역을 수정했다. 뢰비트는 또한 「에필로그」에서는 이렇게 말한다. "근대인의 정신은 단순하지 않다. 왜냐하면 근대인은 한편으로는 진보적인 세계관에서 기독교적인 창조와 완성의 함축성을 배제하면서 다른 한편으로는 고대인의 세계관으로부터 순환적 구조를 배제한 무한하고 연속적인 운동이라는 관념을 받아들이기 때문이다. 근대적인 정신이 기독교적인지 이교적인지는 아직 결정되지 않았다. 근대인의 한쪽 눈은 신앙의 눈이고, 다른 한쪽 눈은 이성의 눈이다. 따라서 근대인의 시각은 그리스적 사고나 성서적 사고에 비해 어쩔 수 없이 희미할 수밖에 없다"(같은 책, p. 311).

언의 먼 메아리에 지나지 않는다. "현대 국가론의 주요 개념은 모두 세속화된 신학 개념이다."[4] 그러나 메아리만 있었던 것은 아니다. 단호한 항의 선언도 있었다. 블루멘베르크는 이렇게 주장한다. "더 세속화된 세계란 가령 '비 온다Es regnet'와 같은 문장에 들어 있는 비인칭 주어처럼 광범위한 애매성을 띠는 주어다."[5]

세 논변의 선후 관계를 간략하게 정리해보자. 가장 먼저, 법학자의 정치신학 선언이 있었다. 다음으로, 30년 가까이 지난 뒤 (비기독교도) 신학자가 그 선언을 역사철학의 영역으로 전위시켰다. 마지막으로, 다시 한 세대가 지난 후 철학자가 등장하여 '근대의 정당성'을 외치며 신학자의 책에 이의를 제기하는 동시에, 더 근본적으로 법학자의 전제 자체를 타격함으로써 (현재까지 계속되고 있는) '세속화' 논쟁은 점화되었다. 『근대의 정당성』의 개정판에서 블루멘베르크는 이렇게 쓴다. "칼 슈미트의 '정치신학'에서 방법론적으로 눈에 띄는 점은 그 신학 자체가 세속화의 연관성에 가치를 둔다는 사실이다. 그렇다면 내 생각에는, 정치적 개념이 신학적 외관을 지닌다는 사실을 정치적 현실이 절대적인 성격을 가진다는 점의 결과로 해석함으로써 [원래 표방했던 의도와는] 반대되는 정초 작업의 연관성을 만들어내는 것이 그 신학의

4 칼 슈미트, 『정치신학』, 김항 옮김, 그린비, 2010, p. 54. 번역은 일부 수정했다.

5 Hans Blumenberg, *Die Legitimität der Neuzeit*, Frankfurt a. M.: Suhrkamp, 1999, p. 12.

의도에 더 부합하지 않나 싶다. [……] '현대 국가론의 주요 개념은 [모두]세속화된 신학 개념'이라는 명제 뒤에는 역사적 통찰이 아니라 상황에 대한 이중적 유형화가 존재하는 듯 보인다."[6] 요컨대 근대의 차후성此後性을 설파하는 슈미트의 정치신학적 명제들은 이미 출발선에서부터 근대가 개발하고 유통시킨 언어 사용법에 의지하고 있다는 이야기다. 따라서 블루멘베르크가 보기에 슈미트의 "'정치신학'은 은유신학이다."[7] 이에 슈미트는 『정치신학 2』(1970)에서 날카롭게 응수한다. "블루멘베르크가 나의 테제들을 온갖 혼란스러운 종교적, 종말론적, 정치적 표상들과 마구잡이로 뒤섞어놓은 바람에 오해의 여지가 생기고 말았다."[8]

세속 근대에 대한 세 사람의 입장 차이를 간략히 정리해보자. 뢰비트가 보기에 근대는 신의 섭리에 대한 희망을 바탕으로 어떻게든 견뎌내야 할 무질서한 세계인 반면, 블루멘베르크에게 근대는 (기독교든 이교도든) 모든 허황된 초월 신앙을 인간의 노력으로 극복한 시대, 적어도 극복하고 있는 시대, 바꿔 말해 세계 질서의 유지와 보존을 위해 최적화된 지식을 획득한 시대다. 이와 달리 슈미트는 근대를 적그리스도의 출현을 막는 억제자가 몰락해

6 같은 책, p. 102.

7 같은 책, p. 112. 자신의 명제가 역사적 통찰을 결하고 있다는 공격은 평생 일관되게 구체성의 사유를 강조한 슈미트로서는 분명 더없이 치욕스러운 것이었을 터이다.

8 Carl Schmitt, *Politische Theologie II*, Berlin: Duncker & Humblot, 1984, p. 110[『정치신학 2』, 조효원 옮김, 그린비, 2019, p. 146].

버린, 처참한 무질서를 향해 치닫는 난장판으로 본다. 세계를 견뎌야 할 곳으로 본다는 점에서 뢰비트와 슈미트는 일치한다. 그러나 뢰비트가 최종 구원을 기대하는 종말론적 신앙에 의지해 그렇게 보는 반면, 슈미트는 로마 가톨릭교회가 한때 이룩했던 최상의 구체적인 법질서가 무너짐으로써 이제 세상 종말의 유예가 불가능해졌다는, 한층 현실적이고 염세적인 인식 위에 서 있다. 요컨대 뢰비트는 종말을 기다리지만, 슈미트는 종말을 두려워하는 것이다. 이 "변절한 가톨릭 신자"[9]는 예수 그리스도를 통해 일어난 구체적이고 역사적인 유일무이한 사건, 즉 초월이 내재로 틈입한 저 엄청난 사건에서 뭇 신앙인들처럼 궁극 구원에 대한 기대를 길어내는 대신 현세의 지속을 위해 법질서가 근원적으로 창출되는 장면을 상상한다. 달리 말해, 슈미트는 예수에게서 법의 궁극적 형태, 진정한 '대표'의 모습을 그려내는 것이다.

그러니까 슈미트에게 예수가 교회의 머리인 이유는 믿음이 아닌 법의 기초를 놓았기 때문이다. 예수에 의해 세워진 "교회가 최대 규모를 가진 법적 정신의 담지자이며 로마 법학의 진정한 상속자라는 점은 교회를 아는 사람이라면 누구나 인정하는 사실이다. 교회가 법적 형식이 될 수 있다는 사실은 교회가 지닌 사회학적 비밀 중 한 가지다. 그러나 법적 형식을 위시한 그 어떤 형식이든 될 수 있는 것은 오직 교회가 대표할 수 있는 힘die Kraft zur

9 야콥 타우베스, 『바울의 정치신학』, 조효원 옮김, 그린비, 2012, p. 234.

Repräsentation을 가진 덕분이다. 교회는 인류 사회civitas humana를 대표한다. 모든 순간에 교회는 그리스도의 성육신 및 십자가 희생이 역사와 맺는 관계를 표현한다. 교회는 그리스도 자신을, 즉 역사적 현실 속에서 인간으로 나타난 신을 인격적으로 대표한다."[10] 이로부터 우리는 세속화 개념이 『교회법전』에서 유래한다는 슈미트 진술의 의미를 알 수 있다. 요컨대, 슈미트에게는 교회가 곧 법이며, 법이 곧 교회인 것이다. 그런데 역사 속에서 교회와 법의 등치 관계가 실제로 존재했던 곳은 로마 제국이었으며, 바로 이것이 우리가 야콥 타우베스에게 동의하면서, 그를 변종 가톨릭주의자, 더 정확히는 "로마 가톨릭주의자"라고 부를 수 있는 이유다.

그리고 이 점에서, 즉 초월이 아니라 오직 내재만을, 구체적인 현실만을 염두에 둔다는 점에서 슈미트는 뢰비트가 아닌 블루멘베르크와 같은 노선을 취한다. 뢰비트는 이 세계 안의 모든 사건과 현상 일체에서 눈을 돌리라고 말하는 (초대) 기독교의 본래 가르침에 충실하려고 노력하지만, 슈미트와 블루멘베르크는 이 세계의 일들, 즉 역사야말로 유일하게 가치 있는 것이라고 생각한다. 그러므로, 반복하건대, 슈미트에게 예수는 어떤 영원한 진리의 현현이 아니라, 구체적인 역사를 관통해온 가톨릭교회법을 정초한 역사적인 인물이다. 그런데 이로부터 우리는 비유대인 슈미

10 Carl Schmitt, *Römischer Katholizismus und Politische Form*, München: Theatiner-Verlag, 1925, p. 26.

트가 유대인 뢰비트보다 더 '유대적'으로 사유했다는 역설적인 가설을 세울 수 있다. 왜냐하면 슈미트는 초월의 틈입(성육신)을 내재의 충만(교회법의 창설과 통치)으로 뒤집어 해석하기 때문이다. 다시 말해 그는 법과 교회, 정치와 신학을 하나로 묶어 생각했던 것이다. 그런데 정치와 종교의 일치를 가장 온전하게, 그러니까 가장 고집스럽게 보존하면서 역사를 통과한 민족은 다름 아닌 유대 민족이다. 뢰비트의 설명을 들어보자. "정치사이면서도 엄격하게 종교적으로 해석될 수 있는 역사는 단 하나밖에 없다. 그것은 유대인의 역사이다. 성서적 전통 내에서 보면, 유대인의 예언자들만이 근본적인 의미에서 '역사철학자'였다."[11]

그러나 순전한 신학자와 성실한 정치가의 눈에 '정치신학'이 기괴한 결합이거나 형용모순에 가까운 말—슈미트의 주요 논적 중 하나였던 에릭 페테르존Erik Peterson의 견해가 대표적이다—인 것처럼, 단순하고 신실한 신자와 특히 자존심 센 근대 철학자가 보기에 '역사철학'은 엉터리 조어에 지나지 않는다. 왜냐하면 역사는 우연적인 사건의 연속과 부침을 표현하는 이름인 반면, 철학은 영원하고 보편적인 진리를 추구하는 활동이기 때문이다. 하지만 역사적인 사건들을 극단적 구체성과 유일회성의 관점, 즉 종말과 결단의 관점에서 해석하는 철학이 있을 수 있으며, 이것은 '역사철학' 외에 다른 이름을 가질 수는 없다. 이렇게 보면, 정치신학과

11 칼 뢰비트, 『역사의 의미』, pp. 292~93.

역사철학의 관계는 비유컨대 도플갱어와 같다고 할 수 있다. 슈미트는 정치와 신학이라는 모순의 결합complexio oppositorum을 탐구하는 데 필생을 바쳤다. 블루멘베르크가 슈미트의 전체 사유를 "극한의 상황이 펼쳐지는 곳은 어디인가?"라는 질문으로 요약한 것은 이 때문이다(사실 블루멘베르크 자신의 질문은 슈미트의 질문을 뒤집은 것에 지나지 않는다. 왜냐하면 그것은 존재하는 모든 것이 도대체 어떻게 가능한가를 가장 철저하게 묻는 물음이기 때문이다). 극한의 상황은 가장 큰 모순이 발생하는 곳이며, 또한 그 모순을 어떻게든 봉합해야 하는 곳이다. 법학자로서 슈미트는 극한의 상황이 모든 안정된 질서를 떠받친다고 생각한다. 이 상황을 그는 '예외상태'라고 불렀다. 또 정치신학자로서 슈미트는 극단적인 모순을 합치시키는 결단만이 역사에 질서를 부여할 수 있다고 생각했다. 이 결단을 내리는 자를 그는 '주권자'라고 불렀다. 그래서 "주권자란 예외상태를 결정하는 자다."[12] 이 문장은 말하자면 『정치신학』의 얼굴과도 같다. 주권자는 예외상태를 결정함으로써 질서를 창출하고, 또한 질서를 수호함으로써 종말을 억제한다. 요컨대 주권자는 억제자다. 그런데 슈미트의 질문을 뒤집어 근대의 정당성을 주장함으로써 슈미트와 대결했던 블루멘베르크와 달리, 또한 슈미트의 질문을 종말론적 사유로 도치시킴으로써 신학으로 회귀하는 길을 택했던 뢰비트와도 달리, 슈미트의 질문 자체를 꿰

12 칼 슈미트, 『정치신학』, p. 16.

뚫는 방식으로 그와 대결했던 인물이 있다. 그는 유대인 역사철학자 발터 벤야민이다. 슈미트와 벤야민의 논쟁적인 관계는 타우베스에 의해 최초로 공식적으로 언급된 이후, 조르조 아감벤 등에 의해 '예외상태' 개념을 중심으로 탐구되어왔다. 이와 달리 이 글에서는 폭력과 햄릿이라는 구체적인 두 가지 쟁점을 중심으로 두 사람의 대결을 살펴보려 한다.

2. 지고의 폭력과 신적인 폭력

폭력에 대한 두 사람의 성찰을 비교 고찰하기 위해서는 먼저 슈미트의 '로마 가톨릭주의'를 주권론 및 국가론과 결부시켜 자세히 살펴볼 필요가 있다. 슈미트에 따르면, "[먼저] 질서가 정립되어야 비로소 법질서는 의미를 가질 수 있다. [우선] 정상적인 상황이 창출되어 있어야 하는 것이다. 그리고 주권자란 이 정상적인 상태가 정말로 지배하고 있는지 그렇지 않은지 여부를 최종 결정하는 자다. 모든 법은 '상황 법Situationsrecht'이다. 주권자는 상황을 하나의 전체로서 온전히 창조하고 또한 책임진다. 그는 이 최종 결정에 관한 독점권을 갖는다."[13] 그런데 다양하고 구체적인 상황에서 최종적인 결정을 통해 질서를 구축하는 주권자란 '구체적으

13 같은 책, p. 25. 원문과 대조하여 번역을 수정했다.

로' 어떤 모습일까? 우리는 가톨릭 교황에게서 주권자의 한 모델을 볼 수 있다.

> 교황이 아버지의 이름이라면, 교회는 신도들의 어머니이며 또한 그리스도의 신부다. 부권과 모권의 기적적인 이 결합은 가장 단순한 층위에서 꿈틀대는 [인간의 두 가지] 본능, 즉 아버지에 대한 존경과 어머니를 향한 사랑을 합류시켜 로마로 이끌었다. [이런] 어머니에 대한 반역이 가당하기나 한가? 마지막으로, 가장 중요한 사실이 있다. [로마 가톨릭교회의] 이 무한한 다의성은 또한 가장 엄밀한 교리주의 및 결단을 향한 의지와 결합하는데, 이것은 교황 무오류설에서 정점에 이른다.[14]

가톨릭교회는 무한히 다양한 상황에 적응하면서도 동시에 엄격한 교의에 기초한 주권적 결정을 관철시킬 수 있었던 유일무이한 제도라는 것이 슈미트의 생각이다. 이 독특한 제도를 떠받치는 두 가지 특성이 있는데, 구체적 인격에 의한 구체적인 대표와 토착주의가 그것이다. 이 특성들에 대한 슈미트의 설명을 보자. "생산의 시대가 낳은 전형적인 산품인 주식회사가 계산하는 양식이라면, 이에 반해 교회는 구체적인 인격을 구체적이고 인격적인 방식으로 대표하는 양식이다."[15] "로마 가톨릭교회의 신도들은 [프로테

14 Carl Schmitt, *Römischer Katholizismus und Politische Form*, p. 12.

스탄트와는] 다른 방식으로 대지를, 즉 어머니 같은 땅을 사랑한다. 그들은 저마다 고유한 '토착주의'를 갖고 있다."[16] 우선 구체적인 인격에 의한 구체적인 대표는 가톨릭 특유의 가족주의 모델을 상정할 때 비로소 가능해진다. 가족이라는 제도는, 본래적 이념의 차원에서 고찰한다면, 안정된 곳에 울타리를 세우고 터를 닦은 뒤 구성원 간의 사랑과 배려, 그리고 무엇보다 위계와 복종이 조화를 이룬 채로 여러 가지 문제를 함께 해결하며 삶을 영위해가는 근본적인 통일체Einheit다. 이 가족 질서의 모델은, 천상의 가족 체계—삼위일체—에서 아들의 위치에 있던 그리스도가 지상으로 내려와, 아버지-왕의 자리에서 내린 명령에 따라 사도 베드로가 창설한 교회 공동체의 근간을 이룬다. 그리고 이렇게 만들어진 가톨릭교회는 슈미트가 보기에 하늘의 아버지와 땅의 어머니라는, 서로 가장 멀리 떨어진 두 개의 근본 원리가 합작하여 만들어낸 질서의 최상위라고 할 수 있다. 그러므로 혼란한 이 세계는 로마 가톨릭 교회법에 의해 창출된 정연한 질서 아래서만 종말로부터 보호받을 수 있다. 그러나 잘 알려져 있듯이 역사적으로 가톨릭교회가 '세계'를 온전히 장악한 시기는 없었다. 가톨릭의 세력권 안에서든 바깥에서든 이단자와 비신자, 그리고 무엇보다 유대인은 항상 존재해왔기 때문이다. 다시 말해 가톨릭교회에 반항하는 이들은

15 같은 책, p. 26.
16 같은 책, p. 15.

항상 존재해왔지만, 그들의 반항은 '어머니에 대한 반역'이 아니었다. 그도 그럴 것이, 모친이 아닌 존재에게 굳이 복종할 필요가 있겠는가?

따라서 무한한 다양성과 주권적 결단을 결합한 가톨릭교회법이 지배력을 행사할 수 있었던 범위는 오직 '믿는 자들의 공동체'에 국한된다.[17] 가톨릭의 무한한 다양성이 이단자와 유대인의 존재를 포용하지 못했다는 사실은 잘 알려져 있다. 또한 (교황에서 추기경과 주교를 거쳐 작은 마을의 성당 신부에 이르기까지) 구체적인 인격에 의한 구체적인 대표—또는 통치—가 광기 어린 마녀사냥으로 이어지는 데는 단 한 걸음이면 충분했다는 사실 역시 전혀 새삼스럽지 않다. 그러므로, 사실 이는 상식적인 진술이지만, 예수는 믿음의 구세주로서든 법질서의 창립자로서든 오직 믿는 자들에게만 질서를 부여할 수 있는 존재다. 슈미트가 존경한 홉스의 말대로 진리가 아니라 권위가 법을 만든다면, 그보다 먼저 믿음이 권위를 만드는 것이며, 따라서 결국 믿음이 법을 만드는 셈이다. 법질서가 어떤 방식으로든 더 이상 믿음에 의지할 수 없을 때가 도래하면, 질서를 무너뜨리는 가공할 폭력이 시작된다. 슈미트가 가장 끔찍하게 여긴 유럽의 종교전쟁이 그 범례다. 종교전쟁과 더불어 교회의 질서는 역사의 무대 뒤편으로 물러나고, 국

17 슈미트는 "모든 법은 정당한 장소에서만 법으로서 적용된다"고 말한다. 그런데 '정당한 장소'란 무엇보다 구성원들이 동일한 (공적인) 믿음을 공유하는 곳이다. 칼 슈미트, 『대지의 노모스』, 최재훈 옮김, 민음사, 1995, p. 201.

가의 질서가 전면에 등장했다. 그러나 슈미트는 일관된 태도로 '가톨릭적' 질서의 관점에서 국가의 본질을 고찰한다.

> 만약 '미래국가'라는 것이 실현된다면, 그것은 여전히 국가일까? 이 질문에 대답하기는 어렵다. 왜냐하면 뭇 인간이 지닌 국가의 이상에 따라 설립된 모든 국가는 일반적으로 지구 전체로 뻗어나가려는 경향, 그러니까 '가톨릭적'으로 되고자 하는 경향을 지니기 때문이다. [……] 이러한 경향의 밑바닥에는 지극히 올바른 사유, 즉 오직 하나의 진리, 아니 **오직 하나의 지고의 폭력만이 존재할 수 있을 뿐**이라는 사유가 놓여 있다.[18]

그러나 로마 가톨릭교회의 구체적인 대표체들이 이른바 주권적 결정하에 마녀사냥과 이단 재판을 실시했던 것과 마찬가지로, 근대 국가의 통치자와 권력자 역시 지고의 폭력을 자행할 수 있다. 그러나 국가의 폭력은 더 이상 '교회법'에 의지하지 않는다. 그것은 그냥 '법'의 이름으로 자행된다.

> 오직 지고의 폭력에서만 시작될 수 있는 법은 개념상 지고의 폭력을 전제한다. 그런데 다시 지고의 폭력은 사실이 아닌 가치

18 Carl Schmitt, *Der Wert des Staates und die Bedeutung des Einzelnen*, Berlin: Duncker & Humblot, 2004(1914), p. 48. 강조는 인용자.

> 평가에 따라서, 법적 고찰의 규범에 상응하는 가치 평가에 따라서 규정된다. 국가를 구성하는 지고의 폭력은 본질상 가치를 따지는 기준들에 의해서만 획득될 수 있는 통일체다. **법은 오직 지고의 폭력에서만 시작될 수 있다는 명제는 권력 이론에 직면하여 거꾸로 뒤집혀서, 지고의 폭력이란 오직 법에서 시작되는 것일 수밖에 없다는 내용을 얻게 된다.** 법이 국가 안에 있는 것이 아니다. 국가가 법 안에 있다.[19]

요컨대 슈미트에게는 교회법에서 교회가 탈각되더라도 법은 여전히 지고의 지위를 유지하는 것이다. 왜냐하면 사실은 법이 교회보다 더 근원적이기 때문이다. 그래서 법은 지고의 폭력의 원천이 된다. 그러나 역사철학자 벤야민이 보기에 폭력에서 법이 시작되는 것이 아니라 오히려 법에서 지고의 폭력이 시작된다는 명제는 신화적 폭력에 대한 설명에 지나지 않는다. 이들 관점의 차이는 무엇보다도 근대 국가 폭력의 가장 도드라진 표현형식인 경찰을 생각해보면 분명해진다. 슈미트는 경찰에게 국가 자체에 버금가는 중요성을 부여하지만, 반대로 벤야민은 그들에게서 최악의 파괴성을 발견한다. "근대 국가와 근대 경찰은 더불어 성립했으며, 이 치안 국가의 가장 본질적인 제도는 경찰이다."[20] "시간과 장소

19 같은 책, pp. 51~52. 강조는 원저자.

20 Carl Schmitt, *Staat, Großraum, Nomos: Arbeiten aus den Jahren 1916~1969*, Berlin: Duncker & Humblot, 1995, p. 139.

에 따라 확정된 '결정' 안에 모종의 형이상학적 범주가 있음을 인정하며 이 범주를 통해 비판의 권리를 주장하는 법과는 반대로, 경찰제도를 고찰해보면 거기서는 어떤 본질적인 것도 발견할 수 없다. [……] 경찰의 정신은 [절대군주제에서보다] 오히려 민주주의 체제에서 더욱 파멸적이다."[21] 슈미트가 말한 것처럼 지고의 폭력, 즉 결코 이유를 물을 수 없는 폭력이 법 자체에서 나온다면, 벤야민에게 그 법은 단지 운명의 다른 이름일 수밖에 없다. 벤야민에 따르면, "법은 형벌을 받도록 심판하는 것이 아니라 죄를 짓도록 심판한다. 운명은 살아 있는 것의 죄 연관이다."[22] 신화적 폭력의 영역, 즉 운명이 지배하는 세계에서는 구원이 있을 수 없다. 운명의 하늘 아래 사는 존재에게 허락되는 유일한 선택지는 알면서도 불가피하게 혹은 아무것도 모른 채로 죄를 지은 다음 속죄를 위해 고통과 불행을 감내하는 것뿐이다. 왜냐하면 운명은 모든 일에 대해 한결같이 '원래 그런 것이다'라고 결론 내리기 때문이다. "운명 사상이 그리스 고전기에 형성됐을 때, 한 사람에게 주어지는 행복은 어떤 경우에도 그의 무죄한 삶의 역정에 대한 확인으로 파악되지 않았고, 오히려 가장 무거운 죄업인 교만Hybris으로의 유

21 발터 벤야민, 「역사의 개념에 대하여」, 『역사의 개념에 대하여/폭력비판을 위하여/초현실주의 외』, 최성만 옮김, 길, 2008, p. 96. 원문과 대조하여 번역을 수정했다.

22 발터 벤야민, 「운명과 성격」, 『역사의 개념에 대하여/폭력비판을 위하여/초현실주의 외』, p. 71.

혹으로 파악되었다. 무죄에 대한 관계는 따라서 운명에는 등장하지 않는다."[23]

운명에 해당하는 그리스어 '모이라moira'가 할당과 배분의 뜻을 담고 있다는 사실, 그리고 고대 세계에서 할당과 배분이란 무엇보다 땅을 둘러싼 문제였다는 사실, 마지막으로 슈미트가 법의 근원적 형태로서 땅의 경계 구획을 의미하는 노모스nomos를 상정했다는 사실은 서로 관련이 없지 않다.[24] "노모스는 대지의 토지를 특정 질서 속에서 분할하고 자리 잡게 하는 척도이며, 그와 더불어 주어지는 정치적·사회적·종교적 형상이다."[25] "그러나 근원적인 의미에 있어서의 노모스는 법률에 의해 매개되지 않은 법의 힘

23 같은 글, p. 69. 원문과 대조하여 번역을 수정했다.

24 그러나 슈미트가 생각한 노모스의 질서는 고대적인 것이 아니라, 로마 가톨릭주의의 몰락과 (거의) 동시에 성립한 유럽의 법적 질서다. 『대지의 노모스』 서문에서 그는 이렇게 말한다. "이제까지의 유럽 중심적인 국제법 질서는 오늘날 몰락하고 있다. 그와 더불어 대지의 낡은 노모스도 침몰하고 있다. 대지의 낡은 노모스는 동화와도 같고 예기되지도 않은 신세계의 발견, 하나의 되풀이될 수 없는 역사적 사건으로부터 생겨났다. 그것을 현대에서 되풀이하는 것은, 인류가 자유로이 노획할 수 있으며 인류의 지상에서의 다툼을 경감시키기 위하여 이용할 수 있을, 이제까지 완전히 알려지지 않은 하나의 새로운 천체를 인류가 달을 향한 길 위에서 발견했다고 하는 환상적인 비유 속에서만 생각할 수 있을 것이다. 대지의 새로운 노모스라는 문제는 그러한 환상적인 이야기에 의해 대답되는 것이 아니다. 그러한 문제가 광범위한 자연과학적 궁리에 의해 해소되는 것은 더욱 아니다. 인류의 사고는 다시 한번 그 지상적인 현존재의 근원적인 질서들로 향하지 않으면 안 된다"(칼 슈미트, 『대지의 노모스』, p. 7).

25 같은 책, p. 52.

이 지니는 완전한 직접성이다. 즉 그것은 창설적이며 역사적인 사건, 단순한 법률의 합법성을 처음으로 의미 있는 것으로 만드는, 정통성의 행위인 것이다."[26] 여기서 주목해야 할 단어는 '직접성'이다. 즉 근원적인 법인 노모스가 발휘하는 직접적인 힘이 바로 '지고의 폭력'인 것이다. 그러나, 반복하건대, 벤야민에게 특정한 경계를 가진 범위 안에서—가장 높은 것이기에—저항할 수 없는 폭력을 직접적으로 행사하는 것은 전적으로 신화와 운명의 세계에만 해당하는 이야기다. "법 정립은 권력의 설정이며 그 점에서 폭력을 직접 발현하는 행위다. 정의는 모든 신적인 목적 설정의 원리이고, 권력은 모든 신화적 법 정립의 원리이다. 이 후자의 원리는 엄청난 결과를 몰고 오는 사용처를 국법Staatsrecht에서 발견한다. 즉 국법의 영역에서는 신화적 시대의 모든 전쟁을 종결짓는 '평화'가 기도하는 것과 같은 경계 설정이 법정립적 폭력 일반의 근원현상이다."[27]

이 직접적인 신화적 폭력에 발터 벤야민은 돌발적인 신적 폭력을 맞세운다.

> 신화적 폭력이 법 정립적이라면 신적 폭력은 법 파괴적이고, 신화적 폭력이 경계를 설정한다면 신적 폭력은 경계가 없으며, 신

26 같은 책, pp. 56~57.

27 발터 벤야민, 「폭력비판을 위하여」, 『역사의 개념에 대하여/폭력비판을 위하여/초현실주의 외』, pp. 108~109.

화적 폭력이 죄를 부과하면서 동시에 속죄를 시킨다면 신적 폭력은 죄를 면해주고entsühnend, 신화적 폭력이 위협적이라면 신적 폭력은 **갑자기 들이치는**schlagend 폭력이고, 신화적 폭력이 피를 흘리게 한다면 신적 폭력은 피를 흘리지 않은 채 죽음을 가져온다.[28]

벤야민이 제시한 신화적 폭력과 신적 폭력 사이의 구별과 관련하여 기존 논의에서 가장 쟁점이 된 것은 피(흘림)의 여부다. 벤야민은 신화적 폭력의 사례로 그리스 신화의 니오베 이야기를, 그리고 신적 폭력의 사례로는 성서 「민수기」의 코라 일화를 들고 있다. "신화의 법적 폭력"은 "니오베의 자식들에게 피를 흘리는 죽음을 가져올지라도 어머니인 니오베의 삶 앞에서는 멈춰버리며, 이 삶을 자식들의 종말을 통해 이전보다 더 죄스러운 삶으로 만들면서 영원히 말 없는 죄의 담지자이자 인간과 시들 사이에 가로놓인 경계의 초석으로 남겨둔다." "니오베의 설화에 대해서는 이러한 [신적인] 폭력의 전범으로서 고라의 무리를 치는 신의 법정을 대립시킬 수 있을 것이다. 그 신의 법정은 특권 계층인 레위족의 무리에 적중하며, 그들을 위협을 가하지도 않고 아무 예고 없이 들이치며 파괴 앞에서도 멈추지 않는다."[29] 자크 데리다는 신적 폭력이

28 같은 글, p. 111. 강조는 인용자. 원문과 대조하여 번역을 수정했다.
29 같은 글, pp. 108, 111.

'피를 흘리지 않고 죽음을 가져온다'는 벤야민의 설명에서 히틀러 나치의 '최종 해결Endlösung'을 연상한다. 폭력에 관한 벤야민의 사유에서 "피가 모든 차이를 만들어낸다"고 보는 것이다. 계속해서 그는 이렇게 말한다. "몇 가지 불협화음에도 불구하고 벤야민뿐 아니라 로젠츠바이크에게도 나타나는 이 피의 사상에 대한 해석은 곤혹스럽다."[30] 그러니까 데리다는 벤야민의 폭력론에서 어떤 위험한 유혹을 감지한다. "어떤 유혹 말인가? 대학살을 신의 폭력의 해석 불가능한 발현의 하나로 사고하려는 유혹이다."[31] "가스실과 화장용 가마를 생각한다면, 피를 흘리지 않는 까닭에 면죄적인 어떤 말살에 대한 이러한 암시를 깨닫고 어떻게 몸서리치지 않을 수 있겠는가? 대학살을 하나의 면죄로, 정의롭고 폭력적인 신의 분노의 판독할 수 없는 서명으로 만드는 해석의 발상은 끔찍한 것이다."[32]

물론 벤야민이 텍스트에서 명시적으로 피(흘림)의 유무를 중요한 기준으로 설정한 것은 사실이지만, 거기에만 집착해 그로부터 과격한 결론을 이끌어내는 방식은 데리다 자신이 보여준 해체적 작업에 다소 어울리지 않아 보인다. 아닌 게 아니라 데리다와는 다른 방식으로, 그리고 성서 텍스트 및 벤야민의 해석에 보다 밀착한 독해가 제출된 바 있다. 「이름 앞에서의 해체」라는 논문에

30 자크 데리다, 『법의 힘』, 진태원 옮김, 문학과지성사, 2005, p. 115.
31 같은 책, p. 135.
32 같은 곳.

서 새뮤얼 웨버Samuel Weber는 데리다가 주목하지 못한 부분, 즉 피가 아닌 이름에 착목하여 데리다보다 더 데리다적으로, 또는 벤야민적인 방식에 충실하게, 코라 일화를 독해한다. 중요한 질문은 이것이다. '애초에 코라는 어떤 이유에서 모세에게 반기를 들었는가?' 이 물음에 대해 그가 생각한 답은 이렇다. "요컨대, 코라는 **신의 이름으로** 이야기하는 모세의 권리에 이의를 제기하는 것이다. 그리고 그는 자신을 대표로 뽑아준 **백성 전체의 이름**으로 그렇게 한다. 이후에 이어진 절멸은 대표의 정당성에 대한 요청, 어떤 종류의 것이든 순전히 내재적으로[만] 이해된 대표의 관계에서 도출되는 적법성에 대한 요청을 기각하는 것으로 읽을 수 있다."[33] 이렇게 보면, 코라 일화는 권력의 출처와 법의 정당성에 대한 가장 철저한 독해를 요청하는 텍스트로 드러난다. 웨버는 이렇게 결론 내린다. "여기서 코라의 절멸로 나타난 신적 폭력의 결과는 고유명의 기입이다. 민족의 모든 지도자가 가질 이름, 다른 모든 이를 지배하도록 선별된 이름의 기입인 것이다."[34] 웨버가 이름의 기

33 Samuel Weber, "Dekonstruktion vor dem Namen," in Anselm Haverkamp ed., *Gewalt und Gerechtigkeit: Derrida-Benjamin*, Frankfurt a. M.: Suhrkamp, 1994, p. 192. 강조는 인용자. 참고로 웨버의 이 진술은 정치신학의 본질에 관한 타우베스의 다음 언급을 상기시킨다. "결정적인 안티테제는 신화적 신정정치냐 정치적 신정정치냐가 아니라, 위로부터의 신정정치냐 아래로부터의 신정정치냐다"(Jacob Taubes, "Vorwort," in Jacob Taubes ed., *Theokratie, Religionstheorie und Politische Theologie Band 3*, München: Wilhelm Fink Verlag, 1987, p. 6).

34 Samuel Weber, "Dekonstruktion vor dem Namen," p. 193.

입에 주목하는 까닭은 그 순간을 전후하여 이스라엘 백성의 태도가 반역에서 복종으로 바뀌기 때문이다. 즉 신이 명한 대로 12지파의 대표가 각각 나뭇가지를 구해 거기에 가문의 이름을 새겼으나, 코라와 함께 절멸한 레위 지파를 대표하기 위해 새겨진 아론의 나뭇가지에만 싹이 돋고 꽃이 피며 감복숭아 열매가 이미 익어 있었던 것이다.[35] 그런 다음 "야훼께서 모세에게 이르셨다. '아론의 가지는 증거궤 앞에 다시 가져다 보관하여 두고 반역자들에게 경계가 되게 하여라. 그리하면 나에게 불평을 하다가 죽는 일이 생기지 아니하리라.'"[36]

그런데 웨버처럼 '피(흘림)'이라는 주제를 회피하지 않더라도 데리다의 해석에 이의를 제기할 수 있다. 직접적으로 벤야민을 다루기 전에, 데리다가 함께 거론한 프란츠 로젠츠바이크의 사유

35 그런데 이름(기입)의 기적에 주목하는 웨버의 독해 방식은 한 가지 점에서 벤야민의 관점과 충돌한다. 왜냐하면 벤야민은 신적 폭력의 현현에 있어서 '기적'이 갖는 중요성을 부정하기 때문이다. "따라서 신적 현상형식들은 신 자신이 폭력을 기적 속에서 행하는 점에서가 아니라, 피를 흘리지 않고 갑자기 들이치며 면죄해주는 수행의 요인들을 통해 정의된다"(발터 벤야민, 「폭력비판을 위하여」, p. 112). 물론 벤야민은 '신적 폭력의 기적'에 대해 말하고 있는 데 반해, 웨버는 신의 명령에 의해 '새겨진 이름의 기적'에 대해 말한다. 그러나 양자 모두 신의 '기적'이라는 점은 분명하며, 따라서 웨버는 자신의 독해를 위해 벤야민의 진술을 억압한 셈이다. 한편, 우리는 아론의 나뭇가지에서 "묻는 자에 대한 법정의 징표"인 "인식의 나무"를 떠올릴 수도 있다. 발터 벤야민, 「언어 일반과 인간의 언어에 대하여」, 『언어 일반과 인간의 언어에 대하여/번역자의 과제 외』, 최성만 옮김, 길, 2008, p. 91 참조.

36 구약성서, 「민수기」 17장 25절. 공동번역 성서의 번역을 따랐다.

를 잠시 경유해보자. 로젠츠바이크의 사유에 나타난 피의 사상은 정말로 곤혹스러운 것인가? 물론 그의 주저인 『구원의 별』에 '피의 공동체Gemeinschaft des Blutes'에 대한 명시적인 언급이 등장하기는 한다.

> 그런 공동체는 오직 하나뿐이다. 할아버지에서 손자로 삶이 영원히 이어지는 관계가 성립하는 공동체, 내부에서 들려오는 "영원하다"는 말을 통해 "우리"의 통일성을 보완할 수 있을 때만 "우리"라고 말하는 그런 공동체. 필경 피의 공동체가 바로 그런 공동체일 것이다. 왜냐하면 오직 피만이 미래를 향한 희망을 현재 속에서 보증하기 때문이다.[37]

그러나 로젠츠바이크가 말하는 피의 공동체를 생물학적 혹은 우생학적 관점에서 이해한다면, 그것은 커다란 오해다. 왜냐하면 그에게 피는 무엇보다 그리고 오직 '땅'의 질서를 벗어날 수 있게 해주는 형이상학적 원리이기 때문이다. 그런데 지구상에서 땅의 질서로부터 가장 완벽하게 탈피한 민족은 유대인이다. 바로 이 점을 강조하기 때문에 그의 논변은 유대(민족)주의로 읽히기 쉽고 또 종종 그렇게 읽혀왔다. 그러나 로젠츠바이크의 유대주의는 극한의 부정, 가령 칼 바르트의 '거대한 아니요das große Nein'와 같은 급

37 Franz Rosenzweig, *Der Stern der Erlösung*, Haag: Martinus Nijhoff, 1976, p. 331.

진적 비非원리에 입각한 것이다. 다시 말해 그것은 어떤 적극적 원리가 아닌 일체의 원리의 부정에 의해 성립한다. "세계의 민족들은 피의 공동체에 만족할 수 없다. 그들은 죽었지만 여전히 생명을 베푸는 땅의 밤[어둠] 속으로 뿌리를 내리려 하며, 땅의 지속에서 그들 자신의 존속을 위한 보증을 얻어낸다. 영원을 향한 그들의 의지는 땅과 땅에 대한 지배, [즉] 영역營域에 들러붙어 있다. 그들의 아들들이 흘리는 피는 [오직] 고향 땅 주위를 흐른다. 살아 있긴 하지만 단단한 대지에 굳게 뿌리내리지 못한 피의 공동체를 그들은 신뢰하지 않기 때문이다. **오직 우리[유대 민족]만이 피를 신뢰하여 땅을 떠났다.**"[38] 마지막 문장에서 명확히 드러나듯이, 피는 그 자체로 어떤 실제적인 지표나 기준이 되지 못한다. 로젠츠바이크에게 피는, 저 먼 옛날 야훼의 명을 받은 아브라함이 그랬듯이, 오직 땅을 떠남으로써만 영원성을 보장받을 수 있음을 가리키는 상징일 따름이다. 반대로 그의 논리에 따르면, 땅은 어떤 민족에게도 결코 영원성을 보장해주지 못한다(또는 않는다). "그래서 땅의 지속에 자신들의 존속을 의탁하는 민족은 땅에게 배신당한다. 땅 자체는 지속할 것이나, 그 땅 위에 사는 민족은 쇠락할 것이다."[39]

그러므로 로젠츠바이크의 '피의 사상'이 정말로 곤혹스러운

38 같은 책, p. 332. 강조는 인용자.

39 같은 책, p. 333.

것이라면, 그 곤혹스러움은 데리다가 생각한 것과는 전혀 다른 차원에서 유래한다. 즉 그의 사상은 나치의 인종청소와 접속될 수 있기 때문이 아니라, 나치를 예비한 유럽인들의 인종주의적 공격을 니체적인 방식으로 완전히 뒤집기에 곤혹스러운 것일 수 있다. 어째서 그러한가? 이에 대해서는 역사적 맥락을 참조해야 한다. 유대인은 피를 탐하여 피로 제의를 올린다는 전래의 음모론은 벤야민과 로젠츠바이크가 살았던 시기, 그러니까 20세기 초반까지 유럽 사회에서 전혀 힘을 잃지 않았다. 데이비드 비얼에 따르면, 유대인의 제의 살해에 관한 심판이 마지막으로 행해진 것은 제1차 세계대전 직전 러시아에서였으며, 독일에서도 제의 살해에 대한 논의는 바이마르 시기까지 전혀 수그러들지 않았다. 비얼은 심지어 이렇게 주장한다. "만약 피의 중상blood libel이 '중세'에 특유한 현상이라고 생각한다면, 19세기 가톨릭교회가 중세 가톨릭교회보다 훨씬 더 중세적이었다고 말할 수 있을 것이다."[40] 나아가 그는 슈미트가 1938년 출간한 저서에서 피에 대한 유대인의 탐욕과 관련하여 널리 퍼진 통속적 견해를 짐짓 객관적인 것인 양 소개했다고 지적한다.[41] 그 책은 슈미트가 자신의 가장 중요한 저서 중 하나로 꼽은 『홉스 국가론에서의 리바이어던』이다. 그는 이렇게 주장한다. "세계사는 이방 민족들 간의 투쟁으로 현시된다. 특히

40 David Biale, *Blood and Belief: The Circulation of a Symbol between Jews and Christians*, Berkeley: University of California Press, 2007, p. 130.

41 같은 책, p. 129.

해양 권력 리바이어던은 육지 권력 비히모스와 싸운다. 비히모스가 뿔로 리바이어던을 갈가리 찢으려 한다면, 리바이어던은 지느러미로 비히모스의 입과 콧구멍을 틀어막는 방법으로 그를 죽이려 한다. 참고로 이것은 [영국의] 대륙 봉쇄에 대한 탁월한 비유다. 그러나 유대인은 옆에 서서 대지의 민족들이 서로 죽이고 죽는 모습을 지켜본다. 이 상호 '도살 및 살육'은 그들에게 적법하고 '정결한koscher' 것이다. 그래서 그들은 죽임당한 민족의 살을 먹으며 연명한다."[42] 유대주의와 반유대주의의 대립과 긴장이 팽배했던 당대 맥락을 고려하면서 우리는 이렇게 말해볼 수 있다. "로젠츠바이크의 '피의 사상'은 유럽인의 음모론에 일단 부응(하는 척)한 다음 가장 핵심적인 부분에 이르러 개념의 의미를 완벽히 뒤집는 방식으로—우리는 피의 공동체다. 그러나 그 피는 당신들이 말하는 피가 아니다—유대인의 존재 가치를 확보하려 한 노력이었다." 로젠츠바이크는 이렇게 단언한다. "민족은 오직 민족을 통해서만 민족이다."[43]

벤야민의 전략은 반대 방향을 취한다. 그는 유대인의 신에게서 피를 지우고, 대신 독일인(과 거의 모든 유럽인)이 존경해 마지않는 그리스의 신들에게 피를 칠한다.[44] 그러니까 이를 통해 벤야

42 Carl Schmitt, *Der Leviathan in der Staatslehre des Thomas Hobbes*, Köln: Hohenheim Verlag, 1982, pp. 17~18.

43 Franz Rosenzweig, *Der Stern der Erlösung*, p. 333.

44 벤야민의 전략과 관련하여 우리는 성서에 피의 제의와 살육의 장면이 무수

민은 피를 탐하는 것은 유대인(의 신)이 아니라 오히려 유럽 문명인(의 신)이라고 암시하는 것이다. 벤야민이 보기에 이교의 신들이 인간에게 씌운 죄의 굴레는 죽음을 통해서도 벗어날 수 없다. 왜냐하면 신들 역시 운명의 질서에 속박되어 있기 때문이다. 이교적 운명의 세계에서 죄의 질서에 붙들린 인간은 목숨이 붙어 있는 한 끊임없이 처벌을 두려워하며 살 수밖에 없고, 마침내 죽음에 이른 순간에도 피로 얼룩진 땅의 질서로 다시 들어가는 (또는 돌아가는) 것 외에 달리 방도가 없다. 니오베가 인간과 신 사이의 경계석으로 굳은 것은 이 때문이다. 이에 반해 코라 무리는 신이 세운 대표자에게 반항하는 엄청난 죄를 지었음에도, '돌연' 이 세계로부터 사라졌을 따름이다. 물론 그들은 땅 속으로 꺼져 들어갔지만, 그것은 하늘로 올라간 성서 예언자들의 사라짐과 다만 방향만 거꾸로인 사라짐이다. 다시 말해 그들이 파괴되었다면, 그것은 오히려 파괴를 통한 탈출, 죄의 질서로부터의 완벽한 퇴장이다. 그

하게 나온다는 사실을 기억해야 한다. 가장 대표적인 사례는 「출애굽기」 32장이다. 흥미로운 사실은, 유명한 금송아지 일화를 담고 있는 이 장에서는 레위인이 우상숭배자—우상숭배는 반역과 다름없다—를 숙청하는 역할을 맡는다는 것이다. "모세가 진지 어귀에 서서, 야훼의 편에 설 사람은 다 나서라고 외치자 레위 후손들이 다 모여 왔다. 모세가 그들에게 일렀다. '이스라엘의 하느님 야훼께서 명하신다. 모두들 허리에 칼을 차고 진지 이 문에서 저 문까지 왔다 갔다 하면서 형제든 친구든 이웃이든 닥치는 대로 찔러 죽여라.' 레위 후손들은 모세의 명령대로 하였다. 그날 백성 중에 맞아 죽은 자가 3천 명가량이나 되었다"(구약성서, 「출애굽기」 32장 26~28절. 공동번역 성서의 번역을 따랐다).

래서 "이 신적 폭력이 갖는 피를 흘리지 않는 성격과 면죄해주는 성격 사이에 깊은 연관이 있다는 것은 의심의 여지 없이 명백"하다.[45] '면죄하다entsühnen'라는 동사에 사용된 독일어 접두사 'Ent'는 '벗어남'을 뜻한다. 그리고 이것은 「폭력비판을 위하여」에 기입된 단어들 가운데 가장 결정적인entscheidend 단어인 '탈정립'에도 사용되는데, 이것은 우연이 아니다. "신화적인 법 형식의 마력에 묶여 있는 이 순환고리를 돌파함으로써, 서로 의존하는 법과 폭력 양자를 탈정립함으로써, 새로운 역사적 시대는 정립된다."[46]

다시 슈미트와 벤야민의 비교로 돌아가보자. 슈미트가 지고의 폭력을 법의 근원 안에 가두려 한다면, 달리 말해 불연속을 질서로 봉합하려 한다면, 반대로 벤야민은 질서에 불연속을 기입함으로써, 즉 하위 질서와 상위 질서를 분리함으로써 신의 순수한 폭력을 초월로 해방시킨다. 이 두 관점의 차이를 상세히 따져보자. 첫번째는 슈미트가 1914년 출간한 『국가의 가치와 개인의 의미』 서론에서 제사로 인용한 테오도어 도이블러Theodor Däubler의 시 「북극광」의 한 구절이고, 두번째는 벤야민이 「폭력비판을 위하여」에서 신적 폭력을 설명하면서 쓴 구절이다.

먼저 계명이 있고, 인간은 나중에 온다.[47]

45 발터 벤야민, 「폭력비판을 위하여」, p. 111.
46 같은 글, pp. 115~16. 원문과 대조하여 번역을 수정했다.
47 Carl Schmitt, *Der Wert des Staates und die Bedeutung des Einzelnen*, p. 9.

계명은 판단의 척도로서 있는 것이 아니라 행동하는 인격체 또는 공동체에 대해 행동의 지침으로서 있는 것이다.[48]

'계명'을 어떻게 이해할 것인가, 이것이 관건이다. 많은 논자가 지적했듯이, 슈미트와 벤야민은 극단에서 출발함으로써 사유의 극단에 다다랐다는 점에서 동일하다. 그러나 슈미트가 언제나 법학자로서 사유하고 발언하려, 바꿔 말해 오직 법을 통해서만 충만한 내재의 가능성을 정초하려 노력했던 반면, 벤야민은 오히려 내재를 철저히 비움으로써 역설적으로 초월과의 접속을 시도한 독특한 역사철학자다. 그러나, 호르스트 브레데캄프가 지적하듯이, 사유의 모델을 개발한 것은 어쨌든 슈미트이며, 벤야민은 그 모델을 따르면서 그 안에서 어떤 혁명적 전회, 아니 차라리 모델 자체의 폭파를 꾀했다고 보는 편이 옳다.[49] 벤야민이 '상례가 된 예외상태'를 진단하고 '진정한 예외상태'를 요청할 수 있었던 것은, 그보다 먼저 슈미트가 "주권자란 예외상태를 결정하는 자다"라고 선언한 덕택이기 때문이다. 이런 인식에 비춰 볼 때, 우리는 두 사람이 동일한 단어(계명Gebot)를 완전히 반대되는 의미로 사용했음을

48 발터 벤야민, 「폭력비판을 위하여」, p. 113.

49 Horst Bredekamp, "From Walter Benjamin to Carl Schmitt, via Thomas Hobbes," in Peter Osborne ed., *Walter Benjamin: Critical Evaluations in Cultural Theory Volume I*, London and New York: Routledge, 2005, pp. 451~69 참조.

알 수 있다. 슈미트에게 계명은 법의 근원성과 주권성을 표시하는 말인 반면, 벤야민에게 그것은 폭력에 결박된 법의 질서와는 다른, 상위의 질서의 존재를 가리키는 상징이다. 물론 두 사람의 언어 사용에서 계명이 차지하는 위상을 순전히 물리학적인 기준으로만 비교한다면 그 높이는 다르지 않을 수 있다. 그러나 역학적인 비유를 끌어오면 이야기는 달라진다. 슈미트의 계명이 오직 최고도의 작용Wirkung 상태만을 알 뿐인 데 반해, 벤야민의 계명은 작용과 반작용Gegenwirkung이 똑같이 최고의 강도로 발현되고 있어서 극한의 긴장상태를 이루고 있지만 바로 그렇기 때문에 현실에서는 전혀, 아무 일도 일어나지 않는 기묘한 상태를 나타낸다.

한편 벤야민이 슈미트에게 영향을 받았다는 사실은, 그가 아무 준비 없이 슈미트의 가르침에 감화되었다는 뜻이 아니다. 다시 말해 벤야민은 슈미트를 읽기 전에 이미 슈미트의 이론을 '만날 준비'가 충분히 되어 있었다. 우리는 「폭력비판을 위하여」에 나오는 인용을 통해 이 가설을 강화할 수 있다. 지금까지 이 글의 준거점으로 주목받아온 인물은 대부분의 경우 조르주 소렐이었다. 그러나 눈에 잘 띄지 않지만 매우 중요한 진술을 하는 부분에서 벤야민이 두 차례 인용하는 작가가 있는데, 그는 유대인 철학자 에리히 웅어Erich Unger다. 첫번째는 의회의 타협주의를 비판하는 부분에서, 두번째는 "순수한 수단의 정치를 위한 가장 지속적인 동기를 주게 될" "상위의 질서들"에 대한 탐구의 필요성을 역설하는 부분에서 인용된다. 그러나 엄밀히 말해서 전자와 달리 후자는 인용이 아니다. 전자가 큰따옴표를 이용하여 직접 인용을 하는 반면, 후자는 그저 참고하라는 각주만 달려 있기 때문이다. 그럼에도 후자가 월등히 중요한 의미를 갖는다는 사실은 따로 강조할 필요가 없어 보인다. 왜냐하면 벤야민에게는 "상위의 질서"가 핵심적이기 때문이다. 해당 부분에서 벤야민은 "상위의 질서들과 그 질서들에 상응하는 공동의 이해관계를 찾아내는 일은 논의를 너무 멀리 끌고 가게 될 것이다"라고 말하면서 웅어의 저서 『정치와 형이상학』을 참조하라고 쓴다.[50] 그렇다면 이 책은 어떤 내용을 담고 있는가? 벤야민이 참조를 지시한 부분에는 이런 구절이 적혀 있다.

> 역사적으로 이해된 '정치'는 모든 것에 대해 마치 n차원으로 반복되는 개인[개체]만이 존재한다는 듯 판단하며, 이 반복에 응당 어떤 의미가 부여되어야 한다는 사실은 간과한다. 이 의미란 다수성Vielheit 자체도 '단독성Einzelheit' 못지않은 근원적 존재로서 효력을 갖는다는 것이다. 다수성은 '외따로 실재하는' 개체들을 '정신적으로 묶어주는 끈'에 지나지 않는 것이 아니라, 그 자체로 엄연한 실재이며, 우리는 이 실재가 갖는 의미를 밝혀야 한다.[51]

다수성을 개체와 개체의 단독성을 연결해주는 정신적인 끈으로

50 발터 벤야민, 「폭력비판을 위하여」, p. 101.
51 Erich Unger, *Politik und Metaphysik*, Berlin: Verlag David, 1921, p. 20.

여기는 게 아니라, 불연속적인 다수성 자체를 현실로서 긍정하고 그로부터 의미를 찾아야 한다는 웅어의 주장은 그러나 당대 사유 지평에서는 그리 유별난 것이 아니었다. 가령 우리는 로젠츠바이크의 『구원의 별』에서 이런 문장을 읽을 수 있다. "성장하는 삶의 한 질서에 맞서는 수많은 질서가 존재하며, 이 질서들은 각각 개별적으로 신에 의해 일깨워진 영혼의 '제가-여기-있나이다'로 구성된다. 질서가 수다數多하게 존재하는 한, 그것들은 곧바로 하나의 신적인 질서와 하나가 될 수 없다."[52] 로젠츠바이크의 진술은 웅어의 철학적 어조와 달리 다분히 종교적인 분위기를 띠지만, 불연속과 다수성의 문제에 주목한다는 점에서는 다르지 않다. 마지막으로 우리는 슈미트에게서도, 물론 해결의 방향은 전혀 다르지만, 적어도 사태 지각의 차원에서는 웅어 및 로젠츠바이크와 상당히 비슷한 생각을 발견할 수 있다. "정치의 세계는 단일우주Universum가 아니라 복수우주Pluriversum다. 그런 점에서 모든 국가이론은 다원주의적이다. [……] 정치적 통일은 본질상 전 인류와 지구 전체를 포괄하는 통일체라는 의미에서 보편적인 것일 수 없다."[53] 다수 질서의 불연속이라는 문제에 직면하여 슈미트는 주권자에 의한 통일이라는 해결책을 제시한다. 그러나 벤야민은 정반대 노선을 취한다. 불연속 자체를 오히려 전면화 혹은 전체화하는 것이다. 벤

52 Franz Rosenzweig, *Der Stern der Erlösung*, p. 298.

53 Carl Schmitt, *Der Begriff des Politischen*, Berlin: Duncker & Humblot, 1963, p. 54.

야민이 틀림없이 읽었을 웅어의 다음 문장은 약 20년 후 그가 최후의 순간을 예감하며 쓰게 될 문장(「역사의 개념에 대하여」 8번)을 선취하는 듯 보이기까지 한다. "그러나 '참된 통일'은 사건의 수많은 가능성 중에서, '타격Treffen'된 예외-경우Ausnahme-Fall [……]이며, 다른 의미와 척도를 줄 수 있는 가능성이다."[54] 정치신학자 슈미트는 유일신을 운위하는 순간에도 사실은 법과 정치, 법으로서의 정치를 생각한다. 그 스스로도 끊임없이 강조하듯이, 그는 언제나 "직업 법학자"로서 읽고 쓰고 논쟁했던 것이다. 이에 반해 역사철학자 벤야민은 정치를 말하면서도 언제나 정치 바깥의 가능성을 궁리했다. 다음 문장을 보면, 그가 웅어의 책을 두고 "우리 시대의 가장 중요한 정치적 저작"이라고 평한 이유를 알 수 있다.[55] "참된 통일은 '존립하는 것의 상부'에서, 정신적 긴장이 일정한 수위에 다다른 상태에서 출발하며, 이 출발은 '정치'와는 완전히 다른 모습을 취한다."[56]

덧붙이자면, 폭력에 관한 슈미트와 벤야민의 입장 대립과 관련하여 『예외상태』의 저자는 흥미로운 가설을 제출한다. 벤야민에게 커다란 영향을 미치기 전에 슈미트가 먼저 벤야민의 「폭력 비판을 위하여」를 읽고 영향을 받았다는 것이다. 이 가설에 대해 아감벤이 내세운 근거는, 벤야민의 글이 『사회과학과 사회정책

54 Erich Unger, *Politik und Metaphysik*, p. 40.

55 Walter Benjamin, *Gesammelte Briefe II*, Frankfurt a. M., 1998 p. 127.

56 Erich Unger, *Politik und Metaphysik*, p. 41.

논집』 47호(1921)에 게재되었는데, 칼 슈미트는 1915년부터 이 잡지의 정기구독자였으며 1924~27년에는 다수의 글과 논문을 기고하기까지 했을 뿐 아니라, 무엇보다 46호와 48호에 실린 글들을 자신의 글에 인용했다는 것이다.[57] 이 가설에 의지하여 아감벤이 내린 결론은 다음과 같다.

> 슈미트가 『정치신학』에서 발전시킨 주권론은 여러 가지 점에서 벤야민의 이 에세이에 대한 꼼꼼한 응답으로 읽을 수 있다. 「폭력비판론」에서 벤야민의 전략이 순수하고 아노미적인 폭력의 존재를 확실히 하는 것을 목표로 삼은 반면, 슈미트는 반대로 그런 폭력을 법적 맥락 속으로 되돌려놓으려 한다. 슈미트에게 예외상태란 순수한 폭력이라는 벤야민의 생각을 포획할 수 있게 해주는 공간이자, 아노미를 저 노모스의 총체 속에 기입하려 할 때 설정하는 공간이다. 슈미트에 따르면 순수한 폭력, 즉 완전히 법 바깥에 있는 폭력 같은 것은 있을 수 없다. 왜냐하면 예외상태 속에서 그런 폭력은 바로 배제를 통해 법 안에 포섭되기 때문이다. 달리 말해 예외상태란 하나의 장치, 벤야민이 주장한 완전히 아노미적인 인간 행위에 슈미트가 응답하기 위한 장치였던 셈이다.[58]

57 조르조 아감벤, 『예외상태』, 김항 옮김, 새물결, 2009, p. 104.

58 같은 책, pp. 106~107.

그러나 영향의 선후 관계는 그리 중요하지 않다. 오히려 중요한 것은 아감벤의 결론이 우리의 논변, 즉 슈미트는 극한으로 이어지는 기묘한 연속을 위한 투쟁을 멈추지 않았고 벤야민은 슈미트의 연속에 파열을 일으킴으로써 불연속의 극한에 머무르고자 했다는 논변을 뒷받침해준다는 사실이다. 그러나 슈미트와 벤야민 사이에는 아감벤이 짚어내지 못한, 아니 알았을 테지만 건드리지 않은 또 하나의 논점이 존재한다. 그것은 탁월한 통찰력을 갖추고 평생 문학을 탐독한 법학자와 독일 최고의 비평가를 꿈꾼 자유기고가가 논쟁을 벌이기에 더할 나위 없이 맞춤한 주제다. 그것은 햄릿이다.

3. 햄릿: 찌그러진 주권자

두번째 논쟁은 벤야민의 사후에 진행되었다. 다시 말해 일찍 세상을 버린 벤야민이 남겨둔 텍스트를 상대로 늙은 슈미트가 홀로 응답하고 반론하는 형태의 논쟁이었다. 제2차 세계대전이 끝난 후, 나치 정권에 몸 담았던 이력으로 전범 재판을 받고 옥살이를 한 다음 슈미트는 고향 플레텐베르크로 완전히 물러나 칩거한다. 거의 반세기에 육박하는 긴 칩거 기간에 상응할 만큼 그는 적지 않은 책을 집필했는데, 그 가운데 벤야민과 관련하여 주목을 끄는 책은 『햄릿 혹은 헤쿠바』(1956)다. 타우베스에 따르면, 이 책은 벤야민의 주저 중 하나인 『독일 비애극의 원천』(1928)과 비판적 대결을 벌인 최초의 책이다.[59] 이 책의 두번째 보유에서 슈미트는 이렇게 말한다. "발터 벤야민은 비애극과 비극의 상이함(pp. 45~154)에 대해 다루고, 무엇보다 책 제목에 걸맞게 독일 바로크 비애극에 대해 이야기한다. 그러나 이 책은 셰익스피어의 드라마와 특히 햄릿에 대해서, 그뿐 아니라 예술사와 정신사 일반에 대해서도 중요한 통찰과 시각을 풍부하게 담고 있다."[60] 그러나 이 칭찬은 곧이어 펼치게 될 결정적 논박의 효과를 극대화하기 위한 연극적 장치에 불과하다. 슈미트는 햄릿에 대해 벤야민이 제출한 주요 테제를 정면으로 반박한다. 벤야민에 따르면 "오직 유일하게 셰익스피어만이 우울가의 바로크적—즉 비기독교적이면서 비금욕주의적이고, 유사 경건주의적이면서 유사 고대적인—경직 상태를 기독교적 불꽃으로 점등할 수 있었다."[61] 벤야민에게는 "『햄릿』이 기독교성

59 야콥 타우베스, 『바울의 정치신학』, p. 27. 그런데 브레데캄프에 따르면, 슈미트가 벤야민과 논쟁을 벌이려 시도한 책은 『햄릿 혹은 헤쿠바』가 처음이 아니었다. 슈미트는 1973년 4월 4일 피젤Hansjörg Viesel에게 보낸 편지에서 자신은 일찍이 1938년의 저서 『홉스 국가론에서의 리바이어던』을 통해 이미 벤야민에 대한 논박을 시도했으나 이렇다 할 주목을 받지 못했다고 쓴다. 브레데캄프는 이 편지를 인용하면서 슈미트의 진술이 진실이든 거짓이든 관계없이 우리는 슈미트의 1938년 저서를 벤야민의 비애극 저서에 대한 반박 작업의 일환으로 독해할 수 있다고 주장한다. Horst Bredekamp, "From Walter Benjamin to Carl Schmitt, via Thomas Hobbes," pp. 460~61.

60 Carl Schmitt, *Hamlet oder Hekuba*, Stuttgart: Klett Cotta, 2008, p. 62.

속에서 우울의 극복을 비범하게 성취한 유일한 연극"이었던 것이다.[62] 그래서 그는 "오직 이 왕자에서만 우울한 침잠은 기독교성에 도달한다"고 보았다.[63] 셰익스피어의 햄릿이 지닌 기독교적 본질, 이것이 문제의 핵심이다. 슈미트가 결코 햄릿에게 부여할 수 없는 특징이 바로 기독교성이기 때문이다. 그는 단호하게 주장한다. "햄릿은 어떤 특수한 의미에서도 기독교적이지 않다."[64] "셰익스피어의 연극은 더 이상 기독교적이지 않다. 그러나 그렇다고 이 드라마가 유럽 대륙의 주권국가, 종교적·종파적으로 중립을 지키는 주권국가로 가는 도상에 있는 것도 아니다. 왜냐하면 주권국가는 종교 내전을 극복함으로써 성립한 것이기 때문이다."[65]

이렇듯 셰익스피어와 햄릿을 두고 벤야민과 슈미트의 입장이 결정적으로 갈라지는 이유는 '기독교(성)'에 대한 그들의 이해가 완전히 다르기 때문이다. 누차 지적했다시피, 슈미트에게 기독교란 주권적 질서를 보위하는 제도로서의 가톨릭교회를 뜻한다. 벤야민의 기독교-햄릿 테제를 비판한 뒤 그는 이렇게 쓴다. "내 느낌에는 그냥 「마태오복음」 10장 29절을 인용하는 것이 더 기독교적일 것 같다."[66] 슈미트가 언급한 이 성서 구절에서 절대 주권

61 발터 벤야민, 『독일 비애극의 원천』, 조만영 옮김, 새물결, 2008, p. 203.

62 같은 곳.

63 같은 곳.

64 Carl Schmitt, *Hamlet oder Hekuba*, p. 63.

65 같은 책, p. 64.

66 같은 책, p. 63.

의 논리를 읽어내지 않기란 거의 불가능에 가깝다. "참새 두 마리가 단돈 한 닢에 팔리지 않느냐? 그러나 그런 참새 한 마리도 너희의 아버지께서 허락하지 않으시면 땅에 떨어지지 않는다."[67] 반면 벤야민에게 기독교성은 이 세계의 법 일체를 부정하는 초대 기독교 공동체의 정신적 자세에 가까운 것이다.[68] 또한 슈미트가 『햄릿』에서 무대로 직접 뛰어든 역사적 인물과 구체적인 상황을 본다면, 거꾸로 벤야민은 바로 그 무대에서 특정한 시대의 역사적 구성이 돌연 지고의 형이상학적 원리로 현현하는 장면을 목도한다. 이 차이는 결정적이다. 바로 이 차이가 그들 사유의 대결을 압축한다고까지 말할 수 있다. 따라서 햄릿에 대한 슈미트와 벤야민의 해석을 구체적으로 살펴볼 필요가 있다.

이를 위해 먼저 염두에 두어야 할 사실은, 비록 작품 속 무대의 배경은 북유럽 대륙 국가 덴마크지만, 슈미트와 벤야민이 생각한 햄릿의 진짜 '장소'는—사실 이는 일상적 관점에서 보면 식상하고 당연한 이야기인데—영국이라는 점이다. 그런데 영국은 특히 슈미트에게 각별한 중요성을 지닌다. 그래서 그는 벤야민의 햄릿 해석, 더 나아가 비애극 해석이 영국과 유럽 대륙 사이의 차이를 제대로 짚어내지 못했다고 비판한다. "내가 보기에 그는 영국-섬의 전체 상황Gesamtlage과 유럽 대륙의 그것 사이에 존재하는 차이,

67 신약성서, 「마태오의 복음서」 10장 29절. 공동번역 성서의 번역을 따랐다.
68 이것은 야콥 타우베스의 견해다. 『바울의 정치신학』 7장을 참조하라.

그리고 이와 함께 17세기 독일의 바로크 비애극과 영국의 드라마 간의 차이를 너무 사소하게 보았던 것 같다."[69] 그렇다면 슈미트는 대륙과 구별되는 영국의 독특성을 어디에서 찾는 것일까? 1942년에 출간한 『땅과 바다: 세계사적 고찰』에서 그는 이렇게 적었다. "세계사는 육지 취득의 역사이며, 모든 육지 취득 과정에서 육지 취득자는 다만 계약만 맺었던 것이 아니라 그에 못지않게 싸움을, 그것도 형제들끼리의 유혈 전쟁을 벌이기도 했다." "역사적 사건을 육지의 측면에서 보면 실로 위대한 방식들로 육지 취득이 이뤄졌지만, 바다와 관련해서는, 그에 못지않게 중요한 다른 반쪽, 우리 행성의 반쪽을 구획하는 과정이 완료되었다. 이것은 영국의 해양 취득을 통해 이뤄진 일이다."[70] 간단히 말해 영국은 세계사의 가장 커다란 전환점Wendepunkt, 즉 땅에서 바다로의 방향 전환을 표시하는 장소다. 그리고 이 전환은 슈미트가 파악한 질서의 역사상 가장 커다란 사건이라 할 수 있다. 그러니까 앞서 보았던 리바이어던과 비히모스 간의 싸움은 결국 영국과 대륙 간의 싸움인 셈이다. 이렇게 보면, 슈미트가 이 사실을 똑바로 보지 못했다고 벤야민을 비판한 것은 지극히 당연하고 자연스러운 일이었다고까지 말할 수 있다.

슈미트의 사유 안으로 조금 더 깊이 들어가보면, 그가 토머스

69 Carl Schmitt, *Hamlet oder Hekuba*, p. 64.

70 Carl Schmitt, *Land und Meer: Eine weltgeschichtliche Betrachtung*, Stuttgart: Klett-Cotta, 2011, pp. 73, 86.

홉스의 『리바이어던』에 대해 양가적인 존경심을 표시한 것 역시 마찬가지 맥락에서 이해할 수 있다. 어째서 '양가적인 존경심'인가? 슈미트에게 질서의 역사는 크게 두 단계로 양분된다. 로마 가톨릭주의에 의해 성립한 보편적이고 구체적인 질서와, 이 질서가 붕괴되면서 등장한 근대 주권국가 간의 세력 균형에 의한 질서. 그에게 질서란 본질적으로 싸움을 막는 것, 그러니까 어리석은 싸움에 의해 세계가 멸망하는 사태를 방지하는 것이다. 이것이 그가 로마 가톨릭주의자를 자처한 까닭이다. 그런 그가 보기에 가톨릭교회의 붕괴 이후 그것을 대체할 만한 가장 훌륭한 질서체를 구상한 이는 토머스 홉스였다. 홉스가 구상한 질서체인 리바이어던은 슈미트의 주권론 사유를 구현하기에 가장 적합한 것이었다. 다시 말해 홉스의 절대주의 국가상은 싸움과 혼란, 요컨대 종말을 억제하는 데 (가톨릭교회와 더불어) 가장 좋은 모델이라는 말이다. 그러나 홉스의 정치철학에서 근대 국가론의 가장 위대한 성취를 보았던 슈미트는 또한 바로 거기서 가장 치명적인 파멸의 조짐을 발견한다. 홉스는 『리바이어던』 구상을 통해 슈미트적 의미에서의 주권국가가 마땅히 갖춰야 할 본질을 가장 정확하게 포착했으나, 가장 사소해 보이는 부분에서 결정적인 실수를 범하고 말았던 것이다. 즉 사적 개인의 내면을 용인하고 더 나아가 내면(믿음)의 자유를 허용하는 명제를 적어놓은 까닭에 스피노자와 모제스 멘델스존Moses Mendelssohn 등 후대 유대인 사상가들이 근대 정치를 혼란과 무질서에 빠뜨릴 수 있도록 길을 터준 것이다. "본질적인 점은 홉스가 사적 신앙과 공적 고백을 구별하고 [이를 통해] 사적 신앙을 위한 여지를 둠으로써 뿌린 씨앗이 걷잡을 수 없을 정도로 크게 자라서 [급기야] 모든 것을 지배하는 신념이 되어버렸다는 사실이다."[71]

슈미트는 개인의 내면과 그 자유에서 무질서의 씨앗이 자란다고 보았다. 그리고 이 씨앗을 심고 키울 수 있는 땅을 (유대인 사상가들, 그러니까 결국 근대의 민주주의자들에게) 내어준 까닭에 홉스의 정치철학은 제대로 숨을 쉬기도 전에 질식해버렸다. "그의 저작은 리바이어던의 그늘에 가려져버렸다. 그리고 그토록 명석하게 구성된 그의 모든 논변은 스스로 불러낸 상징의 역장力場 속에 갇히고 말았다. [……] 전래의 유대적 해석이 홉스의 리바이어던을 역습했다. 다른 경우라면 서로 적대적이었을 모든 간접 권력이 갑자기 한뜻이 되어 '거대한 고래 사냥'에 나선 것이다. 그들은 그 고래를 쏴 죽이고 배를 갈라 내장을 들어냈다."[72] 리바이어던을 죽인 "간접 권력"이 내면의 자유에서 자란 열매라는 사실을 추측해내기란 어렵지 않다. 리바이어던의 죽음을 위한 슈미트의 진혼곡은 장엄한 멜로디와 함께 끝난다.

근대 국가 조직이라는 경이로운 장치는 통일된 의지와 통일된

71 Carl Schmitt, *Der Leviathan in der Staatslehre des Thomas Hobbes*, p. 91.

72 같은 책, pp. 123~24.

정신을 필요로 한다. 서로 다투는 다수의 상이한 정신이 배후에서 이 장치를 조종할 경우, 그 기계는 곧장 부서지고 그와 함께 법치국가의 합법성 체계 역시 망가진다. 실증주의적 법치국가의 근간을 이루는 자유주의의 제도와 개념 들은 극도로 비자유주의적인 세력들을 위해 쓰이는 무기가 되고 권좌가 된다. [바로] 이런 방식으로 다당제는 자유주의적 법치국가[의 이념]에 부착되어 있는 국가 파괴 지침을 실행했다. [그리하여] 국가의 신화라는 관점에서 '거대한 기계'로 규정된 리바이어던은 개인적 자유와 국가의 구별에 의해 박살 나고 말았다. [……] 그렇게 가사可死의 신은 두번째 죽음을 맞이한 것이다.[73]

리바이어던의 죽음과 함께 혼란의 종식은 불가능해졌다. 리바이어던 간의 세력 균형이 있어야 할 자리에는 내면의 방종이 제공한 영양분을 먹고 자란 온갖 이익 단체가 들어섰다. 슈미트가 베버의 세속화 개념에 대해 비아냥거린 것은 바로 이 때문이다. 그가 보기에 리바이어던을 죽인 자유의 정신을 계승한 주인공은 다름 아닌 프로테스탄트주의였다. 그러나 그것은 영국의 프로테스탄트주의가 아니라 독일의 프로테스탄트주의다. 영국이 해양 취득을 통해 새로운 지구적 질서를 창출하려 바다로 나아가던 바로 그 시기에 대륙 국가 독일에서는 최악의 무질서가 회오리치고 있었다.

73 같은 책, p. 345.

내면의 전쟁, 바꿔 말해 믿음의 전쟁이 최악의 살육 전쟁으로 치닫고 있었던 것이다.

> 그러니까 이 당시 독일의 상황에서 특이한 것은 독일이 이 종교전쟁에서 스스로 결단하지 않았다는, 아니 사실은 결단할 수 없었다는 점이다. 그것은 가톨릭주의와 프로테스탄트주의 사이의 대립을 담지하는 것이었다. 그러나 이 독일 내부의 대립은 신대륙의 육지 취득에 부합하는 전 세계적 차원의 가톨릭주의와 프로테스탄트주의 사이의 세계 대립과는 전혀 다른 것이었다. 독일은 물론 루터의 고향이며 종교개혁의 진원지이기는 하다. 그러나 세계를 취득하는 권력들 간의 싸움은 가톨릭주의와 프로테스탄트주의 간의 대립이라는 출발점을 이미 오래전에 넘어섰고, 독일 내부의 문제들보다 훨씬 더 심오하고 더 적합한 대립, 예수회와 칼뱅주의 간의 대립에 도달했다. 이것이 바로 세계정치적 척도가 되는 적-동지의 구분이다.[74]

여기서 예수회는 육지 취득의 질서를 대변하는 로마 가톨릭주의의 계승자를 가리키고, 반대로 칼뱅주의는 바다를 향해 나아간 청교도들, 즉 영국을 가리킨다.[75] 다시 한번 말하지만, 이처럼 거대한

74 Carl Schmitt, *Land und Meer: Eine weltgeschichtliche Betrachtung*, p. 81.

75 여기서도 우리는 내재 중심적으로 사유하는 슈미트의 면모를 분명히 목도한다. 다시 말해 정치적 차원에서의 질서 창출과 유지만이 중요 사안인 그에

세계정치적 차원에서의 대립을 벤야민은 감지하지 못했다는 것이 슈미트 비판의 요지다. 슈미트에게 햄릿이 기독교적이라는 말은 곧 그에게서 가톨릭 질서가 구현되는 장면을 볼 수 있다는 뜻이다. 그러나 그가 햄릿에게서 본 것은 오히려 처절하게 찢긴 분열상이었다. 그리고 실제로 찢긴 이는 햄릿이 아니라 제임스 왕이다. 다시 말해 슈미트에게 햄릿은 제임스 1세의 모델에 지나지 않으며, 정말로 중요한 인물은 제임스 1세라는 얘기다.[76] 슈미트는 이 왕을 당대 영국의 종교적·정치적 분열상을 고스란히 체현한 인물로 보았다. "이 철학하고 신학하는 왕 제임스에게서 말하자면 종교 분열과 종교전쟁의 세기, 즉 그의 당대가 체현되고 있다."[77]

게 (믿음을 통해) 초월을 바라보는 개인의 내면이 중요해지는 순간은 오직 그 내면이 질서에 대한 위협 요소로 등장할 때뿐이다. 그러나 그 스스로도 인정하듯이 리바이어던, 즉 로마 가톨릭 질서의 계승자는 태어남과 동시에 죽었고, 그에 따라 근대 세계에서는 '더 심오하고 더 적합한 대립'은 사실상 존재할 수 없게 되었다. 오히려 내면의 투쟁, 그러니까 베버적 세속화의 문제가 결정적이게 된 것이다. 그럼에도 슈미트는 리바이어던의 지속을 상정하는 것 같다. 유럽 공법에 대한 그의 탐구가 보여주는바, 우리는 리바이어던의 죽음이 그의 진혼곡이 끝난 뒤에도 천천히 아주 천천히 진행되는 것임을 알 수 있다. 가령 『햄릿 혹은 헤쿠바』에서 독일의 종교 내전에 대해 슈미트는 이렇게 쓰고 있다. "100년 동안 지속된 가톨릭과 프로테스탄트 간의 전쟁은 오직 신학자들에게서 왕관을 빼앗음으로써만 극복될 수 있었다. 왜냐하면 이들은 폭군 살해와 정당한 전쟁에 관한 교리를 통해 내전이 거듭되도록 불을 지폈기 때문이다"(Carl Schmitt, *Hamlet oder Hekuba*, p. 65).

76 이와 관련해서는 슈미트의 다음 단언이 시사적이다. "역사적 현실은 그 어떤 미학보다, 그리고 가장 천재적인 주인공Subjekt보다도 강력하다"(같은 책, p. 31).

이렇듯 분열을 표현하는 인물인 햄릿이 기독교적일 수는 없었다. 슈미트는 이 책에서 당시 영국이 여러 가지 면에서 이행기에 있었다고 진술하는데,[78] 바로 이 이행기적 면모가 햄릿의 문제적인 분열상으로 표현되었다고 볼 수 있다.[79] 그렇다면 햄릿, 아니 제임스 1세는 어떤 의미에서 분열된 존재인가? 슈미트의 설명을 들어보자. "제임스 1세의 아버지는 살해되었다. 그의 어머니는 살인자와 결혼했다. 그러나 어머니 역시 처형되었다. [……] 제임스는 스튜어트 가문에서 왕위에 앉은 채로 자연사한 몇 안 되는 인물 중 하나다. 그러나 그의 삶은 갈가리 찢겼고 위험으로 가득했다. [……] 그는 강탈당했고, 납치당했으며, 체포당했고, 구금되었으며, 살해 위협을 받았다. [……] 그는 가톨릭 세례를 받았으나, 어머니로부터 격리되어 어머니의 적들에게 프로테스탄트 교육을 받았다. [……] 그는 잉글랜드의 왕위를 얻기 위해 어머니의 철천지원수인

77 같은 책, p. 28. 더 나아가 슈미트는 복수를 해야 하지만 하지 못하고 끊임없이 고민과 성찰만을 거듭하는 햄릿의 성격 역시 제임스를 본뜬 것이라고 주장한다. 같은 책, p. 30 참조.

78 같은 책, p. 66.

79 실제로 이 사실은 『햄릿』 작품 안에서 암시되고 있기도 하다. 5막 1장에 등장한 광대는 햄릿이 영국으로 간 얘기를 하면서 영국에 대해 이렇게 말한다. "거기선 미쳤다고 해서 눈에 띄지 않는답니다. 다들 미친 인간들이니까"(윌리엄 셰익스피어, 『햄릿』, 여석기·여건종 옮김, 시공사, 2012, p. 230). 참고로 슈미트는 이행기의 영국 정세에 대해 대륙, 특히 프랑스의 그것과 대비되는 의미에서 "야만적"이라는 특징을 부여한다. Carl Schmitt, *Hamlet oder Hekuba*, p. 64 참조.

엘리자베스 여왕과 좋은 관계를 유지해야 했다. 그러니까 그는 말 그대로 태중에서 곧바로 시대의 분열 속으로 내던져졌던 것이다."[80] 핵심적인 것은 세례와 교육에 관한 진술이다. 아닌 게 아니라 우리는 작품 도처에서 가톨릭과 프로테스탄트 교리가 뒤섞여 나오는 장면을 볼 수 있다. 그중 가장 첨예한 모순은 햄릿의 아버지-유령과 햄릿 사이에 존재한다. 즉 아버지-유령은 스스로 연옥에 갇혀 불로 죄를 씻어야 한다고 말함으로써 가톨릭 교리를 대변하지만, 이에 반해 햄릿은 종교개혁의 진앙지인 비텐베르크로 유학을 간 학생인 것이다. 이 모순은 심지어 풀 수 없는 혼란으로까지 진행되는데, 우리는 이것을 햄릿이 행동을 삼가고 주저하는 데서 볼 수 있다. 햄릿은 복수를 할 수 있는 기회를 눈앞에 두고도 숙부가 기도를 올리고 있다는 이유로 행동을 삼간다. 기도를 올릴 때 죽인다면 그에게 복수를 하는 것이 아니라, 오히려 그에게 구원이라는 지복을 선사하게 된다는 이유에서다.

하늘의 심판이 어떠할지 알 수 없어도
이승의 사리와 상황으로 분별해도
아버지는 중벌을 면할 수는 없을 것이야.
그런데 저 악당이 말이나 기도로써 영혼을 말끔하게 씻어
저승 가는 길을 잘 닦아 놓았을 때 저놈을 죽인다?

80 Carl Schmitt, *Hamlet oder Hekuba*, p. 29.

그게 무슨 복수인가. 안 될 일이지.[81]

햄릿의 생각대로라면, 그의 아버지는 기도를 올리지 못한 채 임종을 맞았으므로 연옥에서 고통을 받아야 하지만, 만약 기도를 올리는 순간 죽는다면 그의 숙부는 그것으로 곧장 죄를 씻고 구원을 받을 수 있게 된다. 이 무슨 기묘한 교리 혼합체란 말인가? 이것은 가톨릭도 아니고, 그렇다고 프로테스탄트도 아니다. 이것은 말 그대로 '찢겨진' 교리다. 그러나 이렇듯 『햄릿』이 야만적인 분열상의 표현에 지나지 않는 것이라면, 슈미트는 어째서 한 권의 책을 쓸 정도로 노력을 들인 것일까? 이에 대한 대답은 이 책의 첫 번째 보유「왕위 계승자로서의 햄릿」에서 찾아볼 수 있다. 앞질러 말하자면, 슈미트에게 햄릿은 시대의 분열상을 표현하는 인물에 그치지 않는다. 나아가 『햄릿』은 단순한 복수극이 아니라 특이한 왕위 계승극이다. 즉 슈미트가 햄릿론을 쓴 이유는 햄릿에게서 주권의 질서가 면면히 이어지는 장면을 보았기 때문이다. 이를 논증하기 위해 슈미트는 그의 영원한 출처인 로마법에서 전거를 찾아낸다. 왕의 "죽어가는 목소리dying voice"가 그것이다. "**죽어가는 목소리**는 [……] 옛 혈통법에 의해 규정된 것으로 근원적으로 성스러운 성격을 가졌었다. 로마 교회의 영향 아래 이 성스러운 성격은 상대화되었으며 누차 파괴되었다. 그러나 이 법은 그 후로도

81 윌리엄 셰익스피어, 『햄릿』, p. 176.

오랫동안 영향을 미쳤으며, 왕권신수설에 관한 교리와 제임스 1세의 저작에서도 그것을 인지할 수 있다."[82] "왕위 계승자는 무엇보다 지금까지의 지배자, 그러니까 선왕에 의해 지명되며, 이것은 그의 최후의 의지의 표현이다. 햄릿이 포틴브라스를, 엘리자베스 여왕이 제임스를 [……] 지명한 것은 바로 이 **죽어가는 목소리**를 통해서다."[83] 사실 햄릿이 주권자로 존재한 것은 지극히 짧은 순간, 즉 마지막 목소리를 낼 수 있었던 짧은 순간뿐이었다. 다시 말해 그는 즉위하자마자 곧바로 '죽어가는 목소리'가 되어버린 것이다. (이와 관련하여 특기할 만한 점은, 그의 아버지와 숙부 모두 즉위하고 통치했지만 '죽어가는 목소리'가 되지 못한 채 죽었다는 사실이다.) 슈미트에게는 햄릿이 통과한 복잡하고 지난한 고뇌와 갈등의 과정이 아닌 바로 이 짧은 순간, 이 '죽어가는 목소리'만이 중요했다. 오직 이 목소리만이 질서를 지켜줄 수 있기 때문이다. 슈미트는 바로 이것을 위해 『햄릿 혹은 헤쿠바』를 썼다고 말해도 좋을 정도다.[84] 『햄릿』이라는 '극 속으로 틈입한 시대Einbruch der Zeit in das Spiel'의 '역사적 현실'은, 아무리 강력하다 해도, 이 목소리를 둘러싼 배경음에 지나지 않는다.

그러나, 잘 알려져 있는 사실로서 슈미트 자신도 인정하는 바, 햄릿은 '결단하는 자'가 아니라 '고뇌하는 자'다.[85] 다시 말해

82 Carl Schmitt, *Hamlet oder Hekuba*, p. 60. 강조는 원저자.

83 같은 책, p. 59. 강조는 원저자.

84 이 핵심 주장이 어째서 '보유'에 적혀 있는가는 별도로 숙고해볼 만한 문제다.

그는 프로테스탄트적 특색을 지나치게 많이 지닌 인물인 것이다. 햄릿의 독백을 들어보자.

> 옳고 그름을 분별하는 양심, 이것이 우리를 겁쟁이로 만든다.
> 결의의 생생한 혈색은 생각의 파리한 병색으로 그늘져서
> 충천할 듯 의기에 찬 큰 과업도 흐름을 잘못 타게 되고,
> 마침내는 실행의 힘을 잃고 마는 것이다.[86]

이 독백에서 알 수 있는 것은 햄릿의 분열이 결의와 양심이라는 두 극단의 대립에 의해 초래되었다는 사실이다. 어쩌면 햄릿의 유명한 독백 "사느냐 죽느냐"의 양자택일은 결의냐 양심이냐의 양자택일로 번역될 수 있을지 모른다. 그러나 이 선택에 있어서 우선적으로 고려해야 할 점은 햄릿이 주권자라는 것이며, 그보다 더 중요하게 부각되어야 할 점은 그가 '미처 되지 못한' 주권자, 왕위 계승과 (죽음에 의한) 퇴위를 (거의) 동시에 거행(당)한 주권자라는 사실이다. 요컨대 햄릿은 마치 오드라데크Oderadek처럼 찌그러진 주권자다. 슈미트는 이 독특한 주권자의 기괴한 형상을 어떻게든 제대로 된 형태로 복원하고 싶었을 것이다. 그러나 거꾸로 벤야민에게는 이 주권자를 짓누르는 '아직'과 '이미'의 뒤엉킨 시간

85 햄릿의 '죽어가는 목소리'가 결단인가 아닌가에 대해서는 섣불리 결론 내리기 어렵다.

86 윌리엄 셰익스피어, 『햄릿』, p. 146.

성이 핵심적이었다. 즉 벤야민에게는 햄릿이 아직 주권자가 아닌 동시에 이미 주권자가 아니라는 사실이 중요했다. 그렇다면 햄릿은 누구인가? 벤야민의 햄릿은 우울가다. 우울가에게 우선적으로, 아니 거의 전적으로 중요한 것은 모든 개인에게 그렇듯이 내면이다. 그러나 우울가의 내면은 뭇 사람들의 그것처럼 모종의 믿음과 그 믿음을 향한 열정으로 충만한 내면이 아니라, 세상만사뿐 아니라 심지어 제 존재조차 믿지 못하는 극단적인 공허에 내맡겨진 내면이다. 그런데 만약 텅 빈 내면을 지닌 자가 일개 시민(신민)이 아닌 지고의 존재, 즉 주권자라면 어떻겠는가? 이것이 벤야민이 하려는 이야기의 출발점이다. 벤야민은 햄릿에게서 바로 이 형상, 텅 빈 내면을 지닌 주권자를 발견한다. 심지어 그는 주권자를 우울한 인간의 모델이라고 선언하기까지 한다. 『독일 비애극의 원천』 1부 3장 「우울」에는 이렇게 적혀 있다. "군주는 우울한 인간의 모형이다. 피조물의 취약성을 적나라하게 가르쳐주는 것으로 군주 자신이 바로 이 피조물의 취약성에 굴복한다는 사실만한 것은 없다."[87] "그리고 전제군주는 군주로서 활동하는 순간부터 멸망하게 되는 순간까지 우울의 모델로 간주되었다."[88] 그러나 비단 햄릿만 우울가이자 군주였던 것은 아니다. 벤야민은 바로크 시대의 군주 일반에게 이 특성을 허락한다. 그렇다면 햄릿과 다른

87 발터 벤야민, 『독일 비애극의 원천』, p. 181.
88 같은 책, p. 184.

군주 우울가들은 어떤 점에서 구별되는가? 그런 구별을 가능케 하는 특성이 존재하는가? 그렇다. 햄릿에게는 특별한 비밀이 있다. 그것은 연극이다. "이 인물의 비밀은 우울이라는 그 지향적 공간 속에 존재하는 모든 국면을 **연극적으로, 그러나 바로 그렇기 때문에 신중하게, 빠짐없이** 모두 밟아간다는 데에 숨겨져 있다."[89]

문제의 핵심은 『햄릿』이라는 연극이 햄릿의 연극이라는 숨겨진 지렛대에 의지한다는 사실에 있다. 벤야민에 따르면, "『햄릿』이 기독교성 속에서 우울의 극복을 비범하게 성취한 유일한 연극"인 까닭은 "사색적인 자기 반조[자기 성찰]의 눈부신 은빛 휘광이 자기 내부에서 흘러나오게 할 수" 있었기 때문이다. 이에 반해 "독일 비애극은 그 스스로도 놀랄 만치 어두웠으며, 우울가를 그저 중세 기질론 서책들의 그 빛바랜 과장된 색깔로 그릴 줄만 알았다."[90] 햄릿의 망설임, 사색, 그리고 결국 같은 말이지만, 자기 성찰은 그의 연극적 광기 혹은 광기의 연극과 분리될 수 없는 특성이다. 이 우울가가 보여주는 광기의 연기는 행위의 삼감을 행위로 전환시키는 것이 아니라, 행위 안에서 행위하는 '연극,' 즉 극중극으로 변화시킨다. 바꿔 말하자면, 햄릿이 연출하는 극중극은 그 스스로 펼친 광기의 연극의 정점인 셈이다. 한편 햄릿의 극중극은 슈미트에게도 중요했다. 그러나 그것은 극중극이 "가장 강

89 같은 책, p. 202. 강조는 인용자.

90 같은 책, p. 203.

력한 현재성과 현장성을 가진 현실의 핵"을 파악하는 "본래적 연극"이기 때문이다.[91] 다시 말해 슈미트에게 연극은 현실과 역사의 본질을 움켜쥘 때에만 중요해지는 것이다. 이에 반해 벤야민이 햄릿의 극중극에서 발견하는 것은 최상의 형이상학적 원리인 '반전 Umkehrung'이다. 그리고 이 반전은 슈미트가 구상한 모순의 결합의 반전이기도 하다. 그것은 모순의 결합이 아니라 오히려 모순의 극대화, 모순의 긴장을 끝까지 밀어붙임으로써 모순 자체의 파열을 초래하는 원리다. 이 원리를 구현할 수 있는 것이 극중극이다. 극중극은 연극을 뒤집은 연극, 그러니까 연극으로 볼 수도, 연극이 아닌 것으로 볼 수도 없는 연극이다. 극중극에서는, 주권자로서의 햄릿에게 '아직'과 '이미'가 그러했듯이, 시작되지 않은 행위와 이미 지나가버린 행위가 기묘한 형태로 겹친다. 그러나 이 겹침은 '반전'을 위한 필수 조건이다. 반전은 단순한 초월이 아니라, 침투와 통과에 의한 초월을 가리키는 말이다. 극중극의 연출가인 햄릿은 연극에 대해 모순되는 두 가지 진술을 하는데, 이를 비교해 보면 연극의 기묘한 초월성이 더욱 잘 드러난다.

> 죄지은 인간이 연극을 보다가 하도 근사하게 꾸며졌기에
> 감동한 나머지 제 죄상을 다 털어놓은 일이 있었다지.[92]

91 Carl Schmitt, *Hamlet oder Hekuba*, p. 45.

92 윌리엄 셰익스피어, 『햄릿』, p. 140.

> 예나 지금이나 마찬가지로 연극의 목적이란 말하자면 자연에다 거울을 비추는 것과 같은 일, 선은 선, 악은 악 그대로, 있는 그대로를 비춰내어 시대의 모습을 고스란히 드러나게 하는 데 있어.[93]

연극은 꾸며진 것인가 아니면 있는 그대로를 비추는 거울인가? 둘 다인 동시에 둘 다 아니다. 연극은 '있는 그대로를 비추는' '꾸며진' 거울이다. 그렇다면 햄릿의 극중극은 어떠한가? 그것은 있는 그대로를 비춘다고 믿어지는 꾸며진 거울의 꾸며진 성격을 있는 그대로 비춤으로써 결국 '있는 그대로'라는 환상을 폭로한다. 바로 이것이 '반전'의 기능이다. 햄릿을 두고 우울의 공간 속에 "존재하는 모든 국면을 연극적으로, 그러나 바로 그렇기 때문에 신중하게, 빠짐없이 모두 밟아간다"고 말했을 때, 벤야민은 바로 이 점을 염두에 두었을 것이다. '연극적으로,' 다시 말해 '신중하게, 빠짐없이 모두,' 그러니까 현실과 환상, 현실의 환상과 환상의 현실 모두를 밟아가야만 비로소 반전은 가능해진다. 바로 이러한 통과의 과정을 끝의 반전 직전까지 동행하는 감정이 우울이다. "우울은 지식을 위해서 세계를 배신한다. 그러나 우울의 끈질긴 침잠은 죽은 사물들을 구출하기 위해서 그것들을 자신의 명상 속으로 끌어올린다."[94] 연극 속에서의 행위는 행위이면서 동시에 행위가 아니

93 같은 책, p. 153.

다. 그것은 실제로 이루어지지만 실제 효과를 갖지 않는다. 더 정확히 말하자면, 연극의 행위는 그 행위가 이루어지는 상황 속에서의 효과가 아니라 그 상황을 초월한 효과, 오히려 그 상황 자체를 압축하거나 포괄하는 효과를 지향하고 산출한다. 그렇다면 극중극의 행위는 어떠한가? 그것은 무대뿐 아니라 무대의 상황을 초월해 있는 관객과 그들의 상황까지 초월하는 효과를 지향한다. 극중극의 행위는 상황을 압축하고 포괄하는 연극의 행위를 뒤집는다. 바꿔 말해, 그것은 (연극) 무대 안에 머무르면서 (연극의) 세계를 초월할 수 있게 해준다. 극중극은 무대 위에서 무대를 무너뜨린다. 그냥 연극이 아닌 극중극이 기묘한 초월성의 출구가 되는 것은 이 때문이다.

이런 의미에서 우리는 햄릿을 벤야민이 「운명과 성격」에서 언급한 '천재Genius'를 예표하는 인물로 볼 수 있다. "인간의 생이 지닌 자연적 죄, 원죄—이 죄의 원칙적 해소 불가능성은 이교도의 교리를, 그리고 이 죄의 간헐적인 해소는 이교도의 제의를 형성하는데—에 관한 도그마에 대해 천재는 인간의 자연적[본래적] 무죄의 비전을 맞세운다."[95] 그런데 '인간의 자연적[본래적] 무죄'란 무엇일까? 이 물음에 대해 숙고하기 위해서는 다시 「폭력비판을 위하여」로 돌아가볼 필요가 있다. 이 글에서 벤야민은 "갈등들을 비폭

94 발터 벤야민, 『독일 비애극의 원천』, p. 201.
95 발터 벤야민, 「운명과 성격」, p. 75. 원문과 대조하여 번역을 수정했다.

력적으로 화해시키는 것이 도대체 가능한 일일까"라는 의미심장 한 물음을 던진다. 이 물음에 대한 그의 답은 "물론"이다.[96] 그런데 그는 어째서 이렇듯 자신 있게 답한 것일까? 아마도 언어에 대한 믿음 덕분일 것이다. 벤야민에 따르면, 폭력의 질서를 벗어나게 해주는 것은 "결코 직접적인 해결이 아니라 항상 **간접적인** 해결을 가져다주는" '순수한 수단'들인데, 이 수단들 가운데 최고는 "시민들의 합의 기술"인 "담화Unterredung"다.[97] 그리고 담화가 중요한 이유는 "폭력을 원칙적으로 배제하는 일"을 수행하기 때문이다.[98] 어떻게 그럴 수 있는가? 담화에서는 거짓말이 처벌받지 않기 때문이다. 요컨대 인간의 본래적 무죄의 비전은 거짓말에 있다. "근원적인 차원에서 거짓말을 처벌하도록 입안된 법률은 아마 지상에 존재하지 않을 것이다. 바로 이 점에서 인간들 사이의 비폭력적인 합의Übereinkunft가 이루어지는 영역이 있다는 사실, 그리고 이 영역에는 폭력이 결코 범접할 수 없다는 사실이 드러난다. 이 영역은 '합의Verständigung'의 본래 영역, 즉 언어다."[99]

그런데 애초에 벤야민은 갈등의 비폭력적 화해가 가능하다는 증거를 "사적 개인"들 간의 관계에서 찾았다. "사적 개인들 사이의 관계는 그러한 예들을 풍부하게 보여준다."[100] 하지만 어째

96 발터 벤야민, 「폭력비판을 위하여」, p. 98.

97 같은 책, p. 99. 강조는 인용자.

98 같은 곳.

99 같은 곳. 원문과 대조하여 번역을 수정했다.

서 '사적 개인'일까? 추측건대, 벤야민은 슈미트가 격렬하게 비판했던 바로 그 영역, 즉 '내면'을 긍정하고 더 나아가 거기에 기대는 것 같다. 다시 말해 그는 내면을 법과 폭력으로부터 분리된 곳으로 생각하는 것이다. 그러나, 다시 한번 강조하건대, 벤야민의 내면은 텅 빈 우울가, 결정하지 못하는 군주의 내면이다. 텅 빈 내면은 사실상 내면이 아니며, 따라서 내면과 외부의 구별을 말소한다. 그리고 이렇듯 구별을 말소하는 힘이 바로 언어다. 이것은 아마 슈미트는 생각하지 못했을 해결책일 것이다. 따라서 벤야민이 사적 개인의 내면이 발휘할 수 있는 최고의 가능성으로 거짓말할 수 있는 능력을 꼽은 것은 결코 우연이 아니다. 벤야민의 내면은 거짓말할 수 있는 내면이다. 그러므로 그것은 루터와 프로테스탄트주의적 의미에서 파악된 내면, 즉 정직을 강조하는 양심 따위와 같은 것일 수 없다. 그리고 벤야민의 거짓말은 인간 지식의 확장과 심화에 의지해 '근대의 정당성'을 주장하는 기술도, 구체적인 대표 인격이 상황에 따라 결정하는 법의 지고한 폭력 아래 엎드리는 묘책도 아니다. 그렇다고 기독교의 신이 약속하는 구원을 기대하며 세계를 외면하는 태도 역시 아니다.

벤야민의 거짓말은 반전을 통해 정직의 질서를 초월함으로써 무의 질서, 즉 무질서에 육박한다. 따라서 이 거짓말은 어떤 형태로든 어떤 이익을 목표로 하는 것일 수 없다. 이 거짓말은 더없

100 같은 책, p. 98.

이 강력한 아이러니를 동반한 채로 세계 전체를 상대로, 세계라는 무대 전체를 무너뜨리기 위해 기도企圖되(어야 하)는 것이다. 그러므로, 반복하건대, 벤야민이 말하는 내면은 인간 육체에 갇힌 것일 수 없으며, 더 나아가 지상의 질서 일체에 구속될 수도 없다. 그것은 오히려 질서의 역사와 역사의 질서 전체를 관통하는 무질서, 즉 언어다. 그래서 그는, 개종한 유대인 뢰비트와 달리, 최후 종말의 순간에 구원을 가져올 기독교의 신을 믿지 않았다. 만약 그가 어떤 신을 믿었다면, 그 신은 질서의 궁극인 무질서를 다스리는 언어의 신일 것이다. 그러나 그는 심지어 이 알 수 없는 신 앞에서까지 어떤 반전을, 어쩌면 모든 기독교 종말론보다 더 깊을지도 모를 어떤 '반전'을 기도했다. 「역사의 개념에 대하여」 못지않게 비의적인 초기 저작 「청춘의 형이상학」(1913/14)에는 이런 수수께끼 같은 문장이 적혀 있다. "말하는 천재는 엿듣는 자보다 더 고요하다, 기도하는 자가 신보다 더 고요하듯."[101] 이 반전의 문장을 쓴 이는 이십대 초반의 청년이다. 이 젊은이는 일찍이 햄릿에게서 엄청난 사명을 전수받았다. "햄릿의 마음은 쓰라리다. 그에게 그의 숙부는 살인자로 보이고, 그의 어머니는 근친상간을 저지르며 살고 있다. 이런 인식이 그에게 어떤 감정을 주겠는가? 분명히 그는 세계에 대해 구역질을 느낄 것이다. 그러나 그는 인간

101 Walter Benjamin, "Metaphysik der Jugend," *Gesammelte Schriften II-1*, Frankfurt a. M.: Suhrkamp, 1991, p. 93.

을 혐오하는 고집스러운 마음에서 세계를 외면하지 않는다. 그는 어떤 사명감을 갖고 세계를 살아간다. 즉 **그가 세계에 온 것은 세계를 탈구시키기 위해서다.** 오늘날의 청춘들보다 이 말에 적합한 이가 있을 수 있겠는가?"[102]

102 Walter Benjamin, "Das Dornröschen," *Gesammelte Schriften II-1*, Frankfurt a. M.: Suhrkamp, 1991, p. 9. 강조는 인용자.

Epilogue

죄 없는 자들의 천국

"너희 중에 누구든지 죄 없는 사람이 먼저 돌로 쳐라." 2천 년 전, 나사렛 출신의 사내는 이렇게 말했다. 그때 이스라엘 땅의 사람들은 이 낮은 말의 위력 앞에 굴복했고, 그래서 모두 말없이 물러났다. 아마도 이런 상상이 가능할 듯하다. 이(십) 년 뒤, 만약 이 땅의 사람들이 벽지 출신의 어느 사내에게 똑같은 말을 듣는다면, 필경 그들은 즉각 합심하여 가장 먼저 그에게 돌을 던질 것이다. 과연 누가 모를까? 모를 수 있을까? 지금 이 땅이 말 그대로 '죄 없는 사람들의 천국'이라는 사실을. 어느 누가 이 사실을 부인할 수 있을까? 아니다, 이것은 참으로 어리석은 말이다. 분명 모두가 부인할 것이다. 제각기 다른 이유로, 하지만 한결같이, 극구 전면 부정할 것이다. 베드로처럼, 유다처럼, 베드로-유다처럼. 왜냐하면 이제는 누구도 '죄 없는 사람'의 존재를 믿지 못하게 되었기 때문이다. 아니, 더 정확하게 말해야 한다. (오늘날 우리는 더, 더, 끝없이 더, 정확하게 말할 것을 강요받고 있다.) 이제는 누구도 '없는 죄'의 가능성을 신뢰할 수 없게 되었기 때문이다. 죄의 충만, 죄의 포만, 죄의 미만. 이것은 각종 '당신들'의 천국이고, 모든 '나'의 지옥이다. 그러니 사실상 천국도 지옥도 더는 없다. 있을 수 없다. '나'와 '당신'은 조금도 다르지 않기 때문이다. 하지만 '나'와 '당신' 사이에 '우리'는 없다. 천국에서 웃는 '당신들'과 지옥에서 신음하는 '나'들 사이에서 어떻게 '우리'가 성립할 수 있겠는가. 그러나 '우리'가 되지 못한 채로, 아마 결코 될 수 없는 채로, '당신'과 '나'는 이미 하나다. '당신'과 '나'의 표정이 오롯이 겹치고, '나'와 '당신'의 생각이 또렷이 닮았기 때문이다. 도무지 구분할 수 없을 정도로, 둘이라는 사실을 감히 상상조차 할 수 없을 정도로. 결정적인 공통점은 이것이다. '나'와 '당신'은 어떤 상황에서도 결백을 주장하며 탄원하거나 탄식할 필요를 조금도 느끼지 못한다. 언제나 어김없이 '당신'이 '나'의 알리바이가 되어주고, 거꾸로 '나' 또한 번번이 '당신'의 변명거리로 소환되기 때문이다.

그러나 '나'와 '당신'의 눈에 보이지 않는, 아니 사실은 너무 잘 보이지만 보이는 즉시 그 잔상이 휘발되어버리는 어떤 존재들이, 아마도, 있을 것이다. '그들'의 눈에는 '당신들'의 천국과 '나'의 지옥이 똑같은 천국, 아니면 적어도 그 차이가 무의미할 정도로 아주 비슷한 천국일 것이다. 그러니 '당신'과 '내'가 사는 이곳, 즉 천국=지옥은 어디서도, 어느 시대에서도 유례를 찾아볼 수 없는 낙원이다. 이 아수라 낙원에서, 모든 축제는 축죄蓄罪의 현장이 된다. 여기서는 축죄의 형식이 아닌 축제는 계획될 수도, 개최될 수도 없다. 결코 귀책의 주체가 되지 않는 자본주의에 대한 이런 저런 비판적 분석은 여기서 거론할 계제가 아니다. '업보'라는 전통적 종교 어휘 역시 '당신'과 '나'의 기괴한 하나 됨을 설명하지 못한다. 무릇 '업보'란 문명과 질서를 전제할 때만 운위할 수 있는 개념이기에 그렇다. '우리'가 실종된 상황은 토머스 홉스가 상상하고 염려했던 "자연상태state of nature"에 준하기 때문이다. 물론 어떤 '우리'의 흔적, 미세한 흔적은 그래도 아직 남아 있다. 바로 이 흔적, 오직 이 흔적 덕분에 '당신'과 '내'가 어쨌든 병존할 수 있고, 심지어 아무렇지 않은 듯—아무렇지 않은 척(!)—축제를 벌일 수 있는 것인지도 모른다. 하지만 만약 모든 '우리'가 정말로 흔적 없이 사라진다면, 그것은 분명 완벽한 종말 이상의 어떤 사태일 것이다.

그러나 '나'는 확신할 수 없다. 짐작건대, 절대다수의 '그들' 역시 그럴 것이다. '나'와 '당신'의 병존—공존이 아니다!—이 정녕 완벽한 종말보다 더 나은 것일까? '우리'의 자취를 희미하게나마 지각할 수 있는 '지금'이, 정말로, '세상의 끝'보다 더 좋은 것일까? 데이비드 코레시David Koresh와 그의 추종자들, 이장림 목사와 다미선교회의 신도들은 이제 완전히 자취를 감춘 것일까? 단언을 허락한다면, 결코 그렇지 않다. 지금도 이들은 불특정 절대다수의 '그들'을 포섭하여 배타적인 '우리'로 만드는 일에 매진하고 있을 것이다. 과연 누가 모를까? 모를 수 있을까? 이들이 이미 괄목할 만한 성공을 거두었다는 사실을. 그렇다고 할 때, '당신들'의 천국과 '나'의 지옥, 결코 둘이 아닌 이 기묘한 '하나'는 저 비밀스러운 '우리'의 도약을 위한 발판에 지나지 않는다고 말해야 한다. 왜냐하면—이것이 가장 난감한 문제인데—저들의 도약이야말로 '나'와 '당신'이 가장 간절히 바라면서 동시에 가장 두려워하는 일이기 때문이다. 그러므로 '죄 없는 자들의 천국'은 '당신'의 가장 높은 소망이 '나'의 가장 깊은 공포와 **남김없이** 일치하는 장소라고 할 수 있다. 이것이 우리 '모두'의 비극의 핵심이다.

출전

「죽음의 죽음」, 『문학과사회』 135호, 2021년 가을, pp. 31~33.

「언어 외과의사의 편지」, 『문학과사회』 115호, 2016년 가을, pp. 254~67.

「이어 쓰기와 베껴 쓰기: 위조문헌학을 위하여」, 『문학과사회』 117호, 2017년 봄, pp. 321~32.

「독자 저격」, 『문학과사회 하이픈』, 2018년 여름, pp. 22~37.

「이론과 무한의식」, 『문학과사회 하이픈』, 2017년 가을, pp. 40~57.

「영혼의 저자」, 『문학과사회 하이픈』, 2017년 겨울, pp. 185~96.

「문학과 결의론의 미래」, 『문학과사회』 128호, 2019년 겨울, pp. 382~94.

「일방통행국」, 『문학과사회 하이픈』, 2020년 봄, pp. 66~82.

「주저앉음」, 『문학과사회』 142호, 2023년 여름, pp. 27~31.

「궁지에서 궁진하기: 학문과 탐구와 웃음에 대하여」, 『문학과사회 하이픈』, 2020년 겨울, pp. 85~100.

「약속의 땅과 내전의 끝」, 『쓺』 12호, 2021년 상권, pp. 50~66.

「문헌학의 파레시아: 상아탑의 (재)건축을 위하여」, 『문학들』 66호, 2021년 겨울, pp. 38~56.

「자유주의의 자유의지」, 『문학과사회 하이픈』, 2021년 여름, pp. 47~62.

「보론: 두 명의 독일인과 세 명의 유대인」, 로버트 올터, 『필요한 천사들』, 김재훈 옮김, 에디투스, 2020, pp. 189~216.

「질서와 폭력 그리고 햄릿: 벤야민-슈미트 논쟁에 대한 스케치 1」, 『인문예술잡지F』 12호, 2014, pp. 117~39; 「질서와 폭력 그리고 햄릿: 벤야민-슈미트 논쟁에 대한 스케치 2」, 『인문예술잡지F』 13호, 2014, pp. 141~55.

「죄 없는 자들의 천국」, 『문학과사회』 138호, 2022년 여름, pp. 33~34.